犀利小廚娘 2

文創風 797

遲小容 著

目錄

第二十六章

沈曈蹙著眉頭，還有一件事，她險些忘了，沈修瑾既然已經恢復記憶，是不是不久就要離開了？

古來身分尊貴的世家子弟，是不可能與平民和諧共處的，更何況是與鄉野農人以兄妹相稱，就算沈修瑾願意，他的家人也不會同意。

如此想著，沈曈的心情不由得有些低落。

「妹妹，妳的臉色不太好，怎麼了？」沈修瑾低沈的嗓音打斷了沈曈的沈思。

沈曈回過神來，發現眾人都安靜下來，關切地望著她。

她連忙擠出一抹笑容。「沒有，哥哥，我認了藍姨做乾娘，你……」

「這是大好事啊，恭喜、恭喜！」不等沈修瑾開口，裴銳立即打斷沈曈的話，笑著道了聲喜。

裴銳說完，又聊了幾句，將沈曈方才要說的話題岔開。他暗暗看了沈修瑾一眼，見他面無表情，似乎對他的擅作主張並不在意，在心裡鬆了口氣。

他雖然對沈曈和蘇藍氏沒有瞧不起的意思，但太子的身分畢竟非同尋常，當初在神志不清的情況下認沈曈為妹妹，算是情有可原，這事就算傳出去也不丟人，畢竟沈曈是他的救命恩人。

但若是認一個妹妹不算，還要再認一個乾娘，這事就不太好說了，畢竟皇后娘娘還好端端的呢，誰願意看見自己的兒子在外面又認一個娘？

裴銳打岔得很及時，沈瞳見狀，更加確定自己的猜測，不再說什麼，畢竟她方才說那話，也只是想試探一番，如今得到了自己想要的答案，便不再糾結，於是很自然地轉開話題。

沈瞳認蘇藍氏做乾娘，算是一件喜事，於是，當晚一品香提前打烊，她親自下廚，做了一大桌好菜宴請眾人。

沈修瑾依然如同以前那樣，守在她旁邊打下手。

如今的他，做這些事情起來，十分地得心應手。

裴銳有心想把他拉出去，不想讓他幹這些粗活，但是在他冷漠的目光下，還是慫了，縮著腦袋和郭興言一起滾出去。

整個後廚就只剩下沈瞳和沈修瑾兩人。

沈瞳一邊揉著麵團，一邊問道：「哥哥，你什麼時候回去？」

沈修瑾洗菜的手停頓了，抬頭看了她一眼。「回去？回哪裡？」

「回家啊！」沈瞳低頭，麵團被她揉得又圓、又光滑，她將手指用力戳進麵團中，戳出一個又一個的洞。

這一句話說出，整個後廚就安靜下來，空氣彷彿凝滯了一般。

隨後，沈瞳聽見沈修瑾輕笑一聲。「曈曈，妳在說什麼？我是妳哥哥，有妳在的地方，就是我家，妳還要我回哪裡去？」

沈瞳神色複雜，似是鬆了口氣，隨後又提起了心。「你的父母……」

沈修瑾的笑意不見了，目光淡淡。

沈瞳不再說下去。

她想，要麼是和父母關係不好，要麼就是親生父母應該已經不在了吧？否則，就算他不想回家，沒理由他的父母這麼多年都沒派人出來找過。

想到這裡，她的心又軟了軟。

縣衙傳來消息，沈香茹下落不明，到如今還沒找到蹤影，而張大茂、張屠戶的殺人碎屍案，似乎背後還有幕後黑手，竟有人在阻礙查案。

京中有人遞來消息，說此案另有隱情，讓殷明泰將此案轉交上官審理。

殷明泰氣得摔碎了好幾套茶具。

沈瞳聽郭興言在一旁八卦地說著。「這事，我爹也知道，殷大人這幾日來我家都嘮叨好幾回了，也不知道朝廷究竟派了誰下來，竟然一聲不響地，人還沒到，架子就擺足了，殷大人都快氣壞了，平日裡在我爹跟前連個屁都不敢放，今兒臉色差得跟鬼似的。」

「誰臉色差得跟鬼似的？」門外走進來一道身影，郭鴻遠嗓音低沈，目光銳利地掃了郭興言一眼。

他的身後，殷明泰神情複雜地看了過來。

郭興言縮了縮腦袋，很慫地嘀咕。「說曹操，曹操到，這也太巧了吧！」

郭鴻遠哼了一聲，不再理會他，自個兒找了個位置坐了下來，朝沈曈笑著說道：「小丫頭，聽說妳近日又研發新菜式出來，老夫難得今兒有空，妳可得給我做幾道好菜。」

「對，好酒、好菜儘管上。」殷明泰整理好情緒，面色也好了許多，大手一揮，照著菜單點了不少菜。「曈曈，本官這幾日忙裡忙外，都沒能好好吃上一頓飯，今兒妳可不能讓那些徒弟敷衍我們，妳要親自下廚才行。」

沈曈笑著說道：「郭老爺子和殷大人且等著，我這便去給你們準備酒菜。」

菜是早就準備好的，在兩人來之前，眾人慶祝沈曈和蘇藍氏認乾親，就已經大吃了一頓，蒸鍋上還剩一些咸燒白和蒸臘味還沒出鍋，如今正好可以端出來，沈曈又簡單炒了幾樣時令鮮菜，讓陳大廚他們去酒窖裡搬出來一罈酒。

冒著騰騰熱氣的菜一端上桌，肉香味就將眾人的鼻子都牽了過來，簡直令人食指大動，方才還鬧著吃得肚子快撐破了的一品香眾人，眼都瞪大了。

「曈曈，妳還有新菜，怎麼沒跟我們說？」

郭興言也是嘀咕道：「對啊，曈曈，妳也太偏心了，我爹和殷大人一來，妳就拿出這麼多好東西。」

這話一出，他收穫了無數個白眼，包括自己老爹、殷大人，還有裴小侯爺和太子。

「……」郭興言縮了縮腦袋，算了、算了，惹不起，我還是閉嘴吧！

裴銳才不管那麼多，他拿起剛放下的筷子就要開動。「別攔我，小爺肚皮沒撐爆之前，還能再吃十大碗。」

沈曈無語地看了他一眼。「小侯爺，您今兒吃太多了，還是歇著點吧，萬一撐壞了腸胃就不好了。」

裴銳不以為意。「沒事，小爺……」

正說著，突然感覺到一股寒意從旁邊襲來，裴銳的手一僵，老老實實地把筷子放下。

「嗝，算了，小爺的肚子裝不下了。」他摸摸肚子，悄悄往旁邊的沈修瑾望去。

沈修瑾將目光從他身上收回，彷彿剛才向裴銳投去一道死亡凝視的人並非是他，淡定地拿起筷子，慢條斯理地吃了起來。

方才沈曈下廚的時候他一直在旁邊，知道後面還有菜，因此並不像其他人那樣放開肚皮吃，而是每一樣都只吃幾口，淺嘗輒止。

因此，如今眾人無力再戰，他卻還能保持著戰鬥力。

氣氛頓時變得微妙起來，方才欣喜萬分的眾人看著美食唉聲嘆氣，郭鴻遠、殷明泰和沈修瑾則慢悠悠地享受著美食，心情格外地美妙。

郭鴻遠和殷明泰相視一眼，甚至能感受到那種優越感。
只是片刻後，他們又有些懊惱，他們可是長輩，什麼時候也變得這般幼稚了？
沈曈趁著郭鴻遠和殷明泰心情好，順勢問了幾句關於殺人碎屍案的事。
要不是沈曈，殷明泰還不知道自己轄下竟有這樣駭人聽聞的案件，更何況，這案子也沒什麼好隱瞞的，殷明泰十分爽快地說了。
「此案之駭人，連京師都震動了。」殷明泰說道：「聽聞聖上派了朝中幾位要員來調查此案，只是，晉王也插了一手。」
沈曈對大盛朝的各方勢力一點都不熟悉，聞言一臉茫然。
郭鴻遠放下酒杯，方才的好興致彷彿因為這兩字而消失了，臉色不太好。
裴銳也是面色鐵青。「別告訴小爺，這案子背後還有晉王的手筆。」
殷明泰搖頭。「本官如今也不敢確定，畢竟晉王近幾年的行為越來越讓人看不懂，朝中大小事務他都想要插一手，尤其是晉王世子越來越得聖心，聖上的幾位皇子要麼年幼，要麼不爭氣，朝中甚至傳聞皇儲可能會……」
裴銳猛地一拍桌子。「別忘了，還有個皇太子在，再如何也輪不到他！」
殷明泰看了他一眼。「本官知道你裴家與皇后娘娘共進退，對皇太子還抱有期待，可是，滿朝上下誰不知道太子失蹤多年，生死不明。」
「他還活著。」裴銳冷笑一聲。「晉王世子長得再像皇姑父，到底是假的，只要真的一出現，他連個屁都不是。」

殷明泰詫異地道：「聽你這意思，莫非你已經查到太子的下落了？」

裴銳抿唇不語。

事關皇儲，殷明泰和郭鴻遠也顧不得眼前的美食了，兩雙眼睛緊盯著裴銳。

「小侯爺，您若是真有什麼線索……」

「沒有。」裴銳忽然冷靜了下來，眉宇間的怒意消失，神色淡淡地道：「這事我還在查，暫時還沒有線索，但只要一日沒確定太子真的死了，這大盛朝就一日不能另立皇儲；再說，就算真要換皇儲，還輪不到某些人。」

包廂內靜了下來，郭鴻遠與殷明泰看著裴銳冷靜而銳利的眉眼，若有所思。

一品香門口，一名俊秀儒雅的中年男人站在一品香大門前，久久不敢踏進一步。

蘇藍氏看向蘇昊遠，淡淡地道：「蘇大人大駕光臨，有失遠迎。」

多年未見，蘇昊遠這回好不容易找到機會能與蘇藍氏見一面，沒想到她的反應卻與自己所想截然不同。

蘇昊遠的臉色微微一僵，片刻之後，又恢復了自然，面上帶笑。「夫人，我……」

「蘇大人認錯人了吧！」蘇藍氏不疾不徐地道：「民婦是個寡婦。」

這次皇帝派來景溪鎮調查案件的人，蘇昊遠正是其中一個。他拚命爭取到這個可以與蘇藍氏親近的機會，自然不會放棄，儘管蘇藍氏一直排斥他，但他仍然每日來一品香，只希望她能看到自己的誠意，對自己回心轉意。

「姑娘，蘇大人今兒一早，不僅將沈江陽放了出來，甚至連張大茂父子倆也放了。」林三向沈曈彙報自己打聽來的消息。「那殺人碎屍案，全都被推到了張屠戶一人的身上。」

林三性子機靈，人緣好，三教九流的人物都能交好，收集信息的能力一流，沈曈如今要打聽什麼消息，都是讓林三來負責，林三也從來沒讓她失望過。

「連張大茂父子倆也放了？」沈曈皺著眉頭，十分意外。「你確定是蘇大人放的，而不是高大人？」

高大人是與蘇昊遠一同負責此案的官員，在朝中的地位並不比蘇昊遠低，沈曈曾從裴銳口中得知，此人正是晉王的人。

如果張大茂父子倆是高大人放的，那還可以理解，但人竟是蘇昊遠放的，沈曈就有些費解了。經過幾日的相處，沈曈對蘇昊遠也有了一些瞭解，知道對方不是會包庇殺人凶手的人。

莫非，這背後有什麼隱情？

沈曈想了想，問道：「這幾日高大人和蘇大人身邊的人有什麼動靜嗎？」

林三皺眉想了想，忽然眼睛一亮。「還真有，和高大人關係較好的那一位秦大人，好像一直稱病告假，據說從來到景溪鎮那一日至今，從沒踏出門半步，沒人見過他的真面目，也不知道是什麼來頭；而蘇大人身邊的一位親信，原本一直形影不離，但是從昨兒個起，就沒見過他的蹤影。」

林三說完，覷著沈曈的神情，小聲道：「還有，我聽說沈香茹今兒一早回沈家了，還和沈家人起了衝突，沈家老太太與她在爭執中倒下，昏迷好久都沒醒過來，沈家讓大夫瞧過，老太太怕是不行了。」

沈老太婆經過前幾次的事情，身體早就大不如從前，她會病倒，也是意料之中的事，沈曈對她沒什麼感情，聞言神色不動，倒是聽到沈香茹出了這麼大事以後竟然還敢回來，有些驚訝。

「她不是偷了張屠戶的錢逃去外地了嗎？這陣子殷大人派人四處找都找不到人，怎麼突然回來了？」

「這個，我也不是很清楚。」

兩人這邊正說著，外面傳來動靜，沈曈回頭，竟見沈香茹用力推開門，滿臉淚水地闖了進來。

「曈曈，奶奶她……」

一句話沒說完，沈香茹哭得上氣不接下氣，一副傷心欲絕的模樣，緊緊抓住沈曈的手。也不知沈香茹是不是故意的，又長又尖的指甲掐進沈曈的手臂，白嫩的皮膚被掐得青紫，甚至還破了皮。

沈曈疼得皺眉，用力要抽回手，沈香茹又緊緊攥住，可憐兮兮地望著她。「曈曈，奶奶她快不行了，妳回去看看她吧！」

沈曈不耐煩了，用力甩開她的手。「妳奶奶病重，妳不回去好好照顧她，來找我有什麼用？」

沈香茹抹了抹淚，這段時間養得白嫩嫩的臉蛋如梨花帶雨一般，楚楚可憐，抽噎著道：「曈曈，奶奶不大好了，可能、可能撐不過這幾日了，妳好歹是她的孫女，就算她以前做得再不對，妳看在她沒多少時日的分上，就回去看看吧！若是錯過了，以後再後悔也來不及了。」

沈家這一代的小輩中只有兩個女孩，一個是沈曈，另一個便是沈香茹。

沈曈被沈家逐出家門以後，可以說沈香茹便是沈老太婆唯一的孫女了。

當初沈曈之所以被逐出家門，沈香茹出了不少力，如今，她竟然哭著求自己回去看沈老太婆，還說她是沈老太婆的孫女。

這可真是奇了，她又想打什麼鬼主意？

沈曈眯眼打量了沈香茹一眼，道：「好，我跟妳回去看看。」

沈香茹原以為要費一番波折才能說動沈曈，沒想到她竟然這麼爽快，險些沒反應過來。

沈曈挑眉。「怎麼？」

沈香茹這才回神，眼中極快地閃過一絲異樣的光芒，破涕而笑。「我就知道曈曈是最孝順的，奶奶看到妳一定會很高興。」

沈曈不置可否，她淡淡地道：「我先和乾娘說一聲，再和妳一起回沈家。」

說完，也不等沈香茹回應，她就讓林三將沈香茹趕出了房間，自己則去找蘇藍氏。

「曈曈，沈家人不是什麼好人，沈香茹這次讓妳回去，定沒好事。」蘇藍氏說道：「妳回去要小心，帶上林大他們一塊兒回去吧！」

其實蘇藍氏想勸沈曈不要再與沈家人扯上關係，生怕她會再次吃虧，但想到沈曈畢竟是沈家的骨肉，也不知道她心裡對沈家是個什麼想法，遂不好阻攔。於是，她只好提醒沈曈小心一些，可不能再像上回一樣，險些被這家人害死了。

沈曈點頭。「乾娘放心吧，我會小心的，況且，沈香茹有把柄在我手裡，她不敢對我如何。」

沈香茹當初失身於張屠戶，知道的人寥寥無幾，而沈曈是其中的一個，沈香茹向來最在意自己的名聲，在沒有絕對的把握之前，她是不敢惹惱沈曈的。

沈曈告別蘇藍氏，又去了一趟縣衙和郭府。

耽誤了半個時辰的時間，才慢悠悠地啟程回桃塢村。

她前腳剛踏入桃塢村，還沒走到沈家，隔著遠遠地，在村口就看見沈家門口掛起了白布，一陣陣哭聲從沈家院子傳了出來。

沈老太婆死了。

沈曈聽著沈家院子傳來的哭聲，心裡已經有數，她緩緩邁步踏入沈家。

沈江陽夫婦倆伏在沈老太婆的床前號哭，沈香茹站在他們身後，也不停地抹著眼淚，但更多的是悄悄地望向沈家大門處。

看到沈曈進來，她眼睛不易察覺地亮了亮，接著低頭冷笑，她還以為沈曈不會來了呢！

「曈曈，妳來晚了一步。」沈香茹哭著走向沈曈。「奶奶她，已經走了。」

第二十七章

沈江陽站起身，用白布遮住沈老太婆的遺體，與江氏一同準備為其辦理喪葬事宜。看見沈曈，他的反應十分平靜，並不像以往那樣態度惡劣。

儘管可以解釋是因為傷心過度，所以對她的態度有所轉變，但沈曈卻覺得事情沒那麼簡單。好在，她已經事先做好了準備，就算他們真有什麼詭計，她也不懼。

沈家決定將沈老太婆葬在五里外的一處荒山。

沈香茹拉著沈曈的手，說道：「曈曈，我爹已經找鎮上有名的神婆看過了，那座山的風水極好，相信奶奶會喜歡的。」

沈曈不動聲色地將手抽回來，沒吭聲。她與沈家人的恩怨是絕對不可能抵消的，她今日過來，也不是為了和沈香茹假意和好的。

沈香茹見沈曈冷冰冰的模樣，臉色不太好看，但到底沒有發作，輕哼一聲走開了。

沈家人扶棺，一行人身著孝衣，往五里外的荒山出發。

沈家並沒有大辦喪事，桃塢村內甚至有人壓根兒就不知道沈老太婆已經去世了，喪事辦得異常地低調。

除了剛才在院子外聽到哭聲，接下來的時間，沈曈幾乎都沒看見沈家人表現出多大的悲傷，要不是親眼看見沈老太婆的遺體，沈瞳都不相信她是真的去世了。

不過，這與沈瞳無關，沈瞳雖然跟著隊伍一起走，但卻沒有穿孝衣，無論沈家人如何勸說，她都不肯穿上。

她走在隊伍的最後面，沒人知道，在她的後面，遠遠地還有一支隊伍悄悄地跟著，正是縣衙的衙差們，由沈修瑾和裴銳、殷明泰、蘇昊遠等人帶領著。

五里遠的路程，一路翻山越嶺，走得異常辛苦。

直到黃昏時分，天都快黑了，才走到沈香茹所說的那塊風水寶地。

只不過，這風水寶地有些古怪，四周叢林茂盛，陰陰冷冷的，時不時從草叢中傳來窸窸窣窣的聲響，還有遠處令人心驚膽寒的猛獸吼聲。

沈瞳眯著眼睛觀察著四周的地形，挑眉看向沈香茹。「這樣的地方，也能叫做風水寶地？」

沈香茹拉著她的手，將她拉到一旁，指著山谷下方潺潺的流水道：「妳看，有山有水，這怎麼不能叫風水寶地了？神婆說了，這樣的好地方，可遇不可求，我替妳找了這樣一處好位置，妳應該感謝我才對。」

沈香茹說著，笑了出來。

沈瞳面色如常。「哦？這是什麼說法，這塊風水寶地不是給奶奶的嗎，怎麼說是替我找的？」

沈香茹方才還帶著笑的臉色頓時變得猙獰。「沈瞳，妳害得我這麼慘，難道真以為我會算了？我告訴妳，今日就是妳的死期，這裡，就是妳的葬身之地！」

她說完，向後一招手。之前跟隨著喪葬隊伍過來的雜工、壯漢們全都衝了過來，將沈瞳圍在中間。這些人虎背熊腰，皮膚黝黑，面目凶狠嗜血，身手俐落，一看便知不是普通的百姓。

此時他們都惡狠狠地瞪著沈瞳，彷彿在盯著什麼待宰的羔羊一般。

其中一名壯漢舔了舔唇，聲音陰森森地道：「就是這個小丫頭壞了咱們寨子的好事？有沒有搞錯，二當家竟然輸給這麼一個乳臭未乾的小不點？」

「老康，少說幾句，敢編排二當家，不要命了？」旁邊一人說道：「先把人綁回去。」

沈香茹幸災樂禍地看了沈瞳一眼，這些人是山匪，據說是什麼奔雷寨的人，和張大茂、張屠戶是一夥的，張大茂和張屠戶做的人肉生意，就是奔雷寨的經濟來源。

老康口中的二當家，正是張大茂。

張大茂和張屠戶被捕入獄後，奔雷寨的進項就少了一大筆，不只如此，這群人還要擔心張大茂和張屠戶在獄中會不會洩漏奔雷寨的情報，於是就恨上了沈瞳，打聽過沈家人和沈瞳之間的恩怨後，找上了沈江陽，讓其想辦法將沈瞳引出來，於是便有了眼前這一齣。

面對這麼多不懷好意的人，沈瞳非但不緊張，反而神情輕鬆，問道：「你們是奔雷寨的人？」

眾人一愣，這丫頭怎麼知道他們的來頭？

老康以為是沈香茹洩漏了他們的身分，惡狠狠地瞪向沈香茹。

沈香茹嚇了一跳，慌忙解釋。「我沒有對任何人洩漏你們的身分，我也不知道她是如何知曉的。」

這些人可是殺人不眨眼的山匪，沈香茹就算膽子再大，也不敢得罪他們。

然而沈瞳卻道：「她確實沒告訴過我，我是猜出來的；再說，你們奔雷寨的符號太明顯了，就算是傻子也能猜得出來。」

她指著老康和其他人的手臂，每個人的手臂上都有兩個字——「奔雷」。

太明顯了，簡直就是生怕別人不知道他們的身分一樣。

方才在沈家的喪葬隊伍還沒走出桃塢村的時候，沈瞳就已經注意到這群人身上的符號。一群山匪來幫人搞喪葬事宜，行事風格都不同，還以為別人看不出來，當誰傻子呢！

老康欲蓋彌彰地解釋了一下。「不是，我們是奔雷坊，專門負責代人處理喪葬事宜。」

沈瞳笑了笑，道：「我聽說過你們奔雷寨。」

老康這時也不忙著解釋了，詫異道：「妳一個小丫頭，從哪裡聽說我們奔雷寨的名頭？」

不怪他這麼問，實在是在景溪鎮內，奔雷寨的名頭並不算大，因為他們雖然號稱是山匪，但是不怎麼像其他山匪一樣經常出門打劫，而是以奔雷寨的名頭背地裡做別的營生。長此以往，近幾年整個景溪鎮幾乎都沒怎麼聽說過他們寨子的名頭。

老康和沈曈你來我往聊得正歡，都忘了雙方的立場了，但站在他旁邊的那名壯漢卻沒有忘記，恨不得堵住他的嘴。

「老康，閉嘴吧你！」這蠢貨，再說下去，奔雷寨的底細都被他透露出去了。

沈曈瞥了那人一眼，對方目光冰冷地瞪著自己，眼看要動手了，她不慌不忙地對老康說道：「我不只知道你們奔雷寨，還聽說在十五年前，你們奔雷寨幾乎曾被一位姓蘇的朝廷官員帶兵剿匪時滅了整個寨子，只留下幾個老弱殘兵，躲在這座荒山中苟延殘喘。」

「閉嘴，妳胡說什麼！」

「妳說誰是老弱殘兵?!」

山匪們嗜血好鬥、本性難移，沈曈的一番話，激怒了奔雷寨的這群山匪，誰也不願意承認自己是沈曈口中的老弱殘兵，個個對她怒目相向，就連剛才還和她和顏悅色、聊得歡快的老康，也怒氣衝衝。

爭執間，憤怒的山匪們又把沈曈圍了起來。

「殺了這死丫頭！」山匪們叫囂著。

沈香茹在一旁看好戲，甚至還落井下石。「各位好漢，沈曈她不僅壞了你們二當家的好事，她還是蘇藍氏的乾女兒。蘇藍氏你們知道吧？那是一品香的掌櫃，還是蘇大人的夫人。十五年前，你們奔雷寨不就是被蘇大人帶兵剿滅，才淪落得這麼落魄的嗎？她可是你們的仇人啊！」

這下，山匪們對沈瞳的殺意更濃了。

「原來她是我們仇人的乾女兒，這更不能放過她了！」

「我們要給死去的弟兄們報仇！」

一時間，整座荒山亂成一團，山匪們的叫囂迴盪在山間，驚嚇了無數山裡的小動物。

「兄弟們冷靜點，都聽我說。」老康對著憤怒的山匪們，大聲說道：「這丫頭現在還不能殺，你們別忘了大當家要把她綁回去的目的是什麼，你們不聽我的，總不會連大當家的話也敢不聽吧？」

老康一句話，總算讓山匪們冷靜了些，但這些人瞪著沈瞳的目光依然十分不善。

「先把她帶回寨子裡，看大當家要如何處置。」老康說道。

山匪們毫不客氣地把沈瞳捆了起來。

沈香茹見沒自己的事了，便想跟山匪們告辭，然而，老康卻一把抓住了她。

「嘿嘿，小丫頭，知道了我們奔雷寨的秘密，還指望著妳能全身而退嗎？作夢呢，還是跟我回去吧！」

沈香茹面色慘白，被老康拎著，而沈瞳則被捆綁著，一群山匪們扛著她，沿著小道往山林深處走。

整片荒山又恢復了安靜。

而沈江陽夫婦倆，縮在沈老太婆的棺材旁瑟瑟發抖，山匪們的凶狠使得他們連自己的女兒被帶走了都不敢阻攔，只顧著護住自己的小命。

「曈曈她們被帶走了。」

不遠處，不聲不響地埋伏於草叢中的沈修瑾等人，猛地站起身。

沈修瑾面色凝重，抿唇冷冷地瞥了裴銳一眼。

方才沈曈被山匪們包圍的時候，他想上前救人，然而裴銳和殷明泰卻一人一隻手將他按在原地，讓他不要輕舉妄動，他只能眼睜睜看著沈曈被帶走。

裴銳被他這一眼看得渾身發寒，連忙後退了幾步，解釋道：「曈曈這麼聰明，不會有事的，咱們當務之急是趕緊跟上那些山匪，找到他們的老巢，將他們一網打盡。」

說完，他看向殷明泰和蘇昊遠，瘋狂暗示兩人幫忙說話。

然而殷明泰只是大手一揮，留下幾個衙差收拾殘局，自己則帶著衙差們從他的身邊走過，緊追著山匪們離開的方向去了，對他的求助視而不見。

蘇昊遠更絕，吐出嘴裡叼著的野草，慢條斯理地拿掉沾在身上的草葉，晃晃悠悠地走到他的跟前。「擋著本官的道做什麼，讓讓。」

不等裴銳說話，蘇昊遠伸手推開他，跟在衙差的隊伍後面走了。

裴銳被噎了下。

他堂堂小侯爺，盛京城小惡霸，算了！一個、兩個的他都惹不起。

裴銳垂著腦袋，嘆了口氣。

山路上，山匪們走過的路上都被沈曈毫無聲息地丟下一粒又一粒的香料。香料逐漸散發出濃郁的香味，沈修瑾和殷明泰等人順著香味飄來的方向，一路跟在後面。

沒多久，就看見山匪們帶著沈曈和沈香茹穿過一條山谷，鑽進對面的一個山洞中。

山洞內別有洞天，不知這些山匪是如何辦到的，整個山洞開鑿得十分寬敞，直接在半山腰打穿了一條通道，使得山洞內部兩面透光，明亮如晝，涼爽宜人。

一間又一間的石屋乾淨整潔，內部擺放的家具、飾物應有盡有，可以說是麻雀雖小，五臟俱全，與沈曈想像中亂七八糟的情形截然不同。

這情狀，使沈曈有些不安。

在山洞的另外一個出口，左右兩邊各站著兩名健壯的山匪，面容肅穆，殺氣騰騰，眼中的警惕與防備十分謹慎。

沈曈心中一動，猜到他們守備的這一個出口後面，肯定藏著不可告人的秘密。她不動聲色地瞥過去一眼，迎著光幾乎什麼都沒看到，就被一個山匪扛著走進了山洞內最窄小、最陰暗的一間石室。

沈曈意識到有些不對勁，連忙問道：「不是要帶我去見你們大當家嗎，怎麼把我關在這裡？」

那山匪將她扔在地上，吐了一口痰，粗聲粗氣道：「我們大當家那麼忙，哪是什麼人都能見的，妳給我老老實實待著吧！」

「砰！」石室的門被用力關上，石室內陷入一片黑暗，周圍靜得不像話，只偶爾聽見幾聲老鼠的吱吱叫聲。

沈曈的心沈了下來。雖然來之前，沈曈已經事先和殷明泰等人商量過好幾種方案，做好了萬全的準備，可是，計劃總是趕不上變化。

山洞另一個出口後面肯定大有文章，奔雷寨並不像表面上那麼簡單，因為她剛才看見了，守門的幾個壯漢，看起來與其說是山匪，倒不如說是士兵，他們渾身散發出來的氣息，分明是軍人才有的那種訓練有素的感覺。

這群山匪的背後，絕對有朝廷軍隊的力量。他們勾結了朝廷中人，而且對方的勢力極大，若真是如此，殷明泰和蘇昊遠真能對付得了他們嗎？

她被關進了這間偏僻的小暗牢，根本就沒機會接觸奔雷寨的大當家，更沒機會打探這裡的情報，也無法對外傳出消息，壓根兒就幫不了他們。

只希望殷明泰他們不要輕舉妄動，否則……

沈曈被關在石室中，不知過了多久，肚子都開始咕嚕響了，石室的門都沒再開過。

彷彿被人遺忘了一般。

沈瞳可不想餓死在這裡，更何況，哥哥和殷大人他們肯定還在山洞外面等著，時間拖久了，他們沒等到自己的消息，不清楚奔雷寨內部的情報，很有可能會為了救自己而做出不理智的判斷，後果堪憂。

沈瞳咬牙，用力拍門。「來人，帶我去見你們大當家。

「有人在外面嗎？」

或許是被沈瞳的聲音吵得受不了了，也或許是奔雷寨的大當家終於想起她了。門終於被打開，兩個山匪大步走進來，煩躁地道：「瞎嚷嚷什麼！」

兩人一人一邊拽住她的手，把她帶到一間寬敞明亮的石室。

此時天已黑了，整個石室都點了燈燭，將裡面的所有佈置照得清清楚楚。

一個粗獷的男人坐在石椅上，冷冷地看向沈瞳，老康和之前與他一起的那名壯漢分立於他的左右。

沈香茹十分狼狽地被他踩在腳底下，渾身是傷，衣服凌亂不堪，顯然是禁受了一番殘忍的蹂躪，整個人半死不活的。

「求求你，放了我。」沈香茹有氣無力地向粗獷大漢求饒。

粗獷大漢正是奔雷寨的大當家，他掃了沈瞳一眼，少女身材嬌小，皮膚白皙，一張小臉五官精緻，雖然還沒長開，卻已經能預見以後的嬌美動人，然而她的神情冷淡，眼中沒有一絲情緒，冷靜得壓根兒就不像是這個年齡的女孩。

粗獷大漢心中驚訝，一個小村姑，竟然有這樣的美色和氣度。他之前看見沈香茹時，就已經覺得夠驚豔的了，如今看見沈曈，更是覺得眼睛都挪不開了，生生被她身上那股氣質折服。雖然恨沈曈壞了奔雷寨的好事，看見她之前恨不得將她碎屍萬段，但此時一見到沈曈，粗獷大漢卻捨不得殺她了。

「這麼好看的姑娘，殺了太可惜了。」粗獷大漢舔了舔嘴唇，露出一抹意味深長的笑意，朝一旁的老康說道：「留著給老子當壓寨夫人。」

老康哈哈一笑，另一個壯漢卻道：「大當家，這丫頭不能留，她鬼精著呢，咱們二當家和老張這回就是栽在她手裡，而且，她和蘇家、郭家都有關係，還與盛京城那位裴小侯爺好著呢，萬一被她逃了，咱們奔雷寨……」

這回大當家是真的驚訝了。「她一個小村姑，竟然有這麼大的能耐？」

他原本以為沈曈撞破張大茂和張屠戶的案子，是個巧合，壓根兒就沒想過沈曈會有多大的能耐，所以才沒將她當一回事，如今一聽，不由得猶豫了。

也對，能讓蘇昊遠的夫人都另眼相看的小村姑，能是什麼簡單人物？

大當家沒猶豫多久，目光一狠，朝老康和那名壯漢示意。「殺了。」

老康和壯漢毫不猶豫地拿刀走向沈曈。

沈曈看著兩人走近，對大當家說道：「大當家，你們既然知道我與蘇家、郭家，還有裴小侯爺關係好，那可有想過，我是憑什麼才能抱上他們大腿的？」

大當家起了好奇心。「哦？那妳說說，妳是靠什麼抱上他們大腿的？」

老康兩人停了下來，但是手裡閃著寒芒的長刀依然在沈曈的面前等著，隨時準備揮向沈曈嫩白的脖子。

第二十八章

沈曈面色如常地掃了他們一眼，才對大當家說道：「我的廚藝極好，裴小侯爺是我的食客，他最喜歡我做的菜，郭家的人也同樣如此；而且，我還是一品香的二東家，不久後，我的甜點鋪子也會開張，我做的甜點，將會風靡整個大盛朝，賺得盆滿缽滿。

「這一次無意中撞破你們奔雷寨的人肉生意，使得官府盯上你們，導致你們丟了一大筆進項，損失慘重，我想大當家肯定是不甘心吧？」沈曈笑著道：「要我說，做人肉生意有什麼好，雖然利多，卻也伴隨著極大的風險，整日提心弔膽，擔心會被官府查到，倒不如走正途，做一些正經營生，既安全又能獲利，而且，這也是你們從黑暗走向正途的契機，從此你們就不必再東躲西藏了。」

沈曈的一番話，說得老康蠢蠢欲動，他期待地看向大當家。「大當家，我聽說這丫頭的廚藝確實好，整個景溪鎮的廚子沒有哪個比得上她的，若真和她聯手，咱們……」

老康的話還沒說完，就被大當家冰冷的目光制止。

大當家沈吟片刻，對他說道：「先把她帶去伙房，看她能不能做出讓老子滿意的菜來。」

大當家也是個好吃之人，老康以為他是心動了，連忙欣喜地拉著沈曈出去。

沈曈以為可以進入另一道門後看看裡面藏著什麼秘密，結果老康卻不是帶她去那邊，反而領著她去了大當家自己的小廚房。

這小廚房窄小又陰暗，裡面的廚具少得可憐，除了一口湯鍋，一口炒鍋，一把勺，幾個破碗，角落裡堆著木柴，就沒別的了。

食材看上去好像很多，但能吃的就那麼一點，幾顆蔫了的白菜，還有半籃子野菜。

沈曈四處看了一眼，除了這些，就沒別的了。

「沒了？肉類呢？」沈曈看向老康。

老康嘿嘿一笑，掀開柴堆旁邊一口黑色的大缸蓋子。

「都在這兒呢！」

一股腥臭的氣味撲鼻而來，沈曈往缸裡面看了一眼，胃頓時翻滾起來。

堆在裡面的肉，不是豬肉，也不是雞鴨鵝魚，而是人肉。

沈曈頭皮發麻，忍住衝出小廚房的衝動，拳頭攥得緊緊的，幾乎要克制不住內心的怒火。

這些禽獸！

老康似乎沒察覺到沈曈的情緒變化，說道：「妳別小看這些肉，這個可比什麼雞鴨鵝魚肉好吃多了，保證妳試過了以後，別的肉都瞧不上眼了。」

他嘿嘿笑道：「妳是廚子，號稱處理過無數食材，但是這個沒做過吧？妳用這些給我們大當家做一頓好的，隨妳怎麼料理，但是最好少耍花樣，不然，嘿嘿，要是咱們大當家不滿意，說不定妳也會被塞進這口缸裡。」

老康的語氣十分惡劣，但神情卻有些不對，沈瞳注意到，他一邊大聲和自己說話，一邊目光不住地看向門外。

沈瞳皺眉，下意識回頭一看，順著他的目光看見外面有幾個山匪往這邊探頭探腦地看過來。

沈瞳立即明白了，看來奔雷寨的大當家疑心病比她想像中的還要重，這是信不過老康，怕老康對她洩漏寨子裡的信息，才派了人來監視。

沈瞳想起方才老康在大當家面前贊同她的提議時的神情，大概能明白大當家為何信不過他了。她心裡琢磨著，是不是可以藉此挑撥老康和大當家之間的關係，攪亂整個奔雷寨。

這時，老康突然朝她靠近了些。

沈瞳警惕地向後退了一步。「你幹麼？」

「姑娘別緊張，其實我是蘇大人的手下。」老康低聲說道。

為了不引起外面的人懷疑，他一邊低聲說，一邊手裡提著刀，故作凶狠地看著沈瞳，在外面的人眼裡看來，似乎是在威脅沈瞳。

原來老康是蘇家的老奴，曾是伺候過蘇閣老的人，後來被蘇閣老送給蘇昊遠。不久前，因軍中異變，皇帝下密旨讓蘇昊遠調查，於是老康便被蘇昊遠安插進了軍中。

因為身手好，人又老實本分，老康很快便得到軍中將領的賞識，成為其左右手，也因而獲知了許多秘密。

這個秘密包括，他所在的那個軍隊的將領，恰好是晉王的人，聽從晉王的命令，每年從其麾下挑選出身手好的士兵，收買後讓其假死，悄悄轉出大盛朝的軍隊，轉而進入奔雷寨。

也就是說，奔雷寨上下所有人，表面上是山匪，實際上都是晉王的私兵。

豢養私兵是株連九族的謀逆大罪，只能暗中進行，晉王一言一行都在皇帝的監視之下，不敢明目張膽操練私兵，更不敢撥款，因此，只能讓大當家等人自己想辦法賺錢。

而大當家所想的法子，自然便是人肉生意了。

在這些人的眼裡，人命是最不值錢的，而且殺人搶劫還能讓他們手底下的兵得到歷練，就算鬧出了什麼事，朝中還有人替他們兜著，自是百利而無一害。

於是，這些人就猖狂到了現在。

老康說道：「大當家的疑心很重，我在奔雷寨待了好幾年才得到他的信任，之前一直待在周邊，從來沒進入過後山的演練場，直到上個月，他身邊的一個親信出任務死了，他身邊沒有得用的人，才將我提拔起來。妳既然是夫人的義女，便也算是我的半個主子，我提醒妳一句，千萬不要靠近後山演練場，那邊守備重重，沒得到大當家同意者膽敢靠近一步的，不管是什麼理由，殺無赦。」

他話說得嚴重，沈曈挑眉。「你說你是義父的手下，有什麼證據？」

在奔雷寨這樣的鬼地方，人人都不是省油的燈，沈曈一個弱女子在這邊，就是羊入虎口，不小心一點，說不定會被吞得連骨頭都不剩。

萬一老康是大當家派來試探她的，那她豈不是要糟糕。

見沈曈並未只聽他一面之詞就信了，老康眼中閃過一絲讚賞，拿出一件信物，示意沈曈檢查。「這是當年離開蘇家時，老爺給我的信物，只有得到蘇家主子信任的蘇家下人才有資格獲得這個，沒人能作假，妳跟在夫人身邊，應該也見過此物。」

沈曈看了一眼，這信物是一塊玉珮，模樣精巧別致，上面刻著一個「蘇」字，邊緣紋樣特別，她曾在小初那裡見過一塊一模一樣的，也知道這信物的來歷，看來老康確實沒說謊。

她點了點頭。「我信你。」

老康這才鬆了口氣，猶豫了一下，他問道：「聽說妳是桃塢村的人。」

沈曈詫異地看了他一眼。「桃塢村怎麼了？」

老康嘆了口氣。「我家小姐，如今正被寄養在桃塢村。」

沈曈這下是真的驚了，乾爹、乾娘查了那麼多年都不知道女兒的下落，老康是怎麼篤定自己家小姐在桃塢村的？難不成當年就是老康把人救下來的？

可是，十五年前山匪搶劫時，老康還沒被派去軍中，更沒加入奔雷寨，要想救下自家小姐，這不太可能吧？

除非他是這幾年進入奔雷寨後才知道的消息。

果然，老康說道：「當年山匪搶劫，小姐失蹤，夫人負氣離開蘇家，蘇家上下亂成一團，接連十幾年都是一副死氣沈沈的模樣；尤其是老爺，我跟在他身邊，幾乎從沒見過他再笑過。後來我被安插進軍中，機緣巧合進了這奔雷寨，知道奔雷寨就是當年晉王派去對付老爺和夫人的那群山匪，我就起了心思，打算暗中調查小姐的下落，這幾年總算讓我查到了一點眉目。」

據老康所說，當年那群山匪清場時，其中一個山匪的婆娘撿到了一個剛出生的女嬰，心生憐憫，並未將她交到山匪的手中，而是悄悄抱下山，送給了桃塢村一對剛失去女兒的夫婦領養。

「十幾年過去，那山匪的婆娘也已經老了，記不清那麼多細節，只記得送的是一戶姓沈的農家。」老康說道：「妳也是桃塢村的人吧？妳可知桃塢村有多少戶姓沈的人家？」

沈曈琢磨了一下，桃塢村好像就只有一戶姓沈的，不過如今她已經離開沈家，自立門戶，算起來就是兩戶了。

而符合藍姨的女兒十五歲年齡的，除了沈香茹，就只剩下她自己。

然而，沈香茹是不可能的，而自己就更不可能了。

不過如今不是糾結這個的時候，沈曈只琢磨了一會兒，便將其拋到腦後，又問起關於奔雷寨的許多信息。

而在此時，門外傳來喧譁，剛才在外面探頭探腦的幾個山匪鬧了起來，並且一邊打鬧，一邊藉機朝這邊過來。原來是沈曈和老康聊得太久，讓他們起疑心了。

沈曈連忙止住話題。

老康瞬間恢復凶狠的模樣，惡聲惡氣地道：「食材都在這裡了，妳要怎麼做都可以，千萬不要耍花樣，否則，我絕不放過妳！」

說完，他還舉起刀往旁邊的木柴砍了一下，將那木柴砍得瞬間劈成兩半，然後大搖大擺地走出了小廚房。

走出去時還問那群山匪。「你們在這兒鬧什麼，都沒事幹？」

那群山匪裝模作樣地應了幾聲。

「康哥，我聽說來了個會做菜的小姑娘，就來瞧瞧熱鬧，咱哥兒幾個都好幾個月沒下山了，整天吃的都是那些東西，膩都膩死了，要是那小姑娘做出新鮮的吃食，你可不能少我們一份。」

老康心知這是藉口，看破不說破，不耐煩地道：「就知道吃，放心吧，少不了你們的。不過要等大當家吃過以後，剩下的才是你們的，趕緊滾去操練，少在這裡礙事。」

那幾個山匪說說笑笑，卻死活不肯走，在一旁轉來轉去，盯著沈曈和老康，有他們在，沈曈和老康生怕會被看出端倪，不再交流。

沈曈做不到用人肉來做料理，過不了心裡的那一關，她左右看了看，實在找不到肉類食材，但是又不可能讓這些山匪不吃肉。

她想了想，對老康說道：「你們整日吃的都一樣，今兒來點不一樣的吧，換一下口味。」

老康沒回話，在旁邊盯著的幾個山匪卻點頭道：「換口味好，整日吃那些，再好吃我都膩了。」

沈曈忍著嘔吐的衝動，捏著鼻子將那只裝人肉的缸蓋上，為了不讓那難聞的氣味飄散出來，她甚至還搬了幾塊大石頭壓在上面，把缸口封得密密實實。

然後才看向那些山匪，指著小廚房內堆了大半空間的木柴說道：「這些木柴中藏著十分絕妙的美味，需要你們幫忙找一下。」

山匪們都笑開了。「妳當我們是傻子，木柴裡面能有什麼好吃的東西？」

沈曈也不解釋，拿起一根木頭扔在他們面前。「借一把刀。」

山匪們面色一緊，方才還輕鬆笑著的神情頓時變得緊繃，警惕地望著她。

沈曈笑了笑，嘲諷地道：「怎麼，我一個手無縛雞之力的小姑娘，就算是拿著刀，也敵不過你們這麼多人，難不成你們還怕我會砍死你們逃跑嗎？」

山匪們聞言也覺得他們似乎緊張過頭了，沈曈小胳膊、小腿的，怎麼可能逃得了？

老康直接就把刀遞了過去。「行了，我的刀借妳。」

沈曈拿過刀，在木柴上觀察了幾下，對著某個腐爛的部分砍下去。

木頭已經腐爛得差不多了，這一刀砍下去，碎成渣的碎屑四處亂飛，眾人散開，等碎屑散去，才看見木頭中空的部分露出一條乳白色、肥肥胖胖的蟲子。

沈曈不慌不忙地把那蟲子從木頭中拿出來，笑著道：「這蟲子是絕佳的佐酒美味。」

山匪們面面相覷，片刻後，氣氛炸了開來。

「妳說什麼，妳讓我們吃這種玩意兒？」

山匪們難以置信地瞪著沈曈，木柴裡的蟲子，這種玩意兒，真的能吃嗎？別是這丫頭想逃跑，想毒死他們吧？

面對山匪們的質疑，沈曈說道：「諸位少安勿躁，這個不僅能吃，還十分美味，你們若不信，我現在就證明給你們看。」

沈曈面上不動聲色，但心中卻嗤笑一聲。饑荒年代，什麼樹根、草皮都能咬牙吞下，更不用說蟲子了，這些蟲子可是高蛋白、高營養的好東西，更不用說弄熟了以後，吃著鮮美可口，堪比山珍海味了。

只看這個反應，她就知道，這群山匪根本就沒嘗試過餓肚子的滋味。

想起那一缸腥臭的人肉被他們當成食物來吃，沈曈的心頭就忍不住升起一陣厭惡。她面上帶著疏離的笑意，點燃柴火，做了根木籤，把柴蟲串起來，撒上一點油鹽，放在火上烤。

片刻的工夫，就傳來滋滋的聲響，白白胖胖的柴蟲鼓脹起來，外表金黃帶著微焦的顏色，淡淡的香氣飄出，惹得眾人不住地流口水。

「咦，聞起來還真香。」山匪們驚訝地盯著沈曈手裡的東西。

「可以吃了。」沈曈將烤得香噴噴的柴蟲遞給面前的山匪們。

山匪們你看我，我看你，雖然這香味實在是饞人，但畢竟沒吃過，半天都沒人敢第一個上前嘗試。

老康倒是知道這玩意兒能吃，他從前跟著蘇閣老，什麼樣的苦都吃過，這柴蟲對他來說，是極美味的東西，這樣的好東西，已經許久沒吃過了。

他鄙夷地哼笑一聲，嘲諷那些踟躕不前的山匪們，轉頭看向沈曈，嚥了嚥口水。「這玩意兒我吃過，是真好吃，他們不敢吃，讓我來。」

沈曈笑咪咪地把烤串遞給老康。

老康接過柴蟲，一口就咬下一個，烤得外焦裡嫩的柴蟲，輕輕一咬，焦脆的外皮香脆可口，內部嫩滑，吃得滿嘴生香。

老康吃完，一抹嘴，又眼巴巴地望著沈曈。「真好吃，就這一條蟲子，都不夠我塞牙縫的，咱再來幾串吧！」

沈曈朝木柴堆努了努嘴。「想吃就自己捉蟲。」

老康笑呵呵地跑去砍柴捉蟲了。

其他山匪之前聞到那股香味時就已經蠢蠢欲動了，盯著他看了半晌，見他一點事都沒有，連忙圍過去問東問西，確定那柴蟲真的可以吃，他們也一窩蜂地跑去捉蟲了。

等他們捉蟲回來，沈曈將柴蟲串起來烤得外焦裡嫩，擺在盤子裡，山匪們一人一串吃得歡快。

片刻的工夫，小廚房裡變得熱鬧萬分，山匪們似乎也對沈曈減輕了一些警惕和防備，漸漸與她開始說笑。

沈曈暗鬆了一口氣，繃緊的心神勉強放鬆下來，唇角帶著一股笑意，指使著山匪們捉柴蟲，還讓一部分人出去山裡面打獵，畢竟柴蟲只能當佐酒小菜來吃，換一下口味行，不可能讓他們當飯吃。

山匪們一下子去了一大半，只留下幾個在小廚房裡。

沈曈一邊烤著柴蟲串，一邊撿腐木上長出的一片片黑褐色的東西。

幾個山匪好奇地問道：「這玩意兒也能吃？」

沈曈點頭。「這個叫做黑木耳，味道鮮美爽口，可葷可素，不僅好吃，還營養豐富。」

山匪們似懂非懂地點頭，想起方才那焦香可口的柴蟲，對沈曈的廚藝是半點疑慮都沒有，忙跑過來幫忙摘取黑木耳。

沈曈眼中閃過一絲不可察覺的笑意，這黑木耳，可是她對付這群山匪的好東西。

一個時辰後，沈曈面前的竹簍裡裝滿了新鮮的黑木耳和柴蟲，而被她叫出去打獵的山匪們，也帶回來許多野味。

第二十九章

沈曈將這些食材全都處理乾淨，下鍋料理，很快地，便做出一大桌香噴噴的菜餚，香味飄遍整個奔雷寨，將其他的山匪們也吸引了過來。

一頓飯做好，沈曈和山匪婆子們端著菜餚，送去了大當家那裡。

然而，大當家看著面前的飯菜，沒急著去吃，反而看著沈曈，冷冷道：「妳先吃一口。」

大當家足夠警惕，沈曈知道他這是擔心自己在飯菜中下毒。

沈曈淡定地拿起筷子，每道菜都挾了一口當著他的面吃下去。

大當家也不在意，反正沈曈做飯時有一大批山匪盯著，就算她想下毒，也得有機會才行，讓她當面嚐一口，也是以防萬一罷了。

見她吃完沒事，大當家才坐下嚐起沈曈的廚藝。他最先挾的是一道紅燒魚，這魚是沈曈讓一個山匪下山買的河鮮，魚肉鮮嫩滑口，被沈曈處理得一點腥味都沒有。

大當家這一嚐，筷子都捨不得放下了。

站在旁邊的山匪們眼巴巴地望著他筷子不停地將整條魚吃完，他才如夢初醒一般回過神來，朝眾山匪一招手。「都站著做什麼，都坐下來嚐嚐。」

山匪們猶豫半天。「大當家的，您先吃，您吃完我們再吃。」

大當家道：「大家都是兄弟，不必來這一套，今兒個高興，大夥都坐下來嚐嚐鮮，不必拘泥，不用擔心喝多了會耽誤操練，若是出了什麼差錯，都算我的。」

山匪們這才大呼一聲，興高采烈地坐下來，與大當家一起享受美食。

沈曈目光深了深，這位大當家真是會收買人心。

她之前曾聽老康說過，大當家身手好，為人也狠，心思深重，將整個奔雷寨管理得井井有條；不僅如此，他還是晉王的心腹，全寨上下的人都十分信服他，也難怪能讓這些山匪們對他畢恭畢敬的。

沈曈站在一旁，看著山匪們吃得歡天喜地，喝掉一罈又一罈的烈酒，直到夜深才散了。

因為沈曈這一頓飯做得十分符合眾山匪的胃口，又證明了她的廚藝確實比景溪鎮大多數酒樓的廚子都厲害，大當家對她的殺意減輕了幾分，似乎開始考慮起她那個合作的提議。

山匪們對她也客氣了許多，不再安排她住那個陰暗窄小的石室，而是給她安排了另外一處環境稍微好一些的房間。

夜裡，整個奔雷寨安靜下來。

沈曈躺在床上，睜著眼睛望向牆角處燃燒著的燭火，一點睡意都沒有。

她知道門外有山匪守著，想出去給沈修瑾和殷明泰他們報信絕不可能，但老康一定會有辦法給他們傳出消息的，她只須靜靜地等著就好。

果然，到了亥時末，便聽見外面傳來幾聲悶響，守在門口的兩個山匪被人無聲無息地撂倒，一個人影走了進來。

進來的不是別人，正是沈修瑾。

沈曈猛地從床上跳起來，她原以為進來的會是殷明泰手下身手好的衙差，卻沒想到竟是沈修瑾。她還不瞭解他嗎？他壓根兒就不懂得什麼武功，若是被山匪發現了。

她又是擔憂、又是指責。「哥哥，怎麼是你？你……」

話沒說完，唇瓣便被堵住了。

沈修瑾的手指壓住她柔軟的唇瓣，他經常握筆，指腹間磨出了薄繭，因此略微粗糙，壓在沈曈柔嫩的唇瓣上，也不知是有意還是無意，他指腹動了動，在她的唇瓣上輕輕磨了幾下，帶著一絲若有若無的繾綣意味。

沈曈的話戛然而止，雙眼微微張大。

「噓，小聲些，否則會驚動山匪們。」沈修瑾壓低嗓音說道。

沈曈這才回過神來，仔細傾聽了一下外面的動靜，沒聽見什麼異常，這才放下心來。

這時，沈修瑾也收回了壓在她唇瓣上的手，溫熱柔軟的觸感從指間消失，使得他的心中悵然若失。

昏暗的燭光下，他眉眼低垂，沈曈沒留意到他失望的神色。

她輕聲問道：「哥哥，你怎麼來了，殷大人他們……」

「他們還在外面等著，我見妳遲遲未出來，擔心妳的安危，這才執意進來。」沈修瑾說道：「這裡太危險了，我不能讓妳繼續待在這裡，剿匪是他們官府的責任，不是妳的責任，妳不應該讓自己陷入如此危險的境地。」

沈修瑾拉住沈瞳。「妳先離開這裡，有老康在，這些山匪早晚會落網。」

沈瞳卻道：「不行，哥哥，奔雷寨沒有表面上那麼簡單，而且老康似乎沒有完全得到大當家的信任，若是我現在抽身就走，不僅會導致殷大人的計劃失敗，還會連累到老康。」

老康臥底在奔雷寨這麼多年，為了不引起大當家的疑心，從沒對外洩漏過半點消息，如今自己一來，他就透露了這麼多情報，若是不能就此將奔雷寨一網打盡，藉此揪出晉王的把柄，後果將會很嚴重。

沈瞳沒有那麼偉大，她才不管什麼家國天下，也不在乎誰做皇帝，大盛朝皇帝的江山穩不穩固，她一點都不關心，她只在乎自己身邊的人。

她不是笨蛋，如果這次任務失敗，打草驚蛇，不僅奔雷寨剿滅不了，甚至還會讓晉王攥住蘇昊遠和殷明泰等人的把柄。

她來到大盛朝這麼久，認識的人本就不多，這些人對她的關照，她都記在心裡，但凡有機會能為他們做點什麼，她都不會拒絕，更不用說此次的事情，關乎到他們這幾個人的生死存亡。

皇權之爭，是高位者的博奕，基本上都是用底下人的命來填，殷明泰和蘇昊遠說起來是皇帝寵臣，其實本質只不過是帝王權術下的炮灰罷了，一旦被人抓住把柄拖下來，不僅他們自己，就連身後的族人都會遭到清算。

沈修瑾見沈曈心意已決，只好道：「妳既然打定主意要留在這裡，好，那我不攔妳，我陪妳。」

沈曈無語。「你冷靜點，你要怎麼陪我？明天天一亮，山匪們發現我這裡多了個男人，你說他們是會把你留下來，還是直接把你剁了炒菜吃？」

沈修瑾。「我自有法子說服他們留下我。」

無論如何，他都不能讓她孤身一人待在這裡，萬一出了什麼事，他怕自己承受不住那後果。

沈曈搖頭。「不行，你現在給我走，你放心，我已經有方法對付他們了，你們今晚先回去好好歇著，養足精神，明兒一早再過來守著。到時候我會讓老康給你們信號，你們再帶人衝進來即可。」

沈修瑾還想說什麼，沈曈低聲哄道：「乖，你先回去。」

昏暗的燭光中，沈修瑾聽見沈曈這一句「乖」，忽然瞇了瞇眼。

「曈曈，我不是小孩子，不要用哄小孩的語氣和我說話。」他壓低嗓音，在沈曈驚愕的目光中，大掌握住她纖不盈握的柳腰，微微用力，似是在警告，又似在克制著什麼。

沈曈突然說不出話了。

沈修瑾見她不說話，頓了下，輕笑了一聲，又道：「我聽妳的，妳讓我回去，我便回去，不過，妳要向我保證，要好好保護自己，不許受傷。」

牆角的燭火爆出一個燈花，噼啪作響，腰間那隻大掌燙得驚人，面前男人的容貌在昏黃的燭光映照下，顯得異常俊美，沈曈的目光在他精緻的眉眼中恍惚移動，不由自主地點了點頭。

沈修瑾滿意了，放開她。「記住妳答應我的，不許讓自己受傷，若是少了半根頭髮，我便懲罰妳。」

直到沈修瑾離開，房間重新恢復了安靜，沈曈才慢慢回過神來。

也是這時候，她才發現，自己的臉熱得嚇人。

一整晚，沈曈輾轉反側，無法入眠，腦海中無數次出現沈修瑾的面容。

第二天一早，沈曈起來，眼下一片青黑，黑眼圈大得嚇人。

自從昨晚那一頓飯後，沈曈就被眾人默認成了奔雷寨的臨時廚子，整個寨子的飯菜都由她來負責，而她一整晚都沒鬧什麼么蛾子，老老實實地待在自己的房間，幾乎沒出來打探什麼消息，山匪們對她的戒心也減輕了幾分。

後山傳來山匪們操練的聲音，即便是隔著那麼遠的距離，沈曈都能聽見他們精神十足的吼聲，不由得對那位傳說中的晉王又添了幾分好奇。
能夠想到以山匪的方式來豢養私兵，而且還將這些人管理得如此嚴格，這位晉王還真是不可小覷。
沈曈一邊清洗昨天從木柴上摘下來的黑木耳，一邊默默地聽著從後山傳來的操練聲，從那震耳欲聾的吼聲，她可以推測出，後山藏的人至少有一萬以上。
再加上早上大當家讓她做兩萬人的飯菜，她已經大致掌握了這個寨子的人數。
大當家說的人數，極有可能是為了混淆她的視聽而胡亂編造出來的數量，她從自己聽到的吼聲而估測出來的人數，才是奔雷寨真實的人數。
她心裡已經有了計較。
昨兒因為做的飯菜不多，沈曈一個人幹活便足夠了，今兒大當家讓她負責所有人的飯菜，就顯得有些忙不過來了。好在大當家叫來了奔雷寨原本負責做菜的幾個嬸子和婆子來打下手。
花了一個多時辰，才做好這麼多的飯菜，那些嬸子和婆子將飯菜端到後山，禁止沈曈進入。
沈曈本來就沒指望這麼快就能進入奔雷寨的核心區域，見狀也不在意，只淡定地在廚房收拾著灶臺。
婆子們端出去的菜餚中，魚香肉絲這道菜是分量最多的，不僅如此，廚房裡還留了許多沒裝盤。

一個還沒離開的婆子見狀，問道：「妳這道菜好像做得比其他菜多了十幾倍？」

沈曈漫不經心地道：「哦，那是因為黑木耳摘得多了些，妳瞧，都是從木柴上新鮮摘下來的，好幾個簍子裝得滿滿的，我只炒了一半，要不是怕他們吃不完，我還想再多做一些呢！」

那婆子看了一眼竹簍裡，確實還有一大半的黑木耳，她照例讓沈曈當著她的面每一道菜都嚐了一遍，確認沒有毒，才收起疑心，端菜出去了。

直到她離開以後，沈曈才自言自語地道：「就是要你們多吃一些才好，不然，我何必浪費時間和精力做這麼多？」

她之前特意向老康打聽過這些山匪的口味，知道他們都喜歡重口味的菜，為了讓他們多吃幾口黑木耳，她特意在魚香肉絲這道菜上花了很大的心思，多放了調味料和辣椒，其他菜則刻意少放了調味料，偏淡口味一些。

如此一來，在這些菜中，其他菜都偏淡，只有魚香肉絲符合山匪們的口味，山匪們可能會因為一時的新鮮而嘗試其他的菜，但卻會因為正好符合口味而多吃幾口魚香肉絲。

到時候，她的目的就達到了。

不一會兒，婆子端出去的魚香肉絲就徹底清空了，幾個婆子急急忙忙又回來端菜。接著，婆子們才剛來過，後面又有幾個山匪跑過來。

「沈曈，方才那道菜，叫什麼的，趕緊再上一道過來。」

沈曈不慌不忙地道：「那道菜名叫魚香肉絲。」

有山匪一下子就聽出了不對勁。「啥玩意兒？魚香肉絲？可我吃了半天，怎麼沒見這菜裡面有魚？」

魚香肉絲裡面當然沒有魚，這道菜中的魚香，是來自於各種調味料調製而成的香味。

沈曈頓了頓，正要解釋，那山匪卻不耐煩地擺手。「行了、行了，別說那麼多廢話，趕緊再多上幾盤魚香肉絲。」

「還別說，那黑木耳真挺好吃的，沒想到咱們經常在木柴上看到的那玩意兒竟然真的能吃。」

後山的席上，山匪們喝得都有些多了，只有大當家還保持著幾分清醒，他見眾人都如此喜愛那魚香肉絲，忽然皺了皺眉。

這道菜確實好吃，他自己也吃了不少，但沈曈做的分量似乎太多了，而且口味與其他菜餚截然不同，不管怎麼看，都像是刻意引著所有人多吃幾口。

絕對有問題。

他叫來一個婆子，問道：「可有讓沈曈嚐過這些菜？」

「嚐過，我是親眼瞧著她吃的，這些菜絕對沒問題。」婆子說道。

正說著，又有幾個婆子從廚房端來好幾盤的魚香肉絲。

「等一下。」大當家忽然開口，制止山匪們繼續吃魚香肉絲，他盯著那道菜打量了半晌，讓眾人先別吃，他自己則離開後山，轉道去廚房找沈瞳。

沈瞳此時剛把廚房整理得乾乾淨淨的，見他過來，自然知道他的來意，她低垂眉眼，故作不知，問道：「請問大當家有什麼吩咐嗎？」

大當家將目光掃向灶臺，上面還剩下分量不少的魚香肉絲，若不是沈瞳今兒把黑木耳用來做菜，大當家還不知道這東西能吃，而且還這麼好吃，除了沈瞳，幾乎所有人都不認識這玩意兒，誰也不知道這黑木耳究竟有沒有毒。

雖然手下們沒有出現不對勁的狀態，但大當家畢竟是個謹慎的人。

他挾起一筷子黑木耳，遞到沈瞳的嘴邊，冷冷地道：「吃下去！」

沈瞳笑了笑。「大當家這是懷疑什麼？我做菜的時候，你們的人都在一旁盯著，我想動手腳都沒機會，更何況我一個弱女子，上哪兒找毒藥？這黑木耳是從你們的木柴堆裡摘的，從摘下來到做成一道菜，都有你的人在旁邊盯著，絕對不會有問題。」

大當家皺眉，眼神更冷了。「妳不敢吃？」

他眼中的殺意越來越明顯，身後兩個山匪提著刀，一左一右站到沈瞳的身旁，似乎只要他開口，隨時就會砍向沈瞳的脖子。

沈瞳收斂起笑意。「當然敢吃，這菜沒問題，我有什麼好怕的？大當家既然懷疑我，為了證明我的清白，我不僅要吃，還要多吃幾口，才能消除你對我的疑心。」

她一口吃下大當家挾的黑木耳，爽脆甜辣的味道，在唇齒間漫開，使得她微微瞇了瞇眼。

大當家親眼看著她吃下好幾口黑木耳，臉色沒有一絲緊張，反而更加淡定自然，眼中的殺意頓時消失，緊蹙的眉眼也微微舒展開來。

看來似乎是消除了疑心。

兩個站在沈曈左右兩邊惡狠狠的山匪隨即在他的一個眼神示意下，繼續回到他的身後。

壓力頓時消散，但她沒有因此而放鬆下來，因為這才是剛開始。

等大當家不甘心地走了以後，沈曈才面色淡然地將手指伸到喉嚨中催吐，將方才吃的東西都吐了出來。

之後，她走到小廚房的牆角處，摘下一截冬瓜藤，洗乾淨後將其搗碎成汁。

鮮木耳有毒，若是要吃，必須要經過曝曬等方法製成乾木耳，去掉大部分的有毒的物質，才能吃，而冬瓜藤汁，可以解毒。

她方才吃得不多，按理說中毒的可能性比較低，但也不可不預防著些，因此，她催吐完以後，還用這冬瓜藤汁解毒，應該可以萬無一失了。

後山的喧譁聲持續了一個多時辰，那些山匪們吃到盡興才結束。

沈曈聽著那邊的動靜，直到他們的操練聲再次響起，她的唇角才緩緩揚起。

如今正是陽光最烈的時候，這些人在陽光下操練，經由陽光曝曬，之前吃下的鮮木耳的毒，就會被激發出來，皮膚出現紅斑、水腫、丘疹等情況都是輕的，嚴重的會出現頭痛發燒、上吐下瀉甚至呼吸困難的症狀。

每個人的症狀不一定相同，但沈曈已經儘量將分量加到最大，這些山匪們吃了那麼多，症狀肯定輕不了。

第三十章

果然，沒多久，操練的聲音停了下來，沈曈聽見後山傳來紛亂的聲音。

就連守在廚房門口盯著她的那幾個山匪婆子，也開始出現了不適。

沈曈目不斜視地在廚房內整理著食材，其實一直在暗中觀察她們的動靜，這一會兒的工夫，有三、四個肚子疼的，出去以後就沒回來，一個是嘔吐的，扶著牆吐得臉都青了，還有幾個頭疼欲裂，叫喚個不停，眼下就算是對她不放心，也已經沒有餘力對付她了。

這幾個吃的木耳比較少，都成這樣了，其他人就更不用說了。

沈曈徹底放下心來，慢吞吞地走出廚房。

一個扶牆嘔吐的婆子見狀，抄起一旁的刀道：「妳要幹啥去？不許離開廚房半步，否則，老娘砍死妳！」

「連刀都拿不穩了，還要威脅我，妳先顧好妳自己吧！」沈曈一腳將搖搖欲墜的婆子踹在地上，奪走她手上的刀。

有了一把刀護身，她心裡總算踏實了些。

這會兒，其他人也明白了怎麼回事，紛紛震怒。

「是妳在飯菜中下了毒！」

「賤人，早知道當初就該一刀殺了她！」

然而，不管她們如何震怒，事情已經發生，剩下的三、四個人，吐的吐，頭疼的頭疼，壓根兒就沒有力氣對付沈瞳，反而被沈瞳從木柴堆中找出一捆麻繩，將他們全都綁了起來。

此時，後山演練場中，大當家頭疼欲裂，看著下方亂七八糟的山匪們，臉色鐵青，他怒道：「老康，將沈瞳給我帶到這裡來，別讓她跑了！」

不用猜，他都知道，鐵定是沈瞳在食物中下了毒。

千防萬防，沒想到還是讓她鑽了空子，好一個沈瞳，好一個手無縛雞之力的弱女子！

他眼中醞釀著風暴，殺意騰騰。

老康也中了毒，但症狀稍輕，只是皮膚出了些問題，暴露在陽光下的地方，起了一大片的紅斑，看起來觸目驚心，不過比起其他山匪們來說，他還能保持作戰的能力，已經算是不錯的了。

這時候大當家也顧不得懷疑他什麼了，畢竟場下每個人的症狀都不同，也有一些和老康是同樣症狀的。

他如今頭疼又碰上了煩惱事，腦子裡成了一團亂麻，為了防止這時候有官府的人前來攻寨，他忙著部署戒備，然而現在全寨上下都中了毒，他只能挑出幾個症狀稍輕，還有武力值的來充當護衛。

他不由得暗暗祈禱，敵人千萬不要這時候來攻寨。

老康離開後山的演練場，還沒到小廚房，就聽見山匪婆子們辱罵沈瞳的聲音。之後，傳來沈瞳淡定的聲音。「閉嘴，再吵就把妳們宰了塞進這缸裡！」

山匪婆子們一秒噤口。

沒想到自家夫人認的乾女兒竟然這麼霸氣，比起他這幾年見過的山匪們都不遑多讓。

老康的心情極其微妙地走了進去。

山匪婆子們看見他進來，面上一喜，連忙道：「老康，這小賤人給咱們下了毒，還把我們綁在這裡，你趕緊把她殺了，放我們出來。」

沈瞳原本聽見外面傳來腳步聲的時候，就已經警惕起來，如今看見進來的人是老康，立即鬆了口氣，朝他說道：「你來得正好，幫我把這些人全都塞進缸裡，我要給她們剁碎了，抹上醬料，做成醬肉，肯定很好吃。」

把活人做成醬人肉，沈瞳還不至於這麼沒底線，她這麼說，就是想嚇唬一下這些人。整個奔雷寨中，沒有幾個是無辜的，吃人肉都成了家常便飯，她要讓這些人體會一下，被做成食材的恐懼。

老康其實也看出了她的意思，心中暗笑，面上一本正經地道：「好，我這就幫小姐將她們塞進去；不過，小姐，她們身上都是泥，髒兮兮的，抹醬料醃製之前，要不要先洗乾淨再說？」

沈曈故作認真地點頭。「當然要，太髒了不好吃，會影響口感的。」

山匪婆子們不知道該氣還是該怕，臉色蒼白得嚇人，兩腿抖如篩糠，難以置信地瞪著老康。

「老康，你這是什麼意思？你和這小賤人是一夥的？」

「好啊老康，你這個叛徒，你等著，大當家不會放過你的！」

無視山匪婆子們的怒罵，沈曈將她們的嘴堵上，問老康。「後山的情況如何？」

「都倒下了，還保持作戰能力的人沒多少，但還是得小心些，大當家不是省油的燈，若是拚死反撲，還是有機會讓他逃掉的。」

老康看著沈曈淡定的模樣，心中不由得一陣感慨，誰能料到，上萬名山匪，就這麼栽在這個小丫頭手裡。

他潛伏在奔雷寨這麼多年，對於奔雷寨內部的情況比沈曈瞭解得多，卻一直不敢輕舉妄動，生怕一個不好，就被大當家看穿，壞了蘇大人的計劃。可是，如今沈曈才進來不到兩天，就將這些人搞定了。

夫人認的這個義女，不僅膽量過人，還擁有常人沒有的聰慧，夫人還真是慧眼獨具。

如此想著，他好奇地問道：「小姐，妳是如何做到的？」

她做飯的時候，好幾個山匪婆子都在一旁盯著，就算想在飯菜中下毒，也沒有機會啊！

老康百思不得其解。

沈曈笑了一聲，指著角落裡那幾個簍子內的黑木耳。「我靠的是這個。」

「這黑木耳有毒？」老康瞪大雙眼。

「確切地說，是新鮮的木耳有毒。」沈曈只簡單解釋幾句，說道：「別浪費時間了，你去盯緊大當家，別讓他逃了，我出去給人傳訊。」

雖然殷明泰和蘇昊遠他們肯定在山洞出口等著，山匪們想逃都逃不掉，但為防意外發生，最好還是盯緊點。

老康也很贊同沈曈的想法，他知道大當家的脾性，不敢小覷，和沈曈聊了幾句，便又回去後山演練場。

而沈曈則丟下山匪婆子們，繞小道去了昨晚與沈修瑾約定好的地方。

此刻，殷明泰和蘇昊遠、沈修瑾等人早就聽見裡面的動靜了，但顧忌著沒收到沈曈的信號，怕會影響到她的計劃，得不償失。

因此，他們強行按捺住內心的焦躁，守在原地不動。

昨晚沈修瑾帶回沈曈所說的情報後，殷明泰和蘇昊遠回去調派了不少人馬，埋伏在周圍，如今正個個蓄勢待發，只消沈曈在裡面發出信號，便會衝進山洞，將山匪們一舉拿下。

沈曈的身影才剛出現在山洞出口，沈修瑾立即迎了上去。

他拉著沈曈的小手，將她渾身檢查了一遍，見她沒事，才放下心來。

「哥哥，我沒事，你別這麼緊張。」沈曈安撫他，沒留意到他的一隻手放在自己的腰間，另一隻手則是牽著她的左手。

她轉身看向同樣跟上來的蘇昊遠等人，朝他們點頭。「蘇大人，殷大人，裡面已經搞定了，接下來便交給你們了。」

蘇昊遠讚賞地看了她一眼，原想輕拍一下她的肩膀，見沈修瑾防狼似地看著他，只好收回手，掩唇輕咳一聲。

「來人，跟本官一起進去剿匪，今日勢必要將他們一網打盡！」

於是，一群人衝進了山洞中。

對付上萬山匪，按理來說，只靠縣衙的這點人手是不夠的，但這些山匪吃了黑木耳後中毒，此刻已經沒有了作戰能力，想要將他們拿下，根本不費吹灰之力。

不過儘管如此，依然花費了兩個多時辰才將所有人都拿下。

大當家被老康擒下，押付給殷明泰手下的衙差，隨後，跟著大隊伍回到了蘇昊遠的身邊。

他將自己這些年從奔雷寨得到的情報都彙報上去，並著重說了奔雷寨和晉王之間的關係，以及，蘇昊遠與蘇藍氏的女兒下落。

如今山匪已經拿下，晉王的事情雖然事關重大，但這不是他能管的，必須要上報朝廷，等待皇帝旨意；此刻，對於蘇昊遠來說，除了公事，就只有自己的夫人和閨女最重要。

他聽完老康的彙報後，神色嚴肅地望著老康。「她就在桃塢村沈家？你確定？」

老康點頭，遲疑了片刻，見他神情怪異，不由問道：「老爺，難道您已經有眉目了？」

蘇昊遠朝沈曈的方向瞥了一眼，此刻沈曈與沈修瑾正一起在小廚房裡整理著那些食材。這些新鮮的黑木耳不能白白浪費，她可以帶回去曝曬製成乾木耳，將大部分的毒素去掉，就可以吃了。

沈曈察覺到蘇昊遠的目光，看了過來。

少女身材嬌小玲瓏，但容貌不俗，五官精緻，氣質更是十分出眾，尤其是眉眼間似乎有一股似曾相識的感覺。

蘇昊遠忽然一怔，隨後，腦海中浮現出一個令他又驚又喜的猜測。他盯著沈曈的臉，正要上前一步湊近看，結果一旁的沈修瑾不悅地皺起了眉頭，擋在沈曈的身前，目光不善地看向他，隱隱含著警告之意。

「蘇大人，這麼盯著一個小姑娘不放，似乎有些不妥。」沈修瑾道。

「不就是看兩眼，你把本官當什麼了。」蘇昊遠摸了摸鼻子，尷尬地收回目光。也罷，反正人就在跟前，跑不了，等回去以後，再想辦法驗證自己的想法。

對於兩個男人之間的交鋒，沈曈沒察覺到暗流湧動，她將鮮木耳都收集起來，整整有三大簍，她朝沈修瑾招手。「哥哥，來幫幫忙，咱們把這些都搬回家。」

說完，她自己動手扛起一個。

蘇昊遠連忙攔住她。「別，曈曈，妳別動手，這個不是妳做的，讓瑾小子扛就行了，區區三簍的鮮木耳都扛不起來，他算什麼男人？」

雖然還不確定眼前的小姑娘究竟是不是自己的親女兒，但此時的蘇昊遠，卻已經開始以沈曈的父親自居了，他一邊按住沈曈的手，不讓她扛竹簍，一邊用眼神示意沈修瑾。

「臭小子，還不趕緊幹活?!」

對蘇昊遠突如其來的殷勤，沈曈一臉懵。「蘇大人，這鮮木耳不重，我扛得動。」

「不，妳扛不動。」蘇昊遠冷靜道：「還有，不要叫蘇大人，叫爹。」

「爹。」

好吧，乾爹也是爹。

一樁殺人碎屍案，牽扯到皇權之爭，關係重大。

殷明泰和蘇昊遠等人，回到縣衙的第一時間便是審問以大當家為首的山匪們。之前一直低調待在縣衙的秦大人和高大人，也開始插手此案。

這些事情，沈曈作為一個平民百姓，自然是管不著，她將鮮木耳攤在小院子中曝曬，沒過多久，蘇藍氏派小初過來傳話，說是陳記糕點鋪的陳掌櫃來訪，想與她合作開糕點鋪之事，讓她回一品香一趟，商量合作的條件。

於是，沈曈拍拍手就要出門。

一旁的沈修瑾還未回學院，見她回來連凳子都沒坐熱就要走，有些不悅地拉住她。「這兩天一直待在奔雷寨，妳著實辛苦了，就先在家歇一天吧，讓那陳掌櫃回去等，妳明兒再見他。」

沈曈這兩天在奔雷寨應付山匪們，確實很累了，回來後她還沒歇息過。

小初見她神情猶豫，笑道：「瞳瞳，夫人說了，這位陳掌櫃背後來頭雖然不小，但他卻只是個小嘍囉，他負責的陳記糕點鋪分鋪，在咱們景溪鎮常年虧損，近幾年在他手底下又出了不少事，早已失去了主家的信任，如今已經淪落成陳家眾多管事中的邊緣人物了。他這回來找妳談合作，無非就是想利用妳的手藝讓他的分鋪起死回生，然後重新得到主家的信任；他能力不足，人品上也是劣跡昭著，與他合作不值當。妳若是累了，不用急著見他，暫且晾他幾天，再過幾日，陳家主事人就會來景溪鎮了，到時候咱們可以和他接頭，直接與陳家合作。」

薑還是老的辣，沈曈在廚藝上的天賦雖然好，但是在經營管理上的才能卻遠遠不足，蘇藍氏的話給了她一個極好的提議。

沈曈連忙點頭。「行，那就晾他幾天，等陳家真正說得上話的人來了再說。」

只是她這話剛說完，院門就又被人敲響了。

原來是陳掌櫃按捺不住，求見不成，就通過別的管道，找到村長，要村長來向沈曈開口，讓自己能見上她一面。

之前村長媳婦鬧的事，導致沈曈和村長一家疏遠許多，如今看見村長客客氣氣地站在門口，滿臉都是討好和歉疚，沈曈就無論如何都說不出讓他們走的話來。

她面色有些冷淡地開門，將村長和陳掌櫃請進來。

在她的背後，沈修瑾面露不悅地掃了一眼村長和陳掌櫃。他兩日沒去族學了，原以為能趕在回族學之前和曈曈單獨相處一會兒，沒想到總有不長眼的東西來打擾。

「曈曈，這位陳掌櫃說和妳有要緊的合作要談，但是又找不著妳，所以才讓我幫忙引見一下。」村長有些拘謹地說道。

今時不同往日，村長在一個小小的桃塢村內雖然地位最高，受盡村民們的討好和尊崇，但是說到底只不過是一介小小村官，而沈曈如今卻是翻了身，來往的不是高官、便是豪富。

更何況，他家受過沈曈的恩惠，自己媳婦又曾對不起她，因此，村長如今在沈曈的面前連頭都抬不起來，壓根兒就不敢擺長輩的譜。

沈曈明白他的意思，他是怕得罪了自己，以後日子不好過，但她不是記仇的人，恩歸恩，仇歸仇，她不會將村長媳婦做錯的事情歸到村長的頭上。

因此，她對村長依然十分客氣。

陳掌櫃在一旁看著兩人敘舊，急得不行，他今兒過來，不是來閒聊的，而是懷著目的過來的。他連忙打斷兩人，插嘴進來。「沈姑娘，我這次來，是想和妳談談糕點鋪的合作，妳看……」

沈曈淡淡地道：「陳掌櫃，合作的事情，最好是請你們東家親自出面與我商談，否則就不用談了。」

陳掌櫃臉色一青。

沈曈見他神色震怒，笑了笑。「陳掌櫃，我絕對沒有看低你的意思，只是想讓你知道，我這次籌劃要開的糕點鋪，背後的利益，要比你想像中還要恐怖，單單是你陳掌櫃一個人，或者是你所負責的分鋪，還吃不下這樣的利潤，哪怕是陳家，也未必有那個能力。所以，這個買賣，若是你陳掌櫃來談，恕我不能接受，你回去吧！

「告訴你們東家，想要合作，就親自過來，否則，過了這個村，就沒了這個店。當然，如果他自詡陳家勢大，對我這個小村姑看不上眼，那也無所謂，反正少了你們陳家，我還可以找別人，而這個合作，他若是錯過了，一定會後悔。」

陳掌櫃冷哼一聲。「我們東家是何等人物，豈會受妳威脅！」

沈曈喝了一口茶，將茶杯放下，緩緩道：「難怪盛京陳家一直被秦家死死壓在腳底下，當家的主子脾性太傲，拉不下臉，下面的奴才又只會仗勢欺人，坐井觀天，這樣的陳家，若是不改變一下，不出三年，必定敗落。」

她話說得平靜，陳掌櫃的臉色卻是變了。

「妳！」

「陳掌櫃慢走不送。」沈曈眼皮都不抬一下。

陳掌櫃到底還是忍不下這口氣，氣呼呼地甩袖離開。

村長在一旁看得暗暗咋舌，不可思議。

沒想到沈瞳如今竟然變得如此威風，連陳掌櫃這樣的人都不被她放在眼裡。

更可怕的是，方才他聽到了什麼？

第三十一章

盛京陳家。

村長雖然沒見過世面，但是盛京陳家他卻是聽說過的。

大盛朝有三大豪富世家，富可敵國，其中兩家，就在盛京城，一個是秦家，另一個，便是陳家。

盛京陳家從祖上十幾代起，都是以經商為業，族中幾乎老老少少都懂得一套生意經，產業遍布整個大盛朝，各個行業都有，在三大豪富世家中僅次於盛京秦家。

在前朝，陳家的顯赫，甚至達到了皇室都要忌憚的程度，如今雖然有些沒落了，但瘦死的駱駝比馬大，依然可以在大盛朝立於世家前列。

陳家如今的主事人，據說是陳家大少爺陳齊燁，自小是個商業奇才，小小年紀便在父母雙亡後撐起了整個陳家，使得陳家在歷經多次困境之後還能不被虎視眈眈的競爭對手蠶食鯨吞，穩住了三大世家之一的位置。

這樣的豪富世家，在村長眼裡，幾乎可以說是傳說般的存在，陳齊燁這樣的天之驕子，更是他一輩子都不可能有機會見到的人物；然而沈曈卻絲毫不將對方放在眼裡，甚至在她看來，陳家的這位大少爺似乎是個屁都不懂的紈袴子弟，遲早把陳家敗光了。

村長唏噓地望著沈曈，一時說不清心裡是個什麼滋味。

他知道沈曈既然會這麼說，她心裡肯定就是這麼想的，她如今的本事，可不比任何人差。

桃塢村，出了個不得了的人物啊！

陳掌櫃和村長先後離開後，小院子終於又恢復了寧靜。

沈修瑾鬆了口氣，總算又能和曈曈單獨相處了。

他連忙將院門緊鎖，這一回，無論是誰來，他絕不開門，任何人都不許打擾他們。

「妹妹，上回妳讓林大他們修的烤爐，已經完工了，我按照妳說的法子，烤了一隻荷葉雞，這雞還是咱們在桃山上自個兒養的，妳快來嚐嚐。」沈修瑾握住沈曈的手，一臉期待地將她拉到了小廚房。

「咦，你是什麼時候做的，我怎麼不知道？」

沈曈驚訝了，沈修瑾方才一直和她一起曬木耳，都沒離開過，他是什麼時候做的？

看著沈修瑾動作笨拙地打開擋在烤爐前的擋板，小心翼翼地將一塊灰撲撲的東西拿出來，她不由得有些期待。沈修瑾從沒下過廚，平時也只是幫她洗一下菜，或者洗碗，但是從沒拿過鍋鏟，不知道他第一次做出來的荷葉雞，究竟能不能吃。

很快地，沈曈就見識到沈修瑾的廚藝了。

在沈曈期待的目光下，只見沈修瑾小心翼翼地打破包裹在雞身表面的泥巴，露出了一隻焦黑如炭的雞。

沈曈滿臉迷惑，她沒記錯的話，剛才沈修瑾說他做的是荷葉雞，那麼問題來了，荷葉呢？難道他沒用荷葉包裹，而是直接用泥巴裹在雞身表面？

其實剛才看見沈修瑾打開擋板後，看見烤爐裡面的黑炭，她的心中就有股不祥的預感。只是沒想到，情況比她想像中的還要誇張。

沈曈讓林大三兄弟修的烤爐是兩層的，上面一層用來放食物，下面一層才是用來燒火、加熱的。

不過，若是烤一些不易熟的食物，需要更高的溫度或者更長時間的時候，為了節省時間，也可以在上面一層加炭火，但是之後必須要將炭火拿出來再放食物進去烤，否則，火太旺，溫度不好控制，非常容易烤糊。

然而沈修瑾卻沒將燒過的炭拿出來就把雞放進去了，明顯就是錯誤的舉動。

沈修瑾看著眼前焦成一團黑炭的「荷葉雞」，自己也有些愣住了，半晌沒能回過神來。

他之前失憶的那五年時間裡，四處流浪，似乎也做過不少能吃的東西，否則早就餓死了；可是現在，恢復記憶之後，怎麼反倒退步了，做出來的東西成了這副鬼模樣？

這東西別說是吃了，讓他看一眼都覺得有毒，傷眼睛。

沈曈看著他難以置信的神情，有些想笑，又有點心疼，她說道：「第一次做，失敗在所難免，以後多做幾次，就會好的，哥哥別氣餒。雞胸肉比較厚，應該還沒焦透，我看看還能不能找到一點能吃的出來。」

說著，她拿出一把鋒利的小刀，正打算切掉焦炭一般的雞身表面上那層不能吃的東西，結果沈修瑾一把按住她。「已經焦成這樣了，不能吃的，不用白費工夫了，我重新再烤一個。」

沈曈搖頭。「沒事，哥哥第一次給我做吃的，不管做成什麼樣，我都要嚐一口才行，不然就太可惜了；更何況，你怎麼知道裡面的肉就不能吃了？說不定比你想像中的更好吃呢！」

沈曈執意要切，沈修瑾無奈，只好由著她去，只是，他心裡已經在琢磨，要重新殺一隻雞，再弄一個荷葉雞了。

下回，他要用蒸的，絕對不烤了，用烤的太容易失敗了，蒸的應該沒問題了吧！

沈曈全神貫注地切著「焦炭雞」，並不知道沈修瑾內心的想法，若是她知道，鐵定會同情地拍拍沈修瑾的肩膀，告訴他，對於廚藝廢來說，不管多簡單的菜，他們都能做成一團糟，承認吧，你根本就沒有廚藝天賦。

沒多久，沈曈就將表面的焦炭都切掉了，露出了一小塊白白嫩嫩的雞胸肉，沒有烤焦。她切開一小片嚐了一下，「嗯」了一聲，之後，便沈默了。

好難吃。鹽放太多了，鹹得她喉嚨不舒服，而且肉太老了，有點柴。

不過，這話她不好意思說出來，畢竟沈修瑾是特意做給她吃的，她若是說實話，肯定會打擊沈修瑾的積極和自信心，還辜負了他的一片心意。

於是，她沈默了片刻後，見沈修瑾神情懊惱中又隱隱帶著一絲幾不可察的期待，緊張地望著她，她忍住喉嚨的不適，強行吞嚥下去，面帶讚賞地朝他豎起一根大拇指，心口不一地誇道：「很好吃，哥哥，你真厲害，第一次就做出這麼好的荷葉雞。」

沈修瑾蹙眉，沒有因為沈曈的誇獎而感到高興，反而開始懷疑起來。

他盯著沈曈。「真的好吃？」

沈曈瘋狂點頭。「真的好吃，哥哥，你調的味正好，不鹹不淡，而且因為烤得太久了的緣故，這肉帶著一股淡淡的焦香，吃起來意外地美味。」

儘管因為那塊鹹得要命的雞胸肉導致她喉嚨乾渴得厲害，沈曈也依舊神態自然，沒有半點不適，生怕沈修瑾不信她的話。

沈修瑾見她神情認真，信以為真，緊蹙著的眉眼終於舒展開來。「那我也來嚐嚐。」

沈曈面色變了變，飛快地按住沈修瑾的手，大聲道：「不行！住手，你不能吃！」

沈修瑾滿臉疑惑。

來不及解釋了，沈曈搶過那塊又乾又鹹的雞胸肉，大口塞進嘴裡。

沈修瑾看著她扭曲的面孔，鬱悶了。「曈曈，妳確定真的那麼好吃？」

沈曈此時渴得要死，感覺喉嚨都不是自己的了，全身每一個細胞都在叫囂著想喝水，然而她還要克制住自己的表情，讓自己的表情儘量顯得不那麼猙獰。

吞下雞胸肉後，她硬是擠出一抹笑。「真的、好吃，特別好吃。」

沈曈這神情，絲毫不像是吃到什麼難得的美味的樣子，沈修瑾再遲鈍也看出來了。

他嘆了口氣。「妹妹，妳就別安慰我了。」

他覺得有些挫敗，學什麼都能舉一反三的他，竟然連一個荷葉雞都做不好。

不過他很快就打起精神，暗暗捏了捏藏在袖中的東西，對沈曈說道：「妹妹，我有東西要給妳，妳閉上眼睛。」

「什麼東西這麼神秘？」沈曈隱隱覺得沈修瑾今天有些反常，但還是依照他的話，閉上了雙眼。

沈修瑾拿出袖中的東西，是一根黑檀木綴淡粉梅玉簪，相當精緻。他知道沈曈不太愛用華麗的飾品，平常用的髮簪，也只是十分簡單樸素的木簪或者素銀簪子，於是，便自己動手打磨了一根簪子。

上好的黑檀木被他打磨得光滑透亮，觸感極好，簡潔、樸素，又大氣，為了不顯得過於簡單，他還在上面別具匠心地綴上了一朵粉玉雕成的梅花，只有小指指甲蓋大小，精巧玲瓏，煞是可愛。

沈曈閉著眼睛，鬈翹的睫毛微微顫動著，似乎因為等得太久，略微有些忍不住想要睜開雙眼。

沈修瑾連忙拿下她頭上那根素銀簪子，飛快地將自己親自做的髮簪給她戴上。

沈瞳感覺到髮髻上傳來的些微動靜，立即就知道他的驚喜是什麼了。

她睜開雙眼，笑咪咪地看著沈修瑾，伸手將髮簪拿下來，細細打量了一下，驚喜地感嘆。「好精巧的髮簪！哥哥，你是從哪家店買的，我怎麼從沒見過這種風格的飾品店？」

沈瞳愛不釋手地撫摸著髮簪，這根髮簪，相當符合她的審美觀。

沈修瑾觀察她的神情不似作偽，方才荷葉雞的失敗瞬間被他拋到腦後，心情愉悅地道：「是我親手做的，其實，早在兩天前就做好了，只不過我聽說今兒是妳生辰，才等到現在給妳。」

沈瞳驚訝地看著他。「哥哥，你是從哪裡知道今天是我生日的？」

「生日？」

「哦，就是生辰，你是如何知道的？」

其實沈瞳壓根兒就不知道自己的生日是哪一天，現代的她，是個孤兒，從小在孤兒院長大，那家孤兒院的負責人都很冷漠，並不關心小朋友們的事情，只顧做好自己的工作就夠了。

因此，她從小到大，都沒過過一次生日，她捏著手中的髮簪，心情極其複雜。

「我是從村裡面的那些人口中打聽到的。」沈修瑾說道：「聽說妳母親當年生妳的時候難產，險些就一屍兩命，那一天沈家傳來的動靜，幾乎整個桃塢村都知道。」

沈修瑾說著，發現沈曈的神情悵然，以為她是想到了已逝世的父母，心情不好，連忙暗罵自己亂說話。

「曈曈，妳別難過，有我陪著妳。」他握住沈曈的手，神情認真，似乎是在承諾著什麼。

沈曈一怔，從回憶中回過神來，搖頭道：「我沒事，哥哥不用擔心。謝謝你的禮物，我很喜歡，我們來做蛋糕吧，我教你。」

「蛋糕是什麼東西？」沈修瑾問道。

「很快你就會知道了。」沈曈笑著，拿出一大筐的雞蛋、麵粉等做蛋糕需要的食材。「我之前在乾娘那裡看過一本古籍，知道在一個遙遠又古老的美食國度，他們每一個人過生辰的時候，都會吃生辰蛋糕，聽說這蛋糕十分美味，我之前琢磨過幾次，大概知道做法，今兒咱們來試試，若是成功，以後就是咱們糕點鋪的招牌甜品了。」

沈修瑾不知道蘇藍氏那裡是否真的有一本這樣的古籍，也不知道是否真的有這樣一個美食國度，但只要是沈曈說的，他都相信。

他幫忙沈曈敲雞蛋，接著攪拌蛋液，聽到她說到「咱們」兩個字的時候，眼睛忍不住愉悅地半瞇了一下，唇角微微一翹。

景溪鎮以及附近的城鎮都找不到牛奶，自然也不可能找得到奶油這樣的東西，畢竟不是牛羊遍地的大草原，而大盛朝的交通與商業貿易也並不如後世那般繁榮，想要牛奶，在普通人家是找不到的。

奶油蛋糕是沒法子做了，沈曈想了想，決定做最簡單的海綿蛋糕，等以後有時間，讓裴銳幫忙讓人去找牛奶，他身分尊貴，只要願意，肯定有管道。

手動打蛋真的很累人，沈曈和沈修瑾忙了大半天，直到正午時分，才大致弄好，將已成形的蛋糕順利放進乾淨的烤爐內。

又等了些時候，蛋糕甜膩誘人的香味從烤爐中飄出來，瀰漫了整個小院子，甚至飄出了低低的矮牆，將整個桃塢村都籠罩在這股迷人的香味中。

桃塢村的村民們被這股香味吸引，不由自主地走出自家的大門，流著口水聚集到沈曈的小院子門口，紛紛猜測她做的是什麼東西。

沈修瑾幫忙沈曈將蛋糕從烤爐中拿出來時，甜香更加濃郁了，外面傳來一陣吞嚥口水的聲音。

沈曈疑惑地道：「我好像聽見什麼動靜，哥哥，你聽見了嗎？」

沈修瑾不動聲色。「沒有啊，妳聽錯了。」

想打擾他和曈曈單獨相處，作夢。

「不會吧，我真的聽到有動靜。」沈曈納悶。「該不會是家裡鬧老鼠了吧？」

可是她平時很注意衛生，每次下廚以後，都會將廚房收拾得乾乾淨淨，怎麼會鬧老鼠？

沈瞳左右檢查了一下，確認沒發現什麼老鼠或者老鼠窩之類的，應該是自己聽錯了，這才放下心來。

沈修瑾鬆了口氣。

「來，我給你切一塊嚐嚐。」沈瞳用竹刀小心切開一小塊，送到沈修瑾的嘴邊。

蛋糕的口感鬆鬆軟軟，香甜可口，沈瞳考慮到沈修瑾對甜食並不熱衷，特意減糖，甜度適中。

沈修瑾只嚐了一口，就愛上了這個味道。

「怎麼樣？」沈瞳問道。

「很好吃，瞳瞳果然是最厲害的。」沈修瑾學著沈瞳之前誇自己的語氣說道。

「好吃就多吃點。」沈瞳見他兩三下就吃完了，又給他切了一塊。

沈修瑾很喜歡這種感覺，只有他們兩個人一起，沒人打擾，瞳瞳下廚做的所有東西，都只有他一人獨享。然而，不等他接過沈瞳遞過來的第二塊蛋糕，院門就被人敲響了，而且這回是敲得震天響，彷彿催魂似的。

聚在小院子外面的村民們雖然被香味吸引過來，但他們都知道分寸，不會貿然來敲門。

但是，今兒來的不是一般人。

在小院子的門口，桃塢村的村民們被陳掌櫃帶著下人暴力攆走。

「去去去，別擋在這裡，我家少爺有事要找沈瞳，你們都滾開！」

「陳三，本少爺說過多少次了，不得無禮。」陳齊燁一身月白色長袍，五官精緻，從馬車內探出身子，在車伕的攙扶下，走下馬車。

下了馬車，他的身形顯得更加修長如玉，氣質出眾，若是忽略他過於蒼白的臉色，當真是豔色絕世了。

桃塢村的村民們立即被他驚豔了，紛紛交頭接耳。

對於村民們的議論，陳齊燁恍若未覺。他自小就見過各式各樣的大場面，什麼樣難堪的情況都遇過，如今只不過是被議論了幾句罷了，算不得什麼。

況且，這些村民們只不過是好奇地議論幾句，他看得出來，他們沒有惡意。

因此，也無須與他們計較。

「沈姑娘，我們東家應約而來，還請妳開門一見。」

陳掌櫃扯著嗓子大喊，將小院子的門敲得又急又快。

顧忌到自家少爺這次來，極有可能與沈曈達成重要的協定，他這回不敢得罪沈曈了，因此等了許久不見人來開門，他心裡雖然氣得要死，卻也不敢開口罵人。

陳齊燁倒是不在意這些，他的全副心神，都集中在從院內飄出來的那股甜香上了。

「好香的味道。」這股甜香味，應該是糕點，不用品嚐，他就知道，一定十分美味。

難怪沈曈敢對陳三說，一旦錯過這次和她合作的機會，他一定會後悔。

陳齊燁莫名地開始對即將到來的會面，感到期待了。他阻止陳三繼續敲門，示意他退下，自己親自來到院門前，叩響了紅木門。

與此同時，從他口中發出明朗清潤的嗓音。「在下是陳記糕點鋪的東家，今日前來叨擾，想與沈姑娘談一個生意，不知沈姑娘是否可以賞臉一見？」

第三十二章

沈曈站在院門後，聽著陳齊燁自報家門，揚了揚眉。

想不到這位陳家大少爺，倒是比她想像中的更有意思。他的語氣十分客氣，沒有傳聞中那麼倨傲，但也沒有一絲討好的意思，這種態度讓沈曈十分滿意。

至少，這是個會說話、懂分寸的人，和這樣的人合作，完全不用擔心會被坑。

陳齊燁沒等多久，院門就打開了。

沈曈在他年輕俊俏的臉上打量了片刻便移開，說道：「陳大少爺，請進。」

陳齊燁似乎從沒來過這樣的農家小院，對沈曈的小院子十分感興趣，一進來便四處打量，看到什麼都覺得驚奇。

小院子比較狹窄，房間少，沒有會客廳，沈曈索性將陳齊燁安排在小院子中央坐著。

陳齊燁也不在意，相反地，他表現得極其自在閒適，彷彿待在自己家一樣。

撩起衣袍坐下來，他重新自我介紹。「沈姑娘應該早就知道我的身分了，我是陳家大少爺陳齊燁，聽說沈姑娘想與我陳家談一筆合作的生意，我很感興趣。」

沈曈淡笑道：「陳公子稍等片刻，我方才做了些點心，你先嚐嚐，相信等你嚐過以後，應該就可以做出你的決定了。」

說完，她朝沈修瑾點了點頭。

沈修瑾鬱悶地蹙緊眉頭，不情不願地轉身去了小廚房。

蛋糕明明是瞳瞳親手做給他吃的，今兒明明可以安安靜靜兩個人待在一起的，可是全被毀了；儘管十分不樂意，但他也知道這個合作對沈瞳來說有多重要，因此，他收起小心思，將蛋糕捧了出來。

陳齊燁打量著桌上的蛋糕，方才在院門外聞到的那股香味更加濃郁了。

陳齊燁用沈瞳提供的精緻小木勺挖下一小塊蛋糕，迫不及待地嚐了一口。

入口綿軟，口感鬆軟，甜而不膩，與他以往吃過的各種糕點有著極大的區別，相當美味。

陳齊燁的笑容越來越大。

「沈姑娘，這個蛋糕，真是令我太驚喜了！我相信，它一定會讓整個大盛朝的人們為之瘋狂！」

沈修瑾不經意地撇了撇嘴。瞳瞳做的哪有不好吃的，每一樣都足以令整個大盛朝為之瘋狂，這人真是大驚小怪。

有了陳齊燁這一句話，沈瞳原本也有意與陳家合作，兩人一拍即合，接下來的商談便好說了。

整整商量了大半天，幾乎將所有重要的條款都談妥以後，陳齊燁才滿意地離開。

陳齊燁一走，蘇藍氏便來了。

她聞到院子裡飄著的香味，笑著打趣。「我聽說妳又研究出了新的糕點？這個蛋糕，乾娘我可是要好好嚐嚐，妳不能藏私。」

「乾娘放心吧，我已經給您留了一份，您稍等，我這就去給您拿過來。」沈曈連忙去小廚房拿蛋糕。

她總共拿了好幾份，用裁剪好的上等硬紙，摺成精緻的蛋糕盒，將蛋糕裝在裡面，蛋糕盒外還精心畫了一些古風可愛版的人物圖案，中間處寫了「甜心糕點」四個字。

蘇藍氏盯著看了好久，眼中滿是驚奇，問道：「你們這糕點鋪，取名甜心？」

「嗯，陳家想要與我合作，當然不可能繼續用他們的陳記糕點鋪的名號，所以，我們另想了一個名字，最後選定了這個。」沈曈說道。

蘇藍氏點頭。「不錯，妳做得很好，確實不能讓陳家繼續用陳記這個名字，這畢竟不是他一家的生意，不能讓他們家占盡了便宜；更何況，要真說起來，這次的合作，本就是他們家撿了大便宜，有了妳這個搖錢樹，以後他們陳家不愁成不了大盛朝第一豪富世家了。」

沈曈說道：「不過，陳家與秦家畢竟鬥了這麼多年，我怕秦家會不會在背後動手腳。」

「這些不用妳來操心，交給我吧！妳只需要做妳喜歡的事情就行了。妳研究出新的美食，妳自己開心，我們也有口福。」蘇藍氏笑著說，接過沈曈遞來的幾個蛋糕盒子，問道：

「這幾個是要送到哪家去，我幫妳走一趟。」

「郭家、裴小侯爺、殷大人都有份，您和乾爹一份，還有一份，乾娘您讓小初送到蘇家去吧！上回新開張，您找了蘇夫人來撐場，之後蘇夫人又多次關照咱們，而蘇少爺之前還欠我一個鋪子，前幾天他派人來傳話，說已經找著了，讓我找時間去瞧瞧。這個蛋糕，就算作是答謝他們的一點小小心意。」

蘇藍氏一聽就知道沈瞳這是在幫自己還人情，笑道：「不必這麼客氣，景溪鎮蘇家，其實是我們盛京城蘇家的一個分支，蘇昊遠和景溪鎮蘇家的當家人是兩兄弟，我與蘇夫人是妯娌，都是一家人，他們幫咱們，也是在幫自家。往後他們若是再有什麼照顧的舉動，妳只管受著，不用和他們客氣。」

對於蘇家的事情，沈瞳略知一二，見蘇藍氏這麼說，她知道蘇藍氏和蘇昊遠應該是已經和好了，心裡替她感到高興。

「對了，有件事提醒妳一下，如今一品香生意紅火，鴻鼎樓徹底被咱們比下去，秦掌櫃一定不會甘心，他從我這邊動不了手，極有可能會盯上妳，妳要小心些。這幾日，我讓妳乾爹安排一些人手跟在妳身邊，一品香的事情妳不用管，有我在；但是秦掌櫃背後畢竟是秦家，妳如今又和他們的死對頭陳家有合作的跡象，只怕他們會盯得妳更緊。秦掌櫃如今已經聯合了景溪鎮其他酒樓，不日便會有動作。」

蘇藍氏與沈瞳又商議了幾句關於如何應對以秦掌櫃為首的其他酒樓負責人背後的小動

作，之後，便在沈曈的目送下，離開了小院子。

鴻鼎樓包廂內，一群人圍著秦掌櫃。

「秦掌櫃，咱們的計劃，不用拖了吧，還是儘早出手，把沈曈和一品香都打倒，讓他們徹底無法翻身。」

「對，我已經受夠了他們，只要他們沒有徹底倒下，我晚上睡覺都睡不好，總是會夢見一品香將整個景溪鎮、甚至是景和縣都霸占了，使得我們無一席之地。」

「這……」

秦掌櫃臉色有些不好，他雖然早就擬好了計劃，但是如今還不是最佳時機，若是不能一擊即中，只怕到時候無法達到最好的效果，甚至會打草驚蛇，讓對手有了防備，下次再出手就困難多了。

秦掌櫃皺眉，之前這群掌櫃都說好了等他決定，如今卻又迫不及待地要實施計劃，究竟發生了什麼事？

「秦掌櫃，你還猶豫什麼？莫非你也貪圖那沈曈的廚藝和盛名，捨不得動她？我可跟你說，沈曈和那蘇藍氏的關係，整個景溪鎮的人又不是不知道，她們倆不是親母女，勝似親母女，就算一品香倒了，她也不會背叛一品香，轉而投向你鴻鼎樓的，你就徹底死了這條心吧！」

「哼，你既然捨不得出手，那我們就自個兒出手！」

眼見一群掌櫃們氣呼呼地說著，已經脫離了他的掌控，開始各自商討起對付沈瞳的計劃，將自己排除在外，秦掌櫃終於急了。

「行了，你們別這麼衝動，我們的計劃還有一些漏洞，得再好好商量，你們也不想好不容易抓到機會，最終卻因為計劃出現了問題而失敗吧？這一回若是不能將他們徹底打垮，下一次可就沒那麼容易了。你們再給我三天時間，三天後，等時機成熟，咱們再出手也不遲。」

秦掌櫃做了讓步，其他的掌櫃也不好再咄咄逼人，畢竟對方背後的來歷可是能壓死他們。

他們滿意地道：「既然秦掌櫃都這麼說了，那我們就靜待你的好消息；不過這幾天我們會暗中散播一些對一品香不利的消息，摧毀他們的名聲，等百姓們徹底厭棄了他們，到時候咱們再下重錘，絕對能一擊必殺！」

收到了沈瞳做的美味糕點，郭府、殷明泰、蘇府都派人前來道謝。

不僅如此，郭老爺子、蘇夫人以及裴銳，都當場表示也要加入沈瞳的甜心美食糕點鋪，讓她賺錢不能忘了他們。

沈瞳哭笑不得，她知道，這些人其實並不在乎那一點利益，他們是在擔心她無權無勢，和陳家這麼大的豪富世家合作，會不會被人看低，到時候坑得她血本無歸。他們若是為了給沈曈撐腰而入股，憑他們背後的勢力，陳家就算心裡有什麼想法，也會因為忌憚他們而不敢亂來。

而且，有他們加入，沈曈的甜心美食糕點鋪也算是有了大靠山。殷明泰原就是朝中清流貶謫來的，尤其他的恩師還是朝中極富盛名的郭鴻遠，他的背後代表著大盛朝一個能量極大的勢力，而裴銳背後的侯府也不容小覷；至於蘇夫人一家雖然被盛京城蘇家常年排除在外，但因為他們一家與蘇家下任繼承人蘇昊遠關係密切，他們的背後，也在一定程度上代表了蘇閣老的意思。

這幾個人的背景單獨拿出來都已經嚇死人了，哪怕只有其中一個人加入甜心美食糕點鋪，也夠讓這個糕點鋪未開先紅，在大盛朝無人敢動，更不用說如今他們還全都聯合起來給沈曈撐腰。

明白他們的好意，沈曈心中湧起一股暖流，能遇上這些人，是她的福氣，既然他們願意給她撐腰，她說什麼都不會讓他們的好意白費。看來，她必須要好好經營甜心美食糕點鋪，讓它財源滾滾，給他們賺來更多的銀子才行。

沈曈深吸一口氣，朝林大說道：「林大，煩勞你跑一下腿，去給郭家少爺、裴小侯爺、蘇家大少爺還有陳家大少爺傳一句話，讓他們今兒晚上若是有空，便去一趟一品香，我有要事相商。」

林大領命而去。

當天晚上戌時正，一品香內，沈曈和蘇藍氏正襟危坐，等待著幾位貴客的到來。

然而，她們等來的不僅僅有沈曈白天點名邀請的幾位少爺，還有各家的當家人。

沈曈驚訝，與蘇藍氏相視一眼，猛地站起來。

「不必這麼驚訝。」郭老爺子年紀和威望最大，率先開口道：「我們既然已經開口說要入股你們的甜心美食糕點鋪，肯定是要親自過來的，好讓妳知道，我們這次入股，代表的是我們背後的家族，而不是個人，所以，不能太隨意。沈家丫頭，老夫知道妳覺得我們入股是因為想給妳撐腰，不好意思打著我們的名頭，所以退而求其次，不請我們，反而將小輩們請過來商量。

「實際上妳這麼想就錯了，我們入股，雖然有一部分原因確實是想給妳撐腰，但還有更大的一個原因是因為我們看好妳的實力，看好甜心美食糕點鋪未來的前景，我們也想從中為家族獲利。

「畢竟我們是家族的當家人，不可能僅憑自己的喜好做事，凡事都要考慮到家族的利益，所以，妳不必覺得虧欠我們，相反地，其實是我們占了妳的便宜。以妳的廚藝和聰慧，甜心美食糕點鋪遲早會成為大盛朝最大的糕點連鎖產業，我們這時候若是不抓緊機會與妳合作，晚一些就來不及了，哈哈哈！」

郭老爺子說得鄭重其事，卻是說中了其他人的心思，其他人連連點頭。

裴銳一挑眉頭，吊兒郎當地道：「侯府的事，只要不是會滅門的大事，我家老爺子都是交給我來處置的，所以，我也是代表著侯府的利益才選擇入股。曈曈，老爺子整日瞧不起我吊兒郎當的，妳可要爭氣，好好賺錢，幫我出一口氣啊！到時候小爺我回京城，拿白花花的銀子砸得他目瞪口呆，看他以後還敢不敢說我一事無成！」

郭鴻遠嘴角瘋狂抽搐，這小子說大話也不怕閃了舌頭，要不是他求自己往盛京城侯府遞信，給他寫擔保書，老侯爺才不會由著他亂來，他闖的禍已經夠多了，老侯爺哪一回不是被他氣得躺了好幾天才能動彈？

蘇夫人也連忙表態，景溪鎮蘇家所有的事情都由她做主，她夫君是不管蘇府名下產業的事的，因此她的決定就代表了整個景溪鎮蘇家。

等眾人表完態，郭老爺子淡淡地瞥了早就呆在一旁的陳齊燁一眼，說道：「陳大少爺怎麼不說話，該不會是不願意與我們合作吧？或者，你背地裡還打著什麼主意，生怕我們貿然加入，會破壞你的計劃？」

陳齊燁連忙回過神來，慌忙道：「不不不，郭大人誤會了，晚輩只是沒想到你們竟然也會入股，一時太高興了。郭大人方才的話太嚴重了，我與沈姑娘之間的合作，是雙方地位平等的，陳家並沒有要獨占的意思，能與諸位一同合作，是晚輩的榮幸，還請郭大人原諒晚輩的失態。」

陳齊燁已經高興瘋了，他原本只是因為看中沈曈的廚藝，才會與她合作，如今知道她背後竟然還有這麼多的關係，面前的這些人，哪一個的身分說出去不是嚇死人？

從前他一直苦惱沒有管道與官府打交道，許多路子走不通，經常被人背地裡使絆子，從來沒想到，會有這麼一天，他能和這麼多朝中的貴人合作。

他不禁後悔沒有早些來景溪鎮，沒有早些遇上沈曈，否則，如今陳家也不至於被秦家壓得如此難堪。之後，他又是欣喜，此次前來景溪鎮，確實不虛此行。

可憐鴻鼎樓那位秦掌櫃，竟膽敢在背後給沈曈使絆子，還想聯合其他酒樓的掌櫃們對付沈曈。陳齊燁心中暗自想道，若是他們知道沈曈的背後有這麼多人撐腰，不知道會不會嚇傻。

郭鴻遠自然知道沈曈和陳齊燁之間的合作是雙方平等，陳家並沒有藉機在其中動什麼手腳，因為他早就調查過陳家了，陳家的情況他瞭若指掌，而陳齊燁這個年輕人，也很是不錯，並不是那等反覆無常的奸猾小人。

他方才這麼說，只是為了敲打他一下，免得他太過得意，以後連累沈曈和他們。

見他誠惶誠恐的模樣，郭鴻遠才不再嚇他。

沈曈見他們都聊完了，輕咳一聲，說道：「其實今日請諸位過來，一是想確定諸位的入股數，確定分紅比例；二是想通知諸位，我有了一個新的計劃，想要你們配合。」

沈曈將計劃詳細說出來，原本她覺得自己畢竟太年輕了，經驗不足，可能還有許多方面無法周全，說不定會有疏漏，所以才想召集大家一同集思廣益，也是讓他們瞭解接下來甜心美食糕點鋪的經營和發展的方向，做到心中有數。

結果，她將計劃一說出來，在場的人幾乎全都一臉懵。

「什麼是美食節？廣告又是什麼？禮券是什麼？還有……」

陳齊燁不愧是商業才子，沈曈的話音剛落，眾人還在懵懂之中，他就已經反應過來，並問出了所有人的疑問。

「好吧，這些要好好給你們解釋一下。」

沈曈一一解答完那些大盛朝的人們聽都沒聽說過的名詞，之後，又解說了美食節的舉辦流程和後續會得到的效果，眾人才恍然大悟。

「想不到沈姑娘不僅廚藝了得，更是商業奇才，這些奇思妙想，連許多浸淫商場多年的老油條都未必能想得出來。」陳齊燁看著沈曈的目光，越來越亮。

「不錯，確實不錯，不愧是我蘇昊遠的乖女兒！」一道毫不掩飾的誇讚聲從門外傳來，蘇昊遠大步邁進來，臉上帶著笑容，一副紅光滿面的模樣。

其他人見他一副得意洋洋的模樣，一陣無語。

第三十三章

郭老爺子直接不爽地道：「什麼你的乖女兒？你少得了便宜還賣乖！」

他想了想，突然想到一個好主意，眼中閃過一絲亮光，看向沈曈，親切又溫柔地問道：「丫頭，我那不成器的兒子今年虛歲二十，尚未婚配，妳也與他打過交道，妳覺得他如何？老夫跟妳說，咱們郭府，世代書香，妳別看他平日裡吊兒郎當、不成樣子，實際上他……」

「行了、行了，老爺子，您可別說了，曈曈是不可能會看上你們家興言的，想讓她嫁入你們郭府，作夢比較快。」裴銳聽得心驚膽戰，連忙阻止郭老爺子繼續做不切實際的美夢。

他這段時間看明白了，太子可是將沈曈看得跟眼珠子似的，寶貝得很，說不定心裡早就有了些想法，若是郭老爺子真說動沈曈嫁給郭興言，那郭興言只怕就要慘了，太子不發瘋才怪。

郭老爺子與裴銳大眼瞪小眼，蘇藍氏卻皺著眉頭不滿地對蘇昊遠道：「山匪的案子還沒結，你不在縣衙忙你的，到這裡來搗什麼亂？」

而且，蘇藍氏注意到，他看向曈曈的目光太過詭異了，該不會是瞧上曈曈了吧？

這老不羞！

蘇昊遠臉上的笑容壓都壓不住，笑得跟傻子似的，湊到蘇藍氏的跟前，小聲道：「夫人，老子找到咱們親女兒的消息了。」
蘇藍氏一怔。
隨即，她回過神來，面色鐵青地斥道：「你不必再用這個來逗我開心了，這麼些年，你哪一次說找到了，到最後卻都是糊弄我的，我……」
「夫人，夫人，妳別生氣，這回我親自調查過了，有八成是真的，就等妳最後確認了。」蘇昊遠手忙腳亂地解釋。
蘇昊遠解釋了許久，蘇藍氏才半信半疑。「那你說說看，究竟是怎麼回事？」
蘇昊遠頓了一下，掃視了一眼在場的眾人，見所有人的目光都看向這邊，低聲說道：「還請諸位暫避片刻。」
「有什麼話你直說就好了，何必藏著、掖著！」蘇藍氏沒好氣地道。
蘇昊遠這才看向沈瞳，問她。「瞳瞳，妳今年十五歲了吧？我聽說妳的生辰是在昨日？」
沈瞳愣了一下，才緩緩說道：「好像是吧！」
原主確實是昨天生日，昨兒沈修瑾還幫她過了生日。
蘇昊遠說道：「我調查過沈大陽夫婦，發現他們當年在同日生下了一個死嬰，但是不知為何，後來這個死嬰又死而復活了。
「之前老康在奔雷寨中查到，十五年前，我的女兒失蹤，被山匪婆子撿到，最後送給了桃塢村一戶姓沈的人家。」
這段話裡面的信息量太大，炸得眾人頭腦發暈。
這下，方才還懷疑蘇昊遠故意逗自己玩的蘇藍氏，也愣住了，呆呆地望著沈瞳。
然後，她猛地看向蘇昊遠，眼眶帶著一抹紅。「你、你什麼意思？十五年前的昨日，我就是在那一日生下了咱們的女兒。你是說她、她是……」
她不敢把話說完，怕自己會失望。
蘇昊遠沒點頭，也沒搖頭，只是說道：「這個，還須夫人做最後的確認。夫人，閨女身上的胎記，妳應該記得清清楚楚，妳來確認再適合不過了。」
在場的人見這兩人的神情，隱隱約約猜到了什麼，不由自主地全都看向沈瞳。
沈瞳也猜到了一些，她有些懵了，雖然她很喜歡乾爹、乾娘，但從來沒想過自己會是他們的親女兒。
更何況，她也覺得不太可能。
畢竟原主若不是沈大陽的親女兒，他們生前在沈家一直受盡苛待和冷眼，自己都顧不上了，為何還要養別人的女兒？而且還將其視如己出，從未虧待過她什麼。
她說道：「乾爹、乾娘，你們是不是弄錯了什麼？我應該不是……」
蘇藍氏眼中含著熱淚，站起身，激動地抓住沈瞳的手。「是妳，一定是妳！我之前就想過，若是我的女兒還活著，一定會是如瞳瞳這般聰慧乖巧的孩子，如今果真讓我等到了，妳果然是我的女兒！」

「乾娘，您別激動，還是等查驗過胎記再說吧！」

沈曈心裡有些複雜，似乎是在期待什麼，但又隱隱覺得不可能，之前小初提起她眉目間與乾娘十分相似，乾娘就已經起過要看她後背胎記的心思，可是當時她後背受了傷，別說胎記了，能看到一塊完好的皮膚就已經不錯了。

這會兒她見乾娘這麼激動，心裡也忍不住希望自己的後背真的有她所說的那個胎記。

如此一來，便能皆大歡喜。

蘇藍氏拉著沈曈的手，緊張地道：「曈曈，妳跟我來一下，別緊張，就算不是，妳也永遠都是我的女兒。」

她原本就是因為喜歡沈曈才認她做義女的，而且這陣子兩人相處得越來越親密，不是親母女，勝似親母女，哪怕最後的結果是否定的，也改變不了她對沈曈的感情。

沈曈點頭，向眾人示意一番，轉身跟著蘇藍氏離開。

蘇藍氏帶著她去了一品香後院自己的房間裡，不等沈曈開口，她緊張地捏住沈曈的衣角，說道：「胎記就在後背肩胛骨附近，是一顆朱砂痣，很漂亮。曈曈，我之前連作夢都希望妳就是我的親女兒。」

沈曈抿唇，她不知道該說什麼，這具身子畢竟是原主的，她對原主的父母沒什麼感情，但是對蘇藍氏，卻是當成親母來對待的。

能遇上蘇藍氏這麼溫柔慈祥的母親，是她的榮幸。
蘇藍氏走到沈曈的背後，顫抖著手，將她的衣服掀開，露出光滑潔白的後背。左方肩胛骨下方，一顆朱紅色小巧的痣，盈盈在目。
蘇藍氏摀住嘴，眼淚如滾珠般落了下來。
外面的眾人內心焦急，好奇和期待使得他們抓耳撓腮的，瞪著一品香後院的方向看個不停。
等了這麼久都沒看見蘇藍氏和沈曈回來，他們都快好奇死了。
蘇昊遠也是緊張得不行，他一會兒緊抓著自己的衣袖，撫平並不存在的縐褶，一會兒又端起茶杯，顫抖的手將茶杯裡的茶都濺了出來。
一旁的小初心裡也是又緊張、又期待，看著自家老爺這副模樣，連忙低聲安慰。「老爺，您放心吧，曈曈、小姐她一定是咱們家的小姐，當初小的第一回看見她，就覺得和咱們夫人長得像，肯定不會錯的。」
蘇昊遠故作淡定地放下茶杯，摸了摸不小心被茶水濺濕的衣袖，說道：「你去後院瞧瞧是什麼情況。」
小初應了一聲，小跑步往後面去了。
片刻後，他帶著滿臉的笑跑回來，一邊跑、一邊大聲道：「老爺，夫人說了，她要替咱們家小姐補辦昨兒的生辰，已經帶小姐從後門回家去了，讓小的告訴您一聲，幫忙招待一下郭大人和其他的貴客。」

不用說，這一句話裡的意思，已經很明顯了。

蘇昊遠猛地一拍桌子，喜不自勝。失去了十五年的閨女終於找回來，而且還這麼優秀乖巧，這讓他高興壞了。夫人為了閨女離家出走這麼多年，已經許久沒給過他好臉色了，今兒總算找到乖女兒，這一回總該願意跟自己回家了吧？

再說，閨女也得回家認祖歸宗啊！

蘇昊遠樂呵呵地咧著嘴，突然想到了什麼，慌忙往外跑。

昨兒個是乖女兒的生辰，他硬是給錯過了，今兒個夫人給女兒補辦生日，自己這個做爹的不能什麼驚喜都沒有，到時候不僅夫人會怪自己，乖女兒也會不高興的，得趕緊去準備準備，給閨女送幾個大禮。

蘇昊遠一開心，直接把蘇藍氏吩咐他招待眾人的事情給忘了，這會兒的他，滿心滿眼只有自己的妻兒，哪裡還記得在場的眾人？眾人眼睜睜地看著他失去了往常的冷靜鎮定，像個莽撞的毛頭小子一樣衝出去，喊都喊不回來。

小初目瞪口呆地瞪著眨眼便失去蹤影的自家老爺，回過神來，苦笑著朝眾人道歉。「還請諸位貴客見諒，我家老爺和夫人找了小姐十幾年，如今總算找到了，一時太過激動，慢待了貴客。」

郭老爺子擺手。「無礙，人之常情，若是我等遇上同樣的事情，只怕會比他們夫婦倆更失態。也罷，既然你們家夫人要給曈曈丫頭補辦生辰，我等也不能沒有一點表示，老夫先回府一趟，過會兒再帶著生辰禮物上你們家去；對了，提醒你一句，你可得讓你們家老爺和夫人多做幾桌酒席，到時候只怕還會有不少人去道賀。」

對於郭老爺子的提醒，小初很是感激地點頭道謝，又對眾人說道：「我們家小姐請諸位貴客對她身世之事暫時保密，她如今還不想讓太多人知道此事。」

眾人連連答應，這才起身離去。

縣衙大門前，蘇昊遠像一陣風似地衝了進去。

「蘇大人，殷大人說……欸！蘇大人，蘇大人。」

衙差被蘇昊遠飛一般的速度驚到了，他守在縣衙門口大半天了，就為了等他回來，替殷大人傳一句話，偏偏這會兒好不容易等到了人回來，一句話的工夫都沒留給他，直接就跑了個沒影。

衙差嘆了口氣，這年頭當差難，大人們的心思太難猜了。

不過好在，蘇大人去的方向正是縣衙大牢，殷大人此刻就在那裡，兩人一定會遇上，用不著自己再傳話了。

蘇昊遠一腳踢開縣衙大牢的門，大踏步走了進去。

殷明泰正在刑房審訊，這會兒見他氣勢洶洶地進來，愣了一下，問道：「你這是在哪兒受了氣還是怎麼地？」

蘇昊遠掃了一眼被綁在刑架上的山匪頭子，不答反問：「招了嗎？」

殷明泰頓時臉色難看，其他的山匪都招了，但那些山匪都是小嘍囉，對於奔雷寨背後的許多事情都不清楚，而面前這個被綁在刑架上的奔雷寨大當家，明明知道一切，卻什麼都不肯說，咬定了和朝中勢力無關，他確確實實只是一個山匪。

明知道奔雷寨背後是晉王的勢力，背後更是牽扯到軍中勢力，偏偏就是沒有證據，而且聖上派來的另外兩位特使秦大人和高大人，這幾日一直在催著他結案，殷明泰煩得頭疼欲裂。

蘇昊遠一看他的臉色，就知道答案了，他冷笑一聲，突然毫無預兆地一腳踹向大當家。

這一腳，算是替自個兒的乖女兒踢的，若不是這些可惡的山匪，自己的女兒也不會流落在外這麼久，在這小小的鄉野小鎮吃了這麼多苦。

「你以為你不招，老子就對你們沒轍了嗎？」蘇昊遠森然的目光盯著大當家，冷冷道：「秦同峰，你當真以為你不說，老子就奈何不了你了是嗎？可惜，你的底細已經全部被我查清楚了。」

「秦同峰」三個字一出口，方才還假裝睡著地低著頭的大當家，猛地抬起頭來，目光銳利。

蘇昊遠似笑非笑。「怎麼，你真以為自己的身分搞得那麼緊，沒人查得到？」

殷明泰方才聽見蘇昊遠叫出面前人的名字，他還覺得他是在唬對方，沒想到竟是真的。

他懵了片刻，才看向蘇昊遠。「你是何時查到的？老夫這幾日見你一直在忙著調查女兒的下落，還以為你都沒心思在這個案子上了，倒是沒想到，你不聲不響地就查到了這麼重要的線索。」

秦同峰，這個名字一出來，殷明泰就知道這個案子將要有新的進展了。

畢竟這個名字，在二十年前的大盛朝，可是家喻戶曉。

「沒想到啊沒想到，盛京城秦家失蹤多年的那位神童大少爺，竟然會成了山匪頭子。」殷明泰嘖嘖嘆道：「秦同峰，你說你好好的豪富世家大少爺不做，為什麼非得去做山匪頭子呢，你圖什麼？圖晉王殿下將來謀逆後的從龍之功嗎？」

盛京秦家的大少爺秦同峰，三歲能文，五歲能武，聰慧過人，被當年的秦家當家人視為唯一的未來繼承人；在他十歲的時候，就已經被委以重任，開始管理秦家名下產業，他也不負眾望，由他管理的產業都日進斗金，生意蒸蒸日上，被整個大盛朝的人們稱之為神童。

然而，不久後，這位家喻戶曉的神童，突然毫無聲息地失蹤了。

秦家找了許多年都沒能找到他，自此只能對外宣稱他重病而亡，秦家的繼承人換成了秦同峰的二弟秦同海。

當年尚年幼的秦同峰，蘇昊遠曾經見過幾面，依稀記得一些特徵，原本這一次案情遲遲沒有進展，他都有些煩躁了；可是沒想到，在調查沈疃身世的時候，他順便查了一下總是與一品香和沈疃不對盤的鴻鼎樓，發現其背後的東家竟是秦家，而鴻鼎樓，正好也接觸過奔雷寨以及張屠戶等人，甚至還關照過張屠戶和張大茂的人肉生意。

這一查不得了，一拔就是一大串，秦家近幾年接觸過的人和產業，都被蘇昊遠順勢查了出來。

後來，他又憑當年的幾面之緣，認出了秦同峰的身分，這下子，秦家草菅人命，聯合山匪謀財害命，做人肉生意的罪名，是絕對逃不了了。

只要定了秦家的這個罪名，秦家名下產業也逃不了，那個想要害他乖女兒和夫人的鴻鼎樓秦掌櫃，也逃不了關係。

蘇昊遠深吸一口氣，只覺得心情暢快。

不知道今兒這份大禮，乖女兒知道以後會不會開心。

以秦同峰為首的奔雷寨眾山匪，因為背後涉及到晉王謀逆之事，暫時不能判決，只能請示皇帝的旨意。

因為此案事關重大，在皇帝的旨意下來之前，不能對外洩漏，因此，秦同峰等人只能以山匪的身分繼續關在縣衙大牢，而其他相關的涉案人員比如秦家以及秦家名下產業鴻鼎樓的負責人秦掌櫃等人，殷明泰只派人盯緊了他們，並未對其做任何處置，等待皇帝旨意下來以後，再與秦同峰等人一併處置。

於是，並不知道自己已經被盯上了的秦掌櫃等人，依然在緊鑼密鼓地籌劃著要對付沈瞳，絲毫不知他們的一舉一動皆在別人的掌握之中。

案子已經搞定，只需要靜待皇帝的旨意，蘇昊遠深吸口氣，走出縣衙大門，心情愉快地回蘇府。

蘇藍氏如今已經不再住在自己買的小院子了，早在前幾日，她就被蘇夫人盛情邀請住進了景溪鎮蘇家。

景溪鎮蘇家與盛京城蘇家同出一脈，都是一家人，因此，蘇昊遠和蘇藍氏在這裡也是主子。

如今，蘇家迎來了一個大小姐。

蘇夫人一知道蘇藍氏找到了親生女兒，很替她高興，急急忙忙地吩咐下人張羅起來，將大小姐迎回蘇府。

一聲令下，整個蘇府上下不管是主子還是下人，全都守在了蘇府大門口，因為蘇府沒有對外張揚，因此，別人看見了也只當蘇府來了什麼大人物，倒是沒多想。

蘇大少爺蘇星華站在自己的娘親旁邊，一臉期待。

「娘，您說我這個堂姊，當年在那樣的情況下都能活下來，還活到了現在，命可真夠大的啊！這也就算了，大伯和大伯娘隔了這麼多年竟然還能把人給找回來，簡直就是奇跡，我可得好好看看，這位堂姊，是不是有什麼三頭六臂。」

第三十四章

「呸，臭小子，胡說什麼呢！」蘇夫人沒好氣地一掌拍在他的腦袋上，板著臉道：「你堂姊當年失蹤，生死不明，你大伯和大伯娘痛不欲生，找了這麼多年，都不知道失望多少回了，外人都傳她已經死了，可是你大伯娘偏偏不信，硬是離家出走，這麼多年一直在外尋找，這回總算讓她找著了，心裡不知有多高興，你不替你大伯娘開心，還在這裡瞎說，是不是皮癢了？」

蘇星華看著瞬間化身母老虎的自家親娘，嚇得連忙縮了縮腦袋，畏縮地搖頭。「不是，娘，我也沒說啥啊，我也替大伯娘高興。」

蘇夫人瞋了他一眼。「待會兒你大伯娘帶著你堂姊過來，你方才那番話可千萬別說了。你堂姊流落在外十五年，定是吃了不少苦頭，你不要欺負人家，她只比你早出生三個月，按輩分她是你姊姊，你往後就把她當親姊姊一樣敬著、護著就行，都是一家人。」

「知道了，娘，您放心，咱們家一個女孩子都沒有，難得有一個，我一定不會欺負她的。」蘇星華對於自己突然多了一個堂姊的事情，感覺還是十分微妙的，他也有些期待。

母子兩人正說著話，遠遠便見蘇藍氏的馬車駛過來了，兩人住了嘴，揚起笑容迎了上去。

馬車緩緩停下，蘇藍氏拉著沈曈下馬車。

看見沈曈出現，蘇星華的臉僵了一下，突然有種不祥的預感。

不，不會的，這個女人不可能是他的堂姊！

蘇星華在心裡不斷地安慰自己，僵笑著跟在蘇夫人的後面，朝蘇藍氏喚了一聲。「大伯娘。」

然後，他又將目光投向馬車內，問道：「大伯娘，我堂姊呢，不是說今兒帶堂姊回來補辦生辰嗎？難不成堂姊還躲在馬車裡面不好意思出來？」

蘇藍氏被他的舉動逗笑了，正要說出事實，一旁的沈曈拉了拉她的衣袖，阻止了她接下來的話。

沈曈打量著蘇星華，對他眼中的期待有些好笑，笑著問道：「你很期待看見你的堂姊？」

蘇星華上回在郭氏族學門口就知道這女人不好惹，之後每一回看見她，他都繞道而走，壓根兒不敢靠近她。

後來聽說自己的大伯娘認了她做義女，他更是不敢再招惹沈曈了。

不過好在沈曈一直認定了他是個紈袴子弟，也不喜歡與他打交道，兩人井水不犯河水，目前為止倒是相安無事。

見沈曈神情中帶著一抹不懷好意的意味，蘇星華的心頭那股不祥的預感更加強烈，他警惕地問道：「妳想做什麼？」

沈曈保持著微笑。「你還沒回答我的問題，你是不是很期待看見你的堂姊？」

蘇星華直覺有陷阱，不肯吭聲。

果然，沈曈接著就道：「我之前認了乾娘，乾娘又是你大伯娘，自然我也是你堂姊了，你從前看見我怎麼沒喊我做堂姊？」

蘇星華撇嘴。「妳又不是親的，憑什麼讓我喊堂姊？」

沈曈笑開了。「這麼說，只要是親的，你就會喊了？」

蘇星華腦子裡飛快地轉了一圈，總覺得不可能那麼巧，沈曈正好就是自己那位未曾謀面的堂姊；再說，自己的大伯娘那麼溫柔慈祥的一個人，怎麼會有這麼凶、這麼壞的女兒？

一定不可能！

於是，他得意洋洋地道：「那當然，血濃於水，親堂姊就是親堂姊，這是誰也改變不了的事實，我喊她一聲是理所當然的；至於妳這種假貨，當然不可能讓本少爺心甘情願喚一聲堂姊，妳以為妳是誰？」

沈曈臉上的笑容越來越大。「好，你記住你說的話。」

蘇夫人與蘇藍氏沒注意到自己兒子和沈曈之間的暗潮洶湧，兩人走到一邊聊了起來，蘇夫人知道沈曈確認是蘇藍氏失散多年的親女兒時，不由得驚訝了一番，之後，便很替蘇藍氏高興。

「大嫂，妳總算是守得雲開見月明了，這麼多年，總算是讓妳盼回來了，老天有眼。瞳瞳這丫頭真是不錯，聰慧過人，又孝順，比我家這個浪蕩小子好太多了，真羨慕妳。」

兩人說了一陣，見沈瞳和蘇星華還不過來，蘇夫人朝蘇星華喊道：「臭小子，不帶你堂姊回府，還杵在那裡做什麼？」

她是知道自己兒子曾經得罪過裴小侯爺和沈瞳的，甚至還因此賠給沈瞳一間鋪子，如今雖然不知道這兩人在聊些什麼，但是看上去聊得似乎很投機，心裡暗暗鬆了一口氣。

結果，她這話一出，把蘇星華一錘子捶得目瞪口呆，他結結巴巴地道：「娘，您、您說什麼？這死丫頭，她、她她她……」

蘇夫人瞪了他一眼。「什麼死丫頭？她是你堂姊，都多大的人了，還這麼不懂事，讓人笑話。」

蘇星華傻眼了。「不是，娘，您別嚇我，她不是我堂姊吧，她只是個義女，憑什麼讓我叫她堂姊？」

千萬不要是親的，千萬不要！

這時，沈瞳在一旁笑咪咪地落井下石。「親堂弟，你好，自我介紹一下，我如今叫蘇瞳，是你的親堂姊。」

得知沈瞳就是自己失蹤已久的親堂姊，而且自己從此以後必須要叫她一聲堂姊了，蘇星華整個人如遭雷擊，傻傻地呆站著，半天沒回過神來。

「這怎麼可能呢，她區區一個……」

鄉野村姑這四個字到了嘴邊，卻無論如何都無法說出口。

蘇星華雖然不喜歡沈曈，但知道她是自家人以後，已經沒辦法再將她當成一個外人來看了。

不管他如何想，沈曈成為蘇家大小姐，已經是不可改變的事實。

蘇昊遠和蘇藍氏帶著沈曈在景溪鎮蘇家認了個門，這邊的蘇家上下無不認真對待，無人敢對沈曈不敬。

不過今兒這事，蘇家暫時沒有對外宣揚，因此，知道此事的也只有交好的幾家，各自都帶了禮物前來祝賀。

蘇家一片喜氣洋洋，蘇星華氣呼呼地坐在一旁，見整個蘇家的人包括主子、下人都圍著沈曈團團轉，沒一個人搭理他，他臉色越來越鐵青，甩袖就出門去了。

正好外面幾個狐朋狗友來找他，覷了一眼蘇家院子傳來的動靜，又看了看他的臉色，不由問道：「喲，蘇大少爺今兒是怎麼了，誰招惹您了？」

蘇星華沒好氣地道：「還不是那沈曈，算了、算了，這事說來複雜，不提她，咱們哥兒幾個去喝幾杯，今兒我作東。」

幾人之中，一個打扮最寒酸的少年突然目光閃了閃，低聲問道：「蘇大少，那沈曈又做什麼惹您不高興了？」

蘇星華看了對方一眼，認出他正是之前害自己招惹上沈曈的那個小子，叫做李明良，頓時臉色更加不好了。「你管那麼多做什麼？蘇家的事你也敢打聽，不要命了？你小子給我小心點，沈曈她如今是我蘇家的人，你往後最好別打她的主意，如若不然，本少爺弄死你！」

這回別說李明良了，其他人都嚇了一跳。

方才提起沈曈，不還跟殺父仇人似的嗎，怎麼這會兒又護上了？這位爺究竟是怎麼想的？

「蘇大少爺，您該不會是，和那沈曈不打不相識，因恨生愛了吧？」

「對啊，蘇大少爺，那沈曈可不是什麼好招惹的人，她身邊那位郭家少爺和裴小侯爺，就不是咱們能得罪的，還有……」

蘇星華嘴角一抽，這群人提起沈曈，比他還怕。

見他們這樣，他也不鬱悶了，冷笑著道：「得了吧你們，瞎想什麼，本少爺又不愛這款的，怎麼會看上她？讓你們別招惹她，是因為她是我大伯娘失散多年的親閨女，從今兒起，她就是本少爺的親堂姊了，我蘇家的人是外人可以招惹的？所以哪怕本少爺再不喜歡她，你們也不能欺負她，否則就是不將我蘇家放在眼裡，懂了嗎？」

眾人驚了，沈曈不就是一個鄉野村姑嗎，怎麼搖身一變，變成蘇家的大小姐了？

蘇星華只說了個大概，便不願意說了，這事蘇家還沒對外宣佈，若不是鬱悶，他也不會跟這幾個傢伙說。

「這事你們暫時別往外傳，不然我饒不了你們！」他道。

眾人連忙點頭。

只有李明良傻眼地站在那裡，整個人愣愣的，不知道在想些什麼。

旁邊一個少年推了他一下，打趣道：「明良，我好像記得你先前說過，你和沈曈有婚約？可惜了，你早就和她退親了，若是沒退，往後你就成了蘇大少爺的堂姊夫了，哈哈哈。」

蘇星華不在意地瞟了李明良一眼，雖說他對沈曈有些意見，但不管怎麼說，李明良是什麼樣的玩意兒，他清楚得很，在他看來，沈曈哪怕不是蘇家的大小姐，憑她的廚藝和聰明，也配得上一個更好的，李明良這樣的小人，哪裡配得上她？

蘇星華想了想，冷冷地警告他們，尤其是李明良。

「你們可給我聽好了，沈曈如今的身分不同以往，等回京認祖歸宗，她就是盛京城蘇家的大小姐，代表的是整個蘇家，就連我也比不上她在蘇家的地位，所以，你們可不要再犯渾了，對外不許再提她和李明良的那個婚約。蘇家大小姐的名聲是何等重要，若是出了什麼差錯，我爺爺可不會善罷甘休，到時候別說我沒提醒你們。」

眾人忙應下，他們招惹不起蘇家，自然不會蠢到去做會得罪蘇家的事情。

李明良雖然也跟著一起應下，但是卻心不在焉，不知道在想些什麼。

在蘇家補辦的生辰宴會結束，沈曈拒絕了蘇夫人盛情邀請她住進蘇家院子的提議，執意回去桃塢村。

此時天色已經黑了，蘇藍氏和蘇昊遠原本擔心她自個兒回家會有危險，想親自送她回去，卻被她堅決拒絕了。

因此，只好讓小初駕著馬車，將她送了回來。

忙了一整天，沈曈也累了，斜躺在馬車內閉目養神，幸虧小初的車技很好，馬車行得穩穩當當，一點都不顛簸，她便昏昏沈沈地睡了過去。

直到馬車停下來，她才醒了過來。

「小姐，到了。」小初的聲音在外面響起。

沈曈掀開車簾，在小初的攙扶下跳下馬車。

「辛苦了，小初，你先回去吧，注意安全。」

小初調轉馬車頭，隱約覺得看見小姐家院子後面有一道黑影一閃而過，可是等他認真看去時，卻什麼都沒發現。

他搖了搖頭，駕駛馬車離開。

沈曈剛打開院門，就感覺到背後有一道氣息靠近自己。

她猛地轉身。

對方似乎沒想到她竟然會發現自己的存在，意外地停下了腳步，然後笑著道：「曈曈，妳終於回來了，我等了好半晌也沒見人回來，還以為妳出了什麼事呢，都這麼晚了。」

夜色太暗，看不清對方的容貌，對方的聲音似乎在哪兒聽過，沈曈一時半刻聽不出來，想了片刻也沒想出個所以然來，只能盯著對方，警惕地問道：「你是誰？」

她一邊向後退，做出防備的動作，一邊緊盯著對方的一舉一動。

「是我，李明良。」對方說道。

李明良，隔壁李家村村長的兒子，當初和原主有過口頭婚約，後來原主父母死後，他又藉機來退婚的那個傢伙。

他來做什麼？

沈曈詫異地看了他一眼，淡淡地道：「哦，是你啊！你來做什麼？」

說著，她伸手將院門口的燈籠點燃，四周頓時亮了起來。

比起當初第一次見面，李明良更瘦了些，臉色也差了許多，眼皮浮腫，眼眶底下全都是烏青的顏色，一看便知是太過放縱，被酒色掏空了身子，腳步虛浮。

李明良將沈曈從頭到腳打量了個遍，雙眼發亮。「曈曈，妳的變化真大，越來越漂亮了。」

如今的沈曈，已經和當初有很大的不同。

她經常自製面膜，對護膚十分注意，再加上吃得好，不像原主那樣再挨餓受凍，原主蠟黃的皮膚被她養得白皙嫩滑，瘦削的臉蛋和身材也變得豐盈。本來五官就繼承了蘇藍氏的基因，相當精緻，如今皮膚和身材管理得好，容貌立即加分不少，變得如出水芙蓉一般清麗動人。

李明良看著她，神魂都開始蕩漾起來，沒想到之前那個醜得讓他厭惡的小村姑，短短幾個月的時間，竟然出落得這般貌美了。

沈瞳很不喜歡他的眼神，似乎將她當成是他的所有物一般。

沈瞳厭惡地皺了皺眉，往後退了一步。「你有事嗎？沒事就滾吧！我這裡不歡迎你。」

李明良的臉色僵了一下，扯起嘴角笑道：「瞳瞳，話可不能這麼說，我們兩家好歹關係不錯，不然當年怎麼會給咱們倆定了婚約呢，妳說是不是？」

沈瞳蹙眉，這人又提婚約做什麼，她淡淡地道：「哦，原來是這事，你放心吧，我們已經退親，你若是看上了哪家的大家閨秀，就儘管去提親吧！不用顧忌我，至於你爹那兒，如果他有什麼疑惑，你可以讓他來找我，我會幫你說清楚。」

「不是，瞳瞳，我不是這個意思。」李明良本來想讓沈瞳把自己請進院子再慢慢說，如今見她如此說，頓時急了。「我的意思是，我、我、我是願意娶妳的。」

這下，沈瞳知道他是來幹麼的了。

她不由得冷笑一聲。

李明良最近的日子不好過，李家村的土壤出了問題，今年的田地都沒有好收成，李家更是淒慘，沒有收入就算了，李明良還日日和那些公子哥兒鬼混，李老爺子掙的那點銀子水一樣地流出去，壓根兒就不夠他敗，如今李家是真的揭不開鍋了。

先前一段日子，他聽說沈曈攀上高枝，成了一品香掌櫃的乾女兒，還有一手好廚藝，掙了不少銀子，替一品香賺得盆滿缽滿，就連鴻鼎樓也比不上，當時他就有些心動了。

當初瞧不上沈曈，不就是嫌她無依無靠，不能給自己助力嗎？若是她有那麼多銀子，又有本事，娶回家也不錯。

不過他仔細想過，如今他沒權沒勢，將沈曈這種只會做廚娘的村姑娶回家，只能給他銀錢上的幫助，等到往後他考上功名，做大官的時候，一個廚娘夫人可是會讓他丟人的，說出去都會讓人笑話。

倒不如再熬一熬，等將來考上功名，什麼樣的千金小姐不是等著他挑？

因此，他不過只在心底想了一下，沒怎麼放在心上。

可是今兒一早，得知沈曈竟是蘇家的大小姐以後，他就淡定不下來了。

那可是蘇家！

李明良以前為了巴結蘇星華，簡直是絞盡腦汁，才勉強能在蘇星華的面前說上幾句話，可對方還是對自己愛理不理的。

蘇星華家只不過是蘇家在景溪鎮的一個據點罷了，他爹雖然在景溪鎮經營得有聲有色，但是真要算起來，和盛京城蘇家可就差遠了。

盛京城蘇家那位當家的老爺子，可是當朝備受皇帝寵信的蘇閣老。

沈曈竟然是蘇閣老的嫡孫女，李明良剛知道的時候，整個人嚇得都腿軟了；但一想到若是能成為蘇閣老的孫女婿，什麼功名利祿，什麼財富權勢，還不是任他挑？

思及此，李明良一雙眼睛盯著沈曈，亮得可怕。

「曈曈，當初是我不對，我聽了香茹的挑唆，才會一時衝動，跟妳提出退親，如今我知道錯了，妳原諒我吧，咱們的婚約，重新約定好嗎？」

李明良的聲音壓低，放低了姿態，自認為相當溫柔了。

在他心裡，沈曈當初肯定是喜歡自己的，如今好像也沒聽說過她與哪個男人有過近的接觸，應該還沒移情別戀，如此一來，自己只要一開口，她肯定不會拒絕。

他已經在心底幻想起成為蘇閣老的孫女婿以後的風光日子了。

然而，沈曈一句話就將他的幻想打碎了。

第三十五章

「不好。」沈曈說道：「李明良，你來找我，若是只為了這個的話，那你可以回去了，我的答案是不可能。」

「為什麼，難道妳心裡已經有別人了？」

李明良臉色難看，他想過沈曈可能還在生自己的氣，可能自己需要花費一番力氣才能哄好她，來之前就已經拚命地說服自己一定要沈住氣，將她哄高興就可以了。

他想過無數種可能，卻沒想過沈曈並不喜歡他，壓根兒沒想過和他重新訂婚約。

沈曈乾脆俐落地拒絕他，直接打亂了他的計劃，讓他措手不及。

沈曈沒耐心和他糾纏下去，明明白白地道：「李明良，我實話告訴你，就算我心裡沒有別人，就算這世上的男人都死絕了，我也不可能會喜歡你，更不會嫁給你。」

這番話說得一點面子都不給李明良，他這麼愛面子的人，哪裡忍受得了如此屈辱。

他惱羞成怒地道：「沈曈，妳以為我不娶妳，還會有人願意娶妳嗎？妳與沈修瑾、裴小侯爺，還有那郭家少爺是怎麼回事，妳自個兒心底清楚！一個未嫁女子，和這些男人勾勾搭搭，什麼清白都沒了，難不成，妳以為別人不知道這裡面的彎彎曲曲嗎？」

李明良心底早認定沈曈和那些男人之間有問題，不過為了得到沈曈背後蘇家的支持，方才他才沒將這話說出來，如今聽見沈曈的拒絕，他就顧不得那麼多了。

沈曈似笑非笑地看著他。「哦？既然在你心裡，我和那些人勾勾搭搭、牽扯不清，早就沒了清白，那你還來找我做什麼？難不成，你如今又不嫌棄水性楊花的女人了？這可真是稀奇，你不怕我連累你的名聲，將來考不了功名？」

李明良咬牙，沈曈擺明了就是在嘲諷他當初嫌貧愛富。

可是，他這樣做有什麼不對嗎？世人不就是嫌貧愛富的嗎？如果她沈曈不是蘇家的女兒，有這麼一個高貴的身分，如果她還是那個一無所有的小村姑，自己若是肯娶她，早就巴不得倒貼過來了吧？

如今成了千金大小姐，便跟自己擺起譜來了，真是個賤人！

自己沒嫌棄她一個未婚女子與那些男人整日混在一處，還在外拋頭露面做生意呢，如今她倒是先嫌棄起自己來了。

李明良咬牙，猛地上前一步，抓住沈曈的手，冷冷地道：「沈曈，妳別給臉不要臉，我願意娶妳，還不是看在妳背後的蘇家的關係？若不是為了攀上蘇家，妳這種貨色，我才不稀罕要！」

他用力一拉，將沈曈拉進懷中，嘴朝她的唇瓣湊了過去。「今兒我就在這兒要了妳，明兒一早，便讓整個桃塢村的人都知道，妳爬上我李明良的床，到時候生米煮成熟飯，妳的名聲全都毀了，哪怕妳蘇家再大的官威，也是要名聲的，妳除了我，還能嫁誰？」

他冷笑一聲。

滿嘴濃郁難聞的酒氣撲鼻而來，沈曈被熏得頭昏腦脹，氣得渾身發抖。

李明良這個不要臉的瘋子！

李明良這回真的是拚命了，力道大得嚇人。

沈曈經常顛鍋，自詡比一般男人的力道都要大，可是偏偏卻掙扎不過他，被他用力壓在了院牆下。

「李明良，你瘋了吧，你以為你這樣做，我就會嫁給你？你這是作夢。我爹娘不是好惹的，你若真對我做了什麼，到時候蘇家的女婿當不了，別說前程了，命都沒有！」

李明良冷笑。「蘇家如今還不是妳爹當家，妳爹說的話不算！大盛朝誰不知道，蘇閣老最注重蘇家的名聲，妳若是失身於我，蘇閣老會做的選擇一定是將妳嫁給我，以掩蓋妳出閣前就失貞的醜事，挽回蘇家的名聲。而蘇家的孫女婿又怎麼能是一個什麼都沒有的窮秀才？蘇閣老為了面子上過得去，定然會為我安排好一切，到時候我李明良，何愁不官運亨通？榮華富貴還不垂手可得？」

沈曈無語了，這人真是什麼都敢想。

李明良的臉在面前放大，低下頭來，眼看那散發著酒氣的嘴就要落在沈曈的唇上。

沈曈冷笑一聲，突地屈起腿，膝蓋用力一頂，正好頂在李明良的胯下。

男人全身最脆弱的地方就在此處，況且，沈曈還是用盡了吃奶的力氣去頂的。

這下，李明良痛得厲聲慘叫，雙手鬆開沈曈的手，死死摀住疼痛難忍的下身。淒厲的慘叫打破了桃塢村的寧靜，不少人順著聲音跑了過來。

「來人啊，抓偷雞賊了！」沈曈大喊一聲。

「偷雞賊在哪兒，打死他！」

鄉民們最恨偷雞賊，桃塢村的村民頓時氣憤填膺，飛快地往這邊趕來。

李明良一驚，若是讓那些人抓到他，只怕他今晚就得被打死了。

他顧不得胯下的疼痛了，摀著下身、弓著身子，狼狽地逃出沈曈的院子。

沈曈哪裡那麼容易就讓他跑了！

她四下找了一下，院牆下之前被郭興言踩爛的幾個雞籠還沒扔掉，還堆在原地。

她手腳俐落，撿起一個雞籠，朝著李明良的腦袋扔過去，精準地套住他的腦袋，然後，又撿起一根粗木棍，往他身上瘋狂地招呼過去。

李明良一邊慘叫，一邊衝出院子。

正好，碰上了從四面八方趕過來的村民們，一個個手裡都拿著鋤頭、鐵鍬、鐮刀等等農具，看見一個套著雞籠的人影狼狽地衝出去，立即就知道是偷雞賊，一哄而上去圍剿。

直到村民們打痛快了，停下來時，李明良早就昏迷過去，渾身是傷，奄奄一息了。

沈曈在外面看著他那狼狽的模樣，暗罵了一句活該。

村民們這時才發現躺在地上的竟是熟人。

「這是怎麼回事，李秀才是個讀書人，怎麼會偷雞？」村民們疑惑。

「來人，李明良半夜擅闖民宅，意圖對曈曈不軌，快把他送官。」

這道聲音，是沈修瑾的。

今日蘇家為沈曈補辦生辰，郭老爺子特地允許他們幾個人告假回來，然而，裴銳和郭興言白天去了蘇家，沈修瑾卻是沒去，他近日常常忙得腳不沾地，沈曈雖然不知道他在忙什麼，但是大約能猜到和他的身世有關。

因為每次她問裴銳和郭興言的時候，這兩人都支支吾吾的，並不說實話。

而且，這兩人對沈修瑾的態度，也越來越恭敬了。

沈曈還在琢磨沈修瑾究竟是什麼身分，沈修瑾卻已經讓人將李明良送去了衙門。

他的臉色極其難看。

李明良真是狗膽包天，竟敢碰他的曈曈。他方才親自將李明良從地上拉起來，本來想藉機廢了他，結果發現李明良似乎已經被沈曈一腳踢廢了，這樣也好，省得他以後再覬覦曈曈。

不過，僅僅是廢了一條命根子，還是便宜了他，希望他在縣衙大牢能受到更好的招待。

沈修瑾看著混在人群中的兩個健壯漢子，微微點了點頭。

那兩個漢子立即轉身跟上村民們，主動提出將李明良送去縣衙。

這兩個漢子是從宮中出來的，前幾日裴銳得到沈修瑾的允許，已經將找到太子的事遞進宮裡，裴皇后知道兒子暫時不想回宮後，擔憂兒子的安危，立即派了些人手過來，暗中保護他。

沈修瑾原本將其中兩個身手最好的人安排在沈瞳的身邊，暗中保護她，只是這幾日蘇昊遠也安排了人手，為了不引起蘇昊遠的注意，沈修瑾臨時將人撤了回來，料想有蘇昊遠的人在，瞳瞳不會有什麼危險。

誰能料到，今晚蘇昊遠竟是關鍵時刻掉了鏈子，險些害得瞳瞳吃了虧。

沈修瑾越想越不痛快。

「哥哥，你怎麼這時候回來了？」沈瞳上前問道。

沈修瑾抓住她的手，將她全身上下都打量了個遍，見她沒有傷到哪裡，才道：「今兒他們給妳過生辰，我是妳哥哥，不回來怎麼行？」

沈瞳笑道：「昨兒你不是已經幫我過了嗎？」

沈修瑾笑了笑，這怎麼一樣？昨兒幫她過是應該的，今兒再補過，是因為不想落在別人的後面。

別人對她好，他便要對她更好。

如此一來，自己在她心中的地位才能不比別人低。

沈修瑾握著她的小手，將一個巴掌大的錦盒放在她手心。「這是我託人從京中帶回來的好東西，妳看看喜不喜歡。」

京中？

沈瞳挑了挑眉，她知道沈修瑾最近經常接觸一些神秘的人，隱隱約約能猜到和他家那邊的人有關，倒是沒想到，他家也在盛京城。

沈修瑾做那些事情的時候，沒刻意瞞著她，只是說等時機到了再跟她解釋，因此她就沒怎麼關注過，反正到時候總會知道。

錦盒是紫檀木做的，散發著一股淡淡的檀香，外面刻著精緻的紋樣，手感極好。

沈瞳輕輕打開盒蓋，露出裡面的東西。

看清以後，沈瞳忍不住又驚又喜地低呼了一聲。

盒子裡裝的是一個小小的瓶子，瓶子裡面裝的是牛奶。

還沒打開蓋子，沈瞳就聞到那股奶香味了。她小心地將瓶蓋打開，看了一眼，果然是牛奶。

在大盛朝，能找到牛奶，可是極其不容易的事，至少她來這裡這麼久，還沒看過。

她驚喜地看向沈修瑾，臉上滿是興奮和驚喜。「哥哥，還有嗎？」

「有，當然有，整整十大桶，都是新鮮的。」

沈修瑾看著她興奮的小臉，一雙杏仁般漂亮的眼睛在燈籠的照耀下亮晶晶的，美得不可方物，忍不住恍惚了一下，然後才笑著道：「前幾日聽妳提起過，我便讓人去尋了，今兒才送到，我已經讓人將其餘的牛奶都運到一品香了，妳明兒若是用這些牛奶做出了奶油蛋糕，可要第一個讓我嚐嚐，否則我便罰妳。」

說著，他略作懲罰地捏了捏她的俏鼻。

沈曈向來不太習慣與別人太過親暱，不過這段日子與沈修瑾之間的關係越來越好，他的脾性似乎也和當初剛見面的時候不太一樣了，時不時會做一些親暱的動作。沈曈也不怎麼在意，反正他是哥哥，親人之間親暱一些沒什麼。

然而她並不知道，某人心裡可沒把她當親人。

沈修瑾見她盯著掌心裡的牛奶愛不釋手的模樣，知道她開心壞了，心裡也高興，但卻故作不悅地嘆了口氣。

「這牛奶可不好找，咱們大盛朝牧牛的草原並不多，我也是多番託人打聽，最終找到了一個小部落，付出了很大的代價，才換回了十桶。那個小部落的胃口極大，開出的條件也不低，這回能換回來一些，只是不知道下回再換，他們還會提出什麼條件。」

沈曈的笑容頓時黯淡了些，問道：「這回哥哥給了他們什麼東西？是你家那邊出的？我一會兒讓娘給你一些銀子，你還給那邊吧，咱們不能占他們的便宜。」

沈曈自從知道沈修瑾暫時不打算回去，就猜到他和那邊的關係可能不怎麼好，或者說關係比一般的親人要惡劣，因此，她並不想讓沈修瑾欠那邊的人情。

沈修瑾見她著急的模樣，低笑一聲，手掌揉了揉她的腦袋，輕聲道：「曈曈，不用緊張，我方才是逗妳玩的，這點小小的代價，對於他們來說根本算不了什麼，況且，今後整個大，今後整個家族都是我來做主，我用我的銀子，沒人敢說什麼。」

「那……」沈曈還是有些顧慮。

沈修瑾忽然揚唇，低低地道：「妳若是真的覺得過意不去，想要補償點什麼，也可以，不如，親我一下？」

最後四個字，他說得極輕，似是怕唐突了她。

說完，他的心臟撲通撲通地狂跳，又期待、又緊張，緊張得手都不知該如何放了。

曈曈如今還是將他當成哥哥來看，他這話說出來，她會不會不開心？會不會不理自己了？

他緊張了好久，卻沒想過，他剛才說得太小聲了，沈曈可能壓根兒就沒聽清他說的是什麼。

「什麼？」沈曈問道：「哥哥，我方才沒聽清，你說了什麼？」

「沒什麼。」

沈修瑾看著沈曈無辜的眼神，耳根通紅，一張俊臉莫名地熱了熱，握拳在唇邊低咳了咳，他道：「天色太晚了，曈曈妳早些安歇吧，我還要趕回郭氏族學，便不多留了。還有，我安排了兩個人到妳身邊保護妳，有什麼事情可以吩咐他們去做。」

說完，他不等沈曈回應，匆匆忙忙地走了。

沈瞳看著他的背影迅速消失在夜色中，明明天那麼黑，隔著那麼遠，但她卻似乎能看得見他那通紅的耳根，以及踉蹌的步伐。

沈瞳拿著手裡的錦盒，淡淡的牛奶香縈繞在鼻間，方才男人低沈好聽的聲音彷彿依然在耳畔，輕聲說著「親我一下」。

她的手忍不住顫了顫，險些把手中的錦盒掉在地上，花了好大力氣才穩住。

他是什麼時候對自己有這個心思的？

這一夜，沈瞳又沒睡好，輾轉反側，心緒萬千。

沈修瑾果然派人送了十大桶的新鮮牛奶去一品香。

沈瞳派人去找陳齊燁，讓他將陳記糕點鋪原有的一些優秀糕點師帶過來，自己則帶著一品香原有的幾個糕點師。

將這些人集結在一起，她單獨找了一處安靜的院子，教他們如何用這些新鮮牛奶和雞蛋做奶油，再把甜心美食糕點鋪將來要推出的糕點，全都教給他們。

陳齊燁沒想到沈瞳竟然這麼大方，兩人才剛開始合作，她便將自己的手藝全都教出來，難道她不怕自己的人學會了她的手藝，將來會與她競爭嗎？

要知道，一旦有一個人學會了她的手藝，就意味著將來還會有更多的人學會，到時候，她的手藝就不值錢了。

沈瞳笑了笑。「陳公子的擔心是多餘的，我既然敢教他們，自然是有所憑恃，有競爭對手是好事，競爭對手越強，我也會變得越強，如果輕易便讓他們打敗了，那就說明我還不夠強。」

陳齊燁不太理解她的意思，她又道：「你儘管多派些人過來學，甚至，我希望你能故意放幾個來偷師的探子進來。」

陳齊燁一驚。「瞳瞳，咱們的糕點還沒推出，便讓他們學會了，到時候……」

「不用擔心，蛋糕沒那麼容易做，更何況，就算他們真的學會了，那又如何？我又不是只會做那一種。他們才剛學會做最基本的蛋糕，我們卻已經做出了更好吃的、更新奇的糕點，讓他們不管如何偷師、如何努力，最後還是被我們遠遠甩在後面，騎馬都追不上，這樣才有意思。」

陳齊燁瞪大了眼，看著沈瞳滿不在乎的笑容，忍不住縮了縮脖子，他自認在商場上是個奸猾的商人，也做慣了損人利己的事情，但是今兒他才算見識到了，什麼叫做真正的陰險。

沈瞳的手段顯然比他陰險得多。

那些人一旦上圈套，那就是條回不去的路，看似有希望，但越追只會越絕望，而他心裡清楚，他們一定會上圈套。

看來，可以坐等看好戲了。

陳齊燁忍不住壞心腸地想著。

第三十六章

糕點班才上了沒幾天，突然在某一天早上，大半個景溪鎮的酒樓，都同時推出了一款飯後甜點，價格比市面上的點心便宜許多，並且吃起來相當美味。

整個景溪鎮的百姓們都在討論這一款甜點，因為實在是太好吃了，他們從沒吃過那麼好吃的甜點。

推出這款糕點的那些酒樓，更是因此而生意好轉，短短幾天，賺得盆滿缽滿。

得知蛋糕配方洩漏，各大酒樓都比自家提前推出了蛋糕，一品香內部以及沈瞳開設的糕點班都亂成了一團。

「瞳瞳，妳看這可怎麼辦才好，咱們的蛋糕配方都被他們學去了，可是咱們的糕點鋪還沒開店，這……」

對於大盛朝的人們來說，蛋糕是個新鮮玩意兒，好吃，寓意也好，如今各大酒樓把價格都壓低了，也就意味著，哪怕是沒什麼錢的普通老百姓，也買得起。

而甜心美食糕點鋪還沒開張，日子遠遠定在了下個月，這一個月的時間，說長不長，說短不短，但是卻足夠讓景溪鎮的百姓們對蛋糕的新鮮感消失，繼而失去了最佳的推銷時機。

眾人都著急得不行，只有沈瞳依然保持著淡定的神情。

她掃視一眼在場的眾人，尤其是著重在今日來得比較晚的幾位糕點師，說道：「蛋糕的配方，只有在場的諸位知道，鴻鼎樓他們能得到配方，應當是在座的諸位中有他們的人，還請幾位配合我們的調查。」

話音一落，從外面走進來幾位衙差，將幾個早就被沈曈查清底細的糕點師抓了起來。

眾人頓時安靜下來。

直到那些糕點師被帶走，沈曈才說道：「我並不擔心蛋糕的配方被別人拿走，我也從沒有要將這些美食敝帚自珍的想法，但是，我不喜歡不忠誠的人。所以，在咱們的糕點鋪開張之前，必須要清除一批心懷不軌的人，在座的諸位都是信得過的人，今後糕點鋪的發展，全靠你們了。」

她笑了笑。「今天，才是咱們糕點班最重要的開始，他們偷走的只是蛋糕最基本的做法，提早推出蛋糕，非但不能壞咱們的事，反而是免費幫咱們做了一回廣告，一個月後，咱們的甜心美食糕點鋪正式開張，一定能給大家意想不到的驚喜。」

眾人聞言，還不是很明白沈曈的意思，直到沈曈公布今日糕點的學習任務，他們才瞪大了雙眼，終於明白了。

沈曈不懼配方被偷，不是她沒脾氣，而是她的底氣太大了，實力太強，真的可以完全無視對方的一切陰謀詭計。

「這些翻糖材料，是我獨家秘製的，暫時不會對外公布秘方，你們可以隨取隨用，今日開始，你們的目標就是每日學習製作翻糖蛋糕，還有各種造型的蛋糕，我會每日評選出一個最好的蛋糕，給出豐厚的獎勵，希望你們能在開張之前，做出最好的蛋糕，才不枉我們這段時日的辛苦。」

沈曈將材料擺出來，讓眾人自由挑選，看著他們認真地料理著手裡的糕點，香甜的氣息瀰漫在寬敞明亮的院子，不由得心情愉悅。

門外小初匆匆忙忙地跑進來。「小姐，出大事了！」

「什麼事這麼緊張？」沈曈把手上的糕點材料擦乾淨，淡定地洗著手。

「外面的人都在說妳是殺人凶手，要求殷大人把妳抓起來。」

「哦？這是怎麼回事？」沈曈頓了頓，她好端端地在糕點班待了幾天，都沒怎麼離開過，怎麼突然就成了殺人凶手？

小初說道：「小姐，妳不知道，今兒一品香有幾個客人吃壞東西，其中有一個，直接就毒發身亡了，如今，家屬扛著屍體，全都堵在咱們一品香門口討要說法呢！

「還有，那些百姓們聽說了妳是蘇家大小姐，暗諷咱們家老爺以權謀私，為了保護妳，以權勢逼壓殷大人，令殷大人不敢抓捕妳歸案，所以妳才能逍遙法外。我來之前，還有一些百姓們也被攛掇著要過來找妳要個說法，估計很快就要到了，小姐，妳要不先找個安全的地方避一下？萬一讓那些刁民傷了妳就不好了。」

沈曈眼中閃過一絲冷芒，自古百姓們最恨的就是官官相護，對方這一招還真是不錯。

民憤不是一件小事，若是不好好處理，很容易出大事，甚至能夠影響朝政，自古以來多少民憤沒及時平息，最後演變成起兵造反的大事，這都是有例可循的。

好在沈曈沒什麼可擔心的，如果她曾經做過什麼虧心事倒也罷了，說不定那些百姓們隨便挖一下黑歷史，就可以一人一口唾沫將自己淹死了。

然而，不管是她，還是原主，都從沒做過任何一件虧心事。

她可以說是問心無愧。

一品香門口果然聚集了好幾家人，都是扛著屍首放在門口討要公道的。

人山人海，氣勢洶洶。

「一品香草菅人命，還我爹爹性命來！」

「沈曈，妳還我爹爹性命來！」

人潮幾乎將一品香門前的街道都淹沒了。

早在事情發生的瞬間，蘇藍氏就吩咐下去，今日停止營業，報官處理此案。

可是她沒想到，那幾家客人竟然這麼會煽動人心，一下子就吸引來這麼多人，將一品香大門擠得連蒼蠅都飛不進來，更不用說縣衙的衙差們了。

殷明泰和衙差們被人群擠在了大門外，好半天都沒能進門，而蘇藍氏在裡面，被五家鬧著要她償命的客人圍著討說法，瞧那架勢，要不是身邊有蘇家護衛護著，蘇藍氏恐怕要被他們活活撕了。

「大人，怎麼辦，百姓們太激動了，咱們進不去。」

門外，衙差護住殷明泰，頭疼地問道。

殷明泰神色冷淡，掃了一眼四周的人群，細細打量了一下，立即捕捉到人群中好幾個煽動得最賣力的人。

「分開行動，你們將這幾個人都抓起來，別讓他們跑了。」殷明泰吩咐了幾句，自己則帶著一小隊人馬硬是擠進了一品香的大門。

蘇藍氏看見他總算進來了，終於鬆了口氣。

方才還氣勢洶洶地圍著她，讓她殺人償命，交出沈曈的幾家客人，看見全副武裝的衙差，臉上閃過一絲心虛，也不復方才那般凶狠了。

「冷靜下來了？」殷明泰冷冷地道：「不管你們是不是有理，聚眾鬧事的罪名少不了，全都給本官帶走！」

最後一句落下，衙差們一擁而上，將五家鬧事的客人帶走，就連放在地上的屍首也不例外，被衙差們直接扛走。

衙差一出手，將為首的人抓走，再加上其他小隊揪出躲在暗中煽風點火的傢伙，立即就鎮住了場面，大門外面鬧烘烘的場面立即有所緩和，甚至有不少看熱鬧的百姓見沒熱鬧可看了，便都散開，各回各家了。

只剩下一些乘機想鬧事的，既不敢招惹官府，又不甘心事情就此結束，於是就跟著衙差的隊伍去縣衙看熱鬧。

此時沈瞳已經從一品香的另一出口離開，和陳齊燁對視一眼，輕輕點頭，各自上了一輛馬車，前往不同的方向。

他們的目標是景溪鎮有名的招牌老店，而且是有實力、有口碑的那種。

昨夜商量過關於美食節的規劃以後，蘇藍氏就列出了一長串的店名給她，今日，沈瞳和陳齊燁的目標，就是說服這些口碑老店的老闆，讓他們加入她的美食節計劃。

沈瞳的第一個目標，是一家開在小巷子裡的小店，位置偏僻，店面又窄又小，但每日卻有大量的客流量。

原因就是，這家店的菜確實做得不錯，而且老闆人好，價格實惠，許多人喜歡到這裡來光顧。

小店門口歪歪扭扭地掛了一塊用破木板刻的招牌，上面的字也是歪歪扭扭的，若不仔細看，都認不出來寫的是「老劉菜館」這四個字。

沈瞳看了一眼那破木板，邁步進了小店。

店面雖然小，但是十分乾淨，桌椅擦得發亮，灶臺就在門口，客人們坐著吃飯的時候還能看見老闆炒菜的情形，想來衛生方面不會有任何問題。

沈瞳打量著店內的情況，在心底下了個結論。

同時，她伸出手指在灶臺旁邊摸了一下，果然一塵不染。

而灶臺旁邊的一張長桌上，擺滿了各色青菜和肉類，這些食材，以沈曈的眼力，一眼就看出全都是最新鮮、最優質的。

不愧是在這樣的小巷子裡也能吸引到不少客人的老店。

「客官吃點什麼？」

此時還沒到飯點，幾乎沒什麼客人，老劉把桌子擦得乾乾淨淨的，幾乎能發出光來，聽見腳步聲，下意識問了一句。

等到他抬起頭來，看見來的不是常客，而是一個十四、五歲的貌美小姑娘，雖然穿著打扮並不華麗，但那一身的氣度卻極其不俗，他立即就愣了一下。

然後問道：「小姑娘，妳不是來吃飯的吧？」

他這麼問也是正常的，畢竟像沈曈這樣氣質不俗，身後還帶著幾個隨從的小姑娘，一看就不是普通人，怎麼可能會來這種不起眼的小店吃飯？

然而，沈曈的回答卻出乎他的意料。

「您錯了，我們今兒就是來吃飯的。」沈曈笑著指了指身後的兩個隨從，一個是沈修瑾留下來保護她的，另外一個是蘇昊遠的人。「加上我，一共三個人，老爺爺，您隨便做點什麼，夠吃就行，我們不挑。」

老劉愣神兒片刻，立即就回過神來。「行，那我給你們做幾道拿手的，你們先坐著，馬上就好。」

客人說隨便做，不是就意味著他真可以隨便做點什麼讓人家吃，若當真如此，那他這店也不用開了。

老劉打量了沈曈和她後面兩個隨從一眼，立即就知道該做什麼了。

他一眼就瞧出，這小姑娘今兒過來怕是還有別的目的，不過無所謂，他一個糟老頭兒，除了會做點家常小菜，每日賺幾個勉強餬口的銅板，還有什麼能讓人算計的？

沈曈讓兩個隨從隨意選個位置坐下，自己則走到老劉的灶臺前，看他做菜。

灶裡的火燒得極旺，發出轟轟的響聲，站在旁邊都能感受到熱浪滾滾。

老劉動作熟練，一手顛鍋，一手往鍋內加食材。

沈曈只看一眼就知道他的水準如何了，看來今日出來，應該會有不小的收穫。

她滿意地回到座位上。

老劉很快便將飯菜端了上來。

兩個隨從顧忌著沈曈的身分，堅決不肯與她同桌而食，於是，沈曈只好讓他們另坐一桌。

老劉給他們倆端過去的幾乎都是肉菜，量特別大，並不注重菜品好看與否，應當是看出他們是習武之人，飯量大，喜歡吃肉菜。

而給沈曈端上來的則是幾樣品相好、葷素搭配得相當好的熱菜。

並且，正好都是沈曈愛吃的菜。

沈曈挑了挑眉，方才她打量那些食材的時候，似乎在這幾樣食材上多看了兩眼，沒想到都被老劉留意到了。

老劉的手藝確實不錯。

時蔬脆爽甜口，肉片嫩滑，味道適中。

沈曈不是個喜歡浪費的人，這幾道菜的量又都不多，正好能讓她吃完。

飯吃完了，便可以開始談正事，沈曈剛想開口，門外便傳來一道尖酸刻薄的聲音。

「哎喲，劉老頭，你這菜館還沒倒閉啊？」

這話一出，老劉的臉色立即就沈了下來。

進來的是一個約莫五十多歲的男人，頭髮稀疏花白，刻意梳得整整齊齊，將幾根頭髮勉強蓋在中間禿了的一塊頭皮上，他身上穿的衣服是上好的綢緞料子，繡著喜慶的花樣，看樣子就是個暴發戶的打扮。

對方把玩著玉扳指，大搖大擺地走進來，一屁股坐在了沈曈的對面。

「小姑娘，我跟妳說，這劉老頭不是什麼好東西，他就是個欺師滅祖的玩意兒！」

罵自己可以，但是騷擾自己的客人，老劉絕不同意。

從前每一回對方來鬧事，老劉都是沈默不語，今兒他難得發火，怒喝了一聲。「楊洪，你別欺人太甚！」

楊洪冷哼，鄙夷地道：「怎麼，難道我說得有什麼不對嗎？你當年在我家酒樓，跟著我爹學廚藝，答應我爹等學成以後，就留在我家酒樓做廚子，可結果呢？你一學成，就向官府告發我爹，誣衊我爹以次充好，將有問題的食材做給客人吃，害得我爹進了縣衙大牢。他身子本就不好，縣衙大牢裡面陰暗潮濕，這一進去，直接就病倒了，後來出獄沒多久便病逝了。

「而你呢？離開我家酒樓以後，就在我們家對面開了一家菜館，專門搶我家酒樓的生意，原本我家酒樓的生意就因為你的告發變得一日不如一日，結果你還落井下石，害得我家酒樓險些就倒閉了。你說，你這樣的行為，不是欺師滅祖是什麼？不是道德敗壞，又是什麼？」

楊洪恨恨地瞪著老劉，又道：「我爹生前待你不薄，什麼拿手絕活都教給你了，結果，你就是這樣對他的！

「要不是我爭氣，一個人扛起了我家酒樓的生意，只怕如今酒樓早就倒閉了，那可是我爹一生的心血！」

對於楊洪的指控，老劉沈默了。

楊洪見他不吭聲，冷笑道：「沒話說了？」

沈曈倒是沒想到，今兒過來一趟，竟然還能看見這樣的場面。她聽說過楊洪此人，他家的酒樓並不小，雖然比不上一品香和鴻鼎樓，但是在景溪鎮各大酒樓之中，也算得上是排在前十名的。

據說楊家酒樓的廚子是楊家自個兒培養出來的，每一代的首廚都相當不錯，深得楊家已逝老爺子的真傳；而楊洪本人，廚藝自然也相當不錯，因此，才能在二十年前楊家老爺子去世後，年紀輕輕一人撐起了楊家酒樓，將面臨倒閉風險的楊家酒樓救活。

蘇藍氏給沈曈列出來的名單中，原本應該是楊家酒樓排在第一，只是因為楊家酒樓近日與鴻鼎樓的關係似乎有些密切，因此，蘇藍氏將其放在了最後一個待考慮的位置。

如今一看，老劉和這楊家酒樓之間的關係也匪淺。

事關接下來的美食節計劃，不容有失，沈曈決心留下來瞭解事情的始末。

老劉沈默半晌，突然道：「不是我告發的。」

「不是你告發的，那是誰？」楊洪一拍桌子，怒道：「當年只有你知道我家酒樓的食材問題，除了你我，還有我爹，整個酒樓沒有第四個人能夠進入後廚的食材庫，那些食材都是咱們先料理過後才拿出來的，你說不是你，難不成是我和我爹？真是可笑！」

老劉年紀已經一大把，比楊洪大了二十多歲，佝僂著腰，臉上皺紋密布，聞言也不反駁，見沈曈和兩個隨從吃完了飯菜，便過來收拾碗筷。

「小店有客來，打擾姑娘用餐了，實在是抱歉，這一頓算是老劉請客，不必結帳了。」

沈曈連忙道：「不行，飯錢還是要付的。」

她拿出銀子，正要遞給老劉。

楊洪猛地站起身，一腳踹翻面前的桌椅，冷冷地道：「劉老頭，我提醒你一句，你這小破店我已經買下了，今日之內，你必須將這些垃圾搬走，否則，我只好帶人來砸了！」

這家小店面是老劉向別人承租的，因為是在小巷子裡，不近鬧市，就算開店生意也好不到哪兒去，對方要的租金很便宜，老劉便租了下來，勉強能餬口。

沒想到楊洪竟然找到對方，以高價買下來了，顯然就是衝著老劉來的。

第三十七章

楊洪踹翻的桌椅險些砸到沈瞳的身上，要不是兩個隨從身手好，在桌椅砸到沈瞳身上之前就先踢開了，沈瞳這會兒只怕已經被傷到了。

兩個隨從面色不善地望向楊洪，他們兩人都是經歷過廝殺的人，渾身的殺氣一釋放出來，楊洪方才的囂張氣焰頓時消失無蹤，臉色變了變。

沈瞳冷冷道：「楊掌櫃，同是廚師，你應該知道，食材不新鮮意味著什麼，你們楊家酒樓的食材不新鮮，危及客人的健康甚至是性命，是一種極其不負責任的行為，只要是有職業道德的人，都會選擇揭發你們，因為你們罪有應得。」

「妳是什麼人，這是我和劉老頭之間的事，妳來插什麼嘴？」楊洪怒瞪沈瞳，要不是顧忌著她身邊的兩個隨從，他估計就衝著沈瞳動手了。

沈瞳冷笑。「本就是你們楊家酒樓錯了，卻埋怨劉老告發，害得你們險些倒閉，時隔二十多年的陳年舊事，耿耿於懷至今，甚至不惜多次破壞劉老的生意和生活，攪得人不得安寧，你這種道德敗壞的人，根本就不配當廚師。看來，我得找個時間向官府提一下，讓他們查一下你們楊家酒樓的後廚，看看是否還有以次充好的情況，說不定會有驚喜呢！」

「妳當妳是什麼東西，官府的人是妳說請就能請得動的？我楊家酒樓就算食材不新鮮又怎麼了？那些客人還不是吃了那麼久也沒吃出毛病來，你們沒證據還想抓我，作夢吧！」
楊洪肆無忌憚，他冷眼瞧著，沈曈不像是本地人，看穿著打扮也並不華麗，顯然只是個路經景溪鎮遊玩的商人之女罷了，想來不會有什麼背景，因此，他半點也不懼。
「哦，是嗎？」
看著楊洪囂張的神色，沈曈神色淡然，拿出蘇藍氏給她列的那張清單，劃掉楊家酒樓的名字，然後，轉頭朝後面的其中一個隨從說道：「蘇九，麻煩你跑一趟縣衙，跟殷大人說一聲，楊家酒樓食材有以次充好、欺騙客人的情況出現，讓他帶人過去調查一下。」
當著楊洪的面，沈曈下了這個命令，蘇九點頭。「是，小姐。」
等蘇九走了，楊洪才反應過來。
不過他的神情並沒有絲毫緊張，似笑非笑地看著沈曈。「小丫頭，妳可知這是什麼地方？這裡是景溪鎮，妳一個外鄉人，膽敢插手本地人的事情，難道不想活了？」
老劉也沒想到沈曈竟然這麼衝動，他連忙拉住沈曈，低聲勸道：「小姑娘，趕緊讓妳的人回來，楊洪可不是什麼簡單的人物，他背後有官府的人，妳對付不了他的，還是算了吧！」
當年楊家酒樓險些倒閉，楊洪能將其撐起來，重新恢復營業，甚至還讓楊家酒樓成為繼鴻鼎樓和一品香之後最受歡迎的酒樓之一，全都是因為他巴結上官府的人。
平日裡楊洪仗著這一點關係，在生意場上不知撂倒了多少競爭對手，也不是沒人告發過他，但都沒成功，原因就是因為他在官府有靠山，很多時候，那些與楊洪作對的人不僅沒能打倒他，反而被他給反擊得爬也爬不起來了。

老劉擔憂地看著沈曈，楊洪不是個善類，心狠手辣，不擇手段，這小姑娘得罪了對方，只怕要惹上大麻煩了。

沈曈聽著老劉的意思，楊洪背後的人身分看來相當了不得，難不成比自己的爹爹還厲害？這不太可能吧！一個小小的酒樓老闆，若是真能攀上那麼厲害的朝廷命官，又何苦守著那點家業不放，還不停報復一個家徒四壁的窮老頭？

正琢磨著，楊家酒樓的人氣喘吁吁地跑過來。

「掌櫃的，掌櫃的，不好了！」

楊洪聽了氣不打一處來，踢了那人一腳。「什麼不好了？老子好得很，會不會說話？」

「不、不是，掌櫃的，是、是店裡不好了！來了好多衙差，說是咱們酒樓有問題，要進後廚調查。」小廝磕磕絆絆地說完，楊洪的臉色就變了。

「什麼？衙差的人怎麼會來？」楊洪臉色鐵青。「難道梁大人沒跟他們打好招呼？這該死的梁田，每年給那麼多銀子都白給了，這點小事都沒幫我搞定。」

梁田？

沈曈挑眉，這個名字很是熟悉啊，好像是縣衙裡面的捕頭，據說是個查案的小能手，幫景溪鎮歷任縣令破獲過不少案子。

原來楊洪在官府的靠山，就是這位捕頭啊！

沈曈有些好笑，之前看楊洪這般氣焰囂張，她還以為他背後的靠山有多大呢！

「掌櫃的，就是梁捕頭親自帶人來的，而且，瞧他那模樣，竟像是不認識咱們似的，這回的情況似乎不太妙，您還是回去瞧瞧吧！」小廝哭喪著臉道。

楊洪這下子也顧不上嘲諷老劉和沈曈了，黑著臉慌慌張張地就要走。

沈曈叫住他。「等一下，楊掌櫃，你走那麼快做什麼，你們家酒樓不是上面有人嗎？怕什麼！衙差來了便來了，反正他們也查不出什麼，沒有證據，他們奈何不得你的。」

楊洪氣得一張老臉都扭曲了，這死丫頭分明在用自己之前的話來嘲諷他。

他狠狠地瞪了沈曈和老劉一眼。「你們給我等著！」

放了一句狠話，他才帶著小廝心急火燎地趕回楊家酒樓。

沈曈看向老劉，笑咪咪地道：「劉老，咱們不如也去瞧瞧熱鬧？」

老劉猶豫了一下，看了一眼自己的小店內，這會兒沒客人來，而且方才楊洪這麼一鬧，他也沒什麼心思做生意了。

「去看看吧，說不定有什麼意外收穫。」沈曈勸道。

她看人很準，劉老慈眉善目，老實巴交的，絕對不是那種忘恩負義的人，更何況，娘既然將劉老的小店列在第一個，就說明她已經調查過劉老的事情，確定他不會有問題了。

蘇藍氏是個謹慎的人，能讓她刮目相看的人，絕對是值得信賴的。

雖然楊洪這麼多年一直明裡暗裡地對老劉的小店搞破壞，報復他，但老劉心裡對楊洪卻沒有一點恨意，相反地，他對楊家其實還有很深的感激之情。

沈曈只勸了兩句，老劉就同意關店一起去楊家酒樓看一下情況。

兩人同行，沈曈有意想打聽老劉和楊家之間的恩怨，老劉也沒什麼好隱瞞的，便將當年的事情都說出來了。

「當年確實不是我告發的。」老劉說道：「我是個乞兒，是師父將我撿回楊家養大，雖然名義上他是我師父，但實際上我們情同父子，他所有的廚藝都對我傾囊相授，從沒有過任何隱瞞，而我也從沒辜負過他的期望。」

老劉在廚藝上的天賦，令楊老爺子十分驚喜，許多不外傳的手藝都教給他了，後來，他甚至還將老劉安排到楊家酒樓的後廚去，讓他擔任首廚。

這一個安排，令楊家的其他人十分不滿，尤其是楊洪和他的幾個兄弟們。

因為楊家酒樓是楊家名下進項最多的產業，楊老爺子對老劉的看重，使得他的兒子們十分有危機感。於是，他們明裡暗裡地排擠老劉，甚至還誣陷過他貪墨酒樓裡的銀錢，想要挑撥他和楊老爺子之間的關係。

結果，因為楊老爺子對老劉人品的信任，那些人一直都沒有成功。

只是後來，老劉某一天突然發現楊家酒樓後廚有人企圖用不新鮮的食材以次充好，而此人是負責酒樓採購業務的楊家老二，也就是楊洪的二哥楊源。

老劉身為一名廚師，對這種事情是絕對不能容忍的，更何況他還是首廚，掌管著後廚的一切，因此他狠狠地訓斥了楊源，並將此事告知了楊老爺子。

楊老爺子得知此事後，也警告了楊源幾次，楊源這才收斂許多。

然而沒過多久，楊源又故技重施。這一回，不知是被什麼人察覺了，暗中告發楊家酒樓，正好楊家酒樓那幾日因為食材不新鮮的問題，導致不少客人吃壞肚子，其中甚至有一位背景深厚的官家女子，對方勒令官府嚴查此事。因此，楊家酒樓才會險些倒閉，還連累得楊老爺子在獄中受了那麼多的刑訊拷打，導致身子不好，出獄後沒多久便病逝了。

老劉苦笑道：「楊洪說當年知道後廚食材不新鮮的人，除了他、我和師父以外，就沒有其他人了，因為其他人都沒資格進入食材庫，可是他忘了，還有一個人知道，那就是採購食材和販售食材的人。

「楊源應當不可能會蠢到告發自己家的酒樓，那麼極有可能，當初害了楊家酒樓的人，就是那販售不新鮮食材給楊源的人。」

沈曈若有所思地道：「說不定，楊源會購買不新鮮的食材，或多或少也有對方的算計在裡面，當年在背後想搞垮楊家酒樓的人，更大的可能是楊家酒樓的競爭對手。」

老劉點頭。「我也是這麼想的，不過這事已經過去了那麼多年，已經查無實據，再追究這個，也沒什麼意義了。」

這些年老劉面對楊洪的各種打擊報復，一直都沒有反擊，也是因為楊老爺子當年對他有恩，一日為師、終身為師，老劉對楊家的情義還在。

沈曈瞭解了當年事情的始末，就對楊洪更加不齒了。

楊家酒樓出的那檔事，歸根結柢是楊源搞出來的鬼，要不是他中飽私囊，以次充好，也不會被人鑽了空子，導致自家酒樓出事，繼而害了他父親。

可是楊洪卻無視這個最大的原因，轉而將所有的錯都歸咎到老劉的身上，並且這麼多年對他打擊報復。

要不怎麼說，可憐之人必有可恨之處呢？

從剛才楊洪的反應來看，他並不覺得當年自己家酒樓的食材以次充好是個什麼大問題，並且，如今他的酒樓極有可能也存在這個問題。在她看來，楊家酒樓能存活到現在還沒倒閉，已經算是個奇跡了。

楊家酒樓離老劉家的菜館並不遠，繞過一條小巷子，出了東大街，就能看見了。

這是一家老牌酒樓，從酒樓建築的年分來看，約莫開了有百多年了，一直都是楊家在經營，掛在門前的招牌幌子也有些年分了，若是景溪鎮本地的老人看了，會很有親切感。

進了裡面，大廳的裝飾古色古香，就是一般傳統的古代酒樓風格。

此時已經是正午時分，正當飯點，卻沒有幾個客人在吃飯，因為一隊神情肅穆的衙差剛剛才衝進酒樓，那些吃飯的客人早都被嚇跑了，只剩下一些看熱鬧的，還留在這裡，朝後廚大門的方向探頭探腦。

楊家酒樓後廚。

楊洪正和衙差們理論。

「梁捕頭，我們酒樓的食材向來是最新鮮的，絕對不會出現以次充好的情況，更不會有什麼不乾不淨的東西，您看。」

楊洪帶著梁田，向他展示後廚食材桌上的所有新鮮食材，確實都是新鮮的，沒什麼問題。

他心裡打著鼓，不知道梁田這是怎麼回事，明明每個月收了自己那麼多銀子，答應得好好的，若是出現什麼情況，一定要提前跟自己打招呼，讓自己可以提早做準備。

往年有人告發，梁田就算真的帶人過來，也不會真的進後廚檢查，大多都是走個過場，做做樣子給別人看就成了。

今兒倒好，帶著人二話不說就衝進後廚，攔都攔不住。

梁田順著他指的那些食材掃了一眼，彷彿跟他不熟似的，問道：「還有呢？食材庫在哪裡，帶我們去看看。」

楊洪神色難看，食材庫就在後廚不遠處，裡面的東西都是酒樓秘而不宣的食材。別說不新鮮的廉價食材，甚至還有許多禁止民間食用的御用食材、或者大量的私鹽，若是真帶這些衙差去看，今日楊家酒樓就真的完了。

他湊近梁田，不著痕跡地往他袖裡塞了一大袋沈甸甸的錢袋，低聲說道：「梁捕頭，這是兩百兩銀子，不多，您拿去喝點好的，今兒這個食材庫，咱就不去了吧！反正也沒什麼好看的，我們楊家酒樓是百年酒樓了，一直循規蹈矩，從沒出過差錯，怎麼會有以次充好的情況發生，一定是有人嫉妒我們生意好，故意折騰我們。」

梁田從楊洪這裡得過不少好處，被他養得肥肥胖胖的，見狀，淡定地收起錢袋，四處看了一眼，那些衙差們都是他的手下，也不敢說什麼，他咳了咳，說道：「既然沒什麼發現，那咱們就收隊回去吧！」

說完，梁田帶著手下的衙差們便要回縣衙。

結果正巧在門口碰上沈曈。

梁田日日在衙門當差，縣衙裡面的情況他都清楚，且不說殷大人、郭大人、還有裴小侯爺都對沈曈這位年紀不大的小廚娘看重得很，就拿昨兒個來說，這位沈姑娘搖身一變，竟然成了蘇大人的親閨女，當朝蘇閣老的嫡孫女，這可不得了。

雖然蘇家還沒對外宣佈這個消息，但是衙門裡面該知道的都知道了，梁田也不例外。

他立即朝沈曈點頭哈腰問好。

沈曈掃了他一眼，認出他就是縣衙的那位梁捕頭，她挑了挑眉。「查完了？」

梁田的心裡突地猛跳了一下。

「查什麼？」他突然有股不太好的預感。

該不會那個告發楊家酒樓的人，就是眼前的蘇小姐吧？

方才蘇大人身邊的一位隨從說讓他帶人來查楊家酒樓，原以為是因為有人告發楊家酒樓，蘇大人順便發話下來派人搜查，如今想來，這事恐怕不簡單，因為蘇大人的親閨女如今可是親自過來楊家酒樓過問此事了。

想想也是，一品香就是蘇大人家的產業，菜做得比楊家酒樓的美味多了，蘇小姐怎麼可能會捨近求遠，來楊家酒樓吃飯？

果然，下一刻，他就聽見沈曈說道：「楊家酒樓以次充好，用不新鮮的食材來招待客人，你們可有去他們家的食材庫查過？」

梁田還沒吭聲，正琢磨著該怎麼糊弄過去，站在他背後的一個衙差搶先說道：「回蘇小姐，還沒呢，不過我們已經在後廚仔細看過了，沒有不新鮮的食材，應該是同行競爭對手報假案，想以此來打擊報復楊家酒樓的生意。楊家酒樓的食材沒有問題，蘇小姐今兒應該是來這裡用餐的吧？您可以放心食用這裡的菜。」

那個衙差大約是知道沈曈的身分，想討好她，才搶先說了這麼多話；然而，他的話卻恰恰暴露了梁田辦案的態度，梁田臉色煞白，恨不得一巴掌抽死這個混蛋。

「你給我住嘴，蘇小姐問話，什麼時候輪到你來開口了？」梁田怒道。

「行了，不用在我面前耍官威。」沈曈說道，她從梁田難看的臉色就已經看出了一點端倪，回頭吩咐隨從。「沈落，煩勞你走一趟縣衙，讓我爹爹親自來一趟。楊家酒樓食材不新鮮，那可是他們家老闆親口承認的，梁捕頭帶著這麼多人都沒能找到一點線索，應該是被楊掌櫃糊弄過去了，畢竟是經驗不足，這也是正常的。我爹爹見多識廣，讓他親自過來看一眼，若有個什麼問題，相信立即就能瞧出來。」

這話明著是在說梁田經驗不足，被楊掌櫃糊弄了，實際上是在敲打梁田，不要為了一點銀子而毀了前程。

梁田頓時慌了。

「等一下，蘇小姐，這個……」

第三十八章

梁田急得滿頭大汗，正要解釋，楊洪卻突然從後廚出來，看見沈曈和梁田等人面對面不知在說些什麼，似乎雙方之間氣氛不太好，他以為是沈曈不知天高地厚，得罪了梁田，頓時樂了。

楊洪大步走過去，幸災樂禍地道：「哎喲，小姑娘，我不是早就跟妳說過了嗎，不要隨便得罪本地人，除非妳不想活了。妳可知咱們梁捕頭是什麼人？那可是咱們景和縣有名的辦案能手，是縣令大人最得力的助手，在他手底下辦過的案子，沒有上千起，也有好幾百起了吧！妳得罪誰不好，偏偏得罪咱們梁捕頭？」

他故作好心地拍了拍沈曈的肩膀，「苦口婆心」地道：「小姑娘，我勸妳啊！還是趕緊給咱們梁捕頭認個錯，好好道個歉，然後回家玩去，別在外拋頭露面了，老老實實回家待著，等年齡一到，就找個好人家嫁了，別整日在外給你們家惹事，省得哪一天得罪了不該得罪的，到時候連累得你們一家沒好日子過。」

他打量了沈曈幾下，突然眼睛一亮。「我瞧妳這小姑娘模樣生得倒是不錯，若是願意給我做個暖床的小妾，我便替妳說幾句好話，好讓梁捕頭放妳一馬。」

「楊洪，你個混帳東西，你胡說八道什麼?!」梁田又驚又怒，終於忍不住踹了楊洪一腳。

這王八蛋，什麼話都敢說，憑這位的身分，亮出來都足夠嚇死他，他竟然還敢調戲人，而且還是當著自己的面，若是讓蘇大人知道，自己別說捕頭的職位保不住，說不定小命都要丟了。

梁田暗暗後悔，早知道就不該收楊洪那兩百兩銀子，剛才就應該照實查他的食材庫，這回該不會要把自己給搭進去了吧？

梁田這個念頭才剛升起，楊洪果然就猥瑣地笑說了一句。

「梁捕頭，您怎麼這麼大的火氣？哦，我知道了，原來您也看上這小姑娘了，怪不得方才……嘿嘿，那我就不和您搶了，方才的話當我沒說過，我先告退，不打擾兩位了。」

梁田真是氣得心肝疼，這傢伙腦子裡裝的都是糞便嗎？當著這麼多人的面，不分場合地說出這種話來，真是要把自己害慘了。

他又驚又怒，也顧不得去罵楊洪了，連忙向沈曈解釋。「蘇小姐見諒，小的不敢對您有這樣的心思，這都是楊洪自己胡亂揣測的。」

他身後的衙差們也是惶恐地向沈曈賠禮道歉。

然而這時，一道憤怒的聲音從外面傳來。

「哪個混帳東西敢調戲老子的閨女？當老子是死的嗎?!」

蘇昊遠陰著臉進來，一腳就將站在最前面的梁田踹飛出去，重重地摔在酒樓大廳正中央的那張桌上。
梁田疼得齜牙咧嘴，卻不敢吭聲。他自知理虧，蘇大人沒要了他的命已經算是不錯了，區區一腳算什麼。
而還沒滾遠的楊洪，已經傻了。
雖然他沒見過蘇昊遠，但從那些衙差，以及梁田的反應已經能看出來，這位的身分一定不簡單。
那個小姑娘，竟然是他的女兒？他們究竟是什麼人？
楊洪百思不得其解，他瞧著那小姑娘的穿著打扮，不像什麼有身分的貴人，怎麼就變成這樣了。
還不等他想出頭緒來，梁田已經飛快地從地上爬起來，低頭向蘇昊遠認錯了。
「蘇大人請恕罪，小的不敢對小姐不敬，小姐千金之軀，哪裡是小的能肖想的。是楊洪此人對小姐出言不遜在先，後又誣衊小的。」梁田驚慌解釋，這時候他不敢幫楊洪遮掩食材問題了，連忙一股腦兒地都捅了出來。
「對了，小姐告發楊家酒樓食材不新鮮，小的今兒是來調查楊家酒樓的食材庫，後廚沒發現任何問題，但是食材庫還沒去檢查，不過小的敢肯定，楊家酒樓的食材庫一定有問題，因為楊洪方才悄悄給小的塞了好處，還暗示小的幫他掩蓋此事。小的與他打過多次交道，知道此人詭計多端，狡猾如狐，生怕打草驚蛇，便假意收下他的銀子，打算收隊之後再暗中帶人前來調查，打他個措手不及，卻是沒想到，還沒離開，就遇上了小姐。」
梁田一下子將自己全都撇清關係，卻是釘死了楊洪的罪名。
楊洪大驚失色，又驚又怒。
「梁田，你胡說！我楊家向來厚道，食材都是用最新鮮的，哪裡會有以次充好的問題？分明是你誣衊我！」
「哼，是不是誣衊，你打開食材庫，讓蘇大人瞧一眼，便可知曉！」梁田不甘示弱，這時候若是不將楊洪釘死，自己的差事就保不住了，他又不傻。
這實在太噁心了！
楊洪沒想到梁田都收了自己的銀子，竟然還敢反咬自己一口，並且還將他收受賄賂的事情粉飾成他為了不打草驚蛇而不得不收下自己的賄賂，做出一副忍辱負重的模樣。
但是噁心歸噁心，食材庫他堅決不能打開，一打開，他就完了。
不得不說，人處於危機狀態下，潛能是可以被激發的，尤其是這種關乎到生死存亡的時候。
方才不知道，還糊裡糊塗去得罪沈曈，現在楊洪已經看清楚了，在場的人中，數剛進來的那位蘇大人的身分最高，而沈曈是他的閨女，從他方才的表現來看，他是個寵女如命的人，如此一來，能夠決定他生死的最關鍵人物，便是沈曈了。
楊洪腦子轉了一圈，立即討好地朝著沈曈說道：「蘇小姐，是小的有眼不識泰山，冒犯了您，還請您大人不記小人過，饒了我這回吧！我以後再也不敢了。」

沈曈淡淡地看了他一眼，說道：「這話是怎麼說的？你們楊家酒樓的食材有問題，官府的人也是照規矩調查，怎麼到了你嘴裡，成了我為了打擊報復，故意帶人來找碴？我只是一個微不足道的小姑娘，還沒有那麼大的本事，能夠左右官府的人該如何辦事，你與其來求我，不如少做一些虧心事，如此便不用擔心會被官府的人查出什麼違法的事了。」

楊洪渾身冷汗直冒，臉色蒼白如紙。

聽著沈曈這語氣，他今日是逃不過了。

楊洪此刻的後悔，沒人在意，沈曈的話音剛落下，蘇昊遠便讓自己的手下將她護到一旁，自己則親自帶著人進了楊家酒樓的後廚。

就連梁田都被他直接無視了。

梁田心亂如麻，瞪了楊洪一眼，暗自惱恨他連累了自己，連忙跟在蘇昊遠的後面，企圖做點什麼來彌補過失。

「蘇大人，楊洪的食材庫，就是後廚旁邊這間。」

不用等楊洪開門，蘇昊遠二話不說，直接下令讓眾人砸門。

片刻後，食材庫的門便被砸開了，裡面滿滿當當的食材也暴露在眾人的眼前。

只是隨之瀰漫開來的，還有各式各樣奇怪的氣味。

發霉腐臭的氣味，噁心得四周的人都忍不住乾嘔出聲。

蘇昊遠不愧是辦案經驗豐富的老手，第一時間就察覺到不對勁。

「好濃重的血腥味！」他冷靜地招手。「來人，將裡面的東西全都搬出來，尤其是肉類食材。」

楊洪在外面聽見他的話，臉色霎時蒼白，雙腿已經開始發軟了。

完了！這回是真的要完了！

食材庫的所有食材全都被搬了出來。

確實有一大批是有問題的食材，還有許多肉類食材，都已經開始腐爛發臭，一些時蔬青菜，也出現各式各樣的問題。這還不是最嚴重的，最為嚴重的，是蘇昊遠面前擺著的一大堆腐臭的肉類。

這種色澤，這種氣味。

蘇昊遠神情凝重，以他的眼力，自然是認出了這批肉類是什麼東西。

沈暲只愣了片刻，也立即反應過來。

「爹爹，又是人肉？」她湊到蘇昊遠的身邊，低聲問道。

上次張屠戶和張大茂的那樁案子，都還沒結案呢！

皇帝也不知道怎麼想地，晉王和那群山匪勾結，已經明顯要覬覦他的江山了，他還磨蹭那麼久也不給個處置的旨意下來。

蘇昊遠點了點頭，面上的凝重與怒意消散了些許，溫柔地道：「曈曈，妳先回去，這裡不乾淨，這些事情讓爹爹來處理就好。」

沈曈點頭，破案的事情，還是交給專業的人就好，她一個小姑娘插手，就是搗亂。

而且，她今兒的任務還沒完成呢！

楊家酒樓的事情，也給沈曈提了個醒，邀請那些酒樓或者菜館參加她的美食節計劃時，店家的人品必須得放在首要條件，衛生和食材，必須沒有任何問題，否則，一旦其中有人出了亂子，到時候她的美食節別說圓滿完成了，別惹出什麼麻煩就不錯了。

這時，沈曈才想起老劉還在一旁呢，連忙看向他，發現老劉布滿皺紋的臉滿是失望地望著楊洪。

「師弟，你總是說我害了楊家酒樓，害了師父，可是你呢？你做了什麼？食材不新鮮，原本就是身為廚師的一大忌諱，你和我一樣，都是跟著師父學廚藝的，師父也多次強調過這個問題，當初你應得好好的，為何今日，你會變成這樣？當年的事情，或許你沒經手，可是如今這個，你怎麼解釋？你明知道師父就是因為食材不新鮮才被毀了積累一輩子的好名聲，之後抑鬱而終，可你卻在他去世後，走了這條道，你對得起他嗎？」

最讓他失望的是，楊洪用不新鮮的食材不要緊，他私下採購那些御用的食材也就算了，他竟然敢用人肉來做食材。

這已經是到了喪心病狂的程度了。

「別叫我師弟！你沒資格！」

楊洪猛地站起身，怒瞪著老劉。

「劉老頭，你以為今兒看到了我如此狼狽的模樣，你就贏了？你得意什麼？你憑什麼這樣指責我？當年要不是因為你，酒樓也不會險些倒閉，而我，也不會為了重振酒樓，鋌而走險，用這些不合規矩的食材來拉攏那些挑剔的客人。」

他說著，突然笑了起來。「你還真是我爹的好徒兒啊，害得他老人家抑鬱而終，害得我家酒樓瀕臨倒閉，離開以後，又在對面開起了一家小菜館，做的還都是我爹當年教你的那些絕活，將我家酒樓的生意都搶光了。

「要不是你，我也不會為了招攬生意，去跟那些神秘人做交易，花大價錢買這些人肉。你不知道人肉的滋味吧？這可比什麼雞鴨、豬肉強多了，可笑那些客人吃不出來，還以為我的廚藝真那麼好，將他們吃膩了的肉類隨便料理一下就變得這般美味。

「這些肉可是幫我留住了不少客人呢！」楊洪癲狂地說道：「劉老頭，你以為你繼承了我爹所有的廚藝，就能無敵了，還不是輸在我的手裡。」

看著楊洪狀若癲狂的模樣，老劉沈默了許久，才道：「你錯了，從我離開楊家酒樓之後，這麼多年，我從來沒有用師父教我的廚藝來賺錢，也從來沒有搶過你們楊家酒樓的生意，我的小菜館，做的飯菜都是最簡單的家常菜。」

「不可能！」楊洪大聲道：「我不是傻子，你少來騙我！如果你不是用我爹教的秘方，憑你那小破店，憑什麼吸引那麼多客人？」

老劉的小破店一開始確實生意很好，幾度成為比景溪鎮其他大酒樓客流量還要多的小菜館，每天幾乎都被來吃飯的客人踏破了門檻，老劉忙都忙不過來。

只是後來楊洪多次使用了不光彩的手段打擊報復，許多客人被打擾得沒辦法好好吃一頓飯，久而久之，就不來了。

也因此，如今老劉的小店，才會這麼少人光顧，並且來的都是一些熟悉的老顧客；也正因為他當初的生意實在是太好了，導致楊洪一直以為是楊老爺子瞞著自己，教會了老劉一些秘訣菜譜，才會使得楊家酒樓比不過一個小破店。

老劉看著激動的楊洪，嘆了口氣。「你的嫉妒心蒙蔽了你的心智，這麼多年，你一直盯著我，卻沒察覺我做的那些菜式，都是最簡單不過的家常菜。師父教給你的廚藝，想必你也都丟得一乾二淨了吧？你已經不是一個合格的廚師了。」

而老劉，卻一直都在堅持著自己的道路，離開楊家酒樓後，他沒繼續用楊老爺子教他的本領賺錢，卻是自己開闢了一條新路。他做的家常菜，比大多數酒樓裡的廚師做的還要好吃，更重要的是，食材新鮮、價錢實惠，再加上他做飯時那些客人能看見他是如何料理的，吃得放心，因此，才會有這麼多人光顧。

楊洪聽完老劉的話，目光黯淡，整個人悵然若失。

「不可能。」

楊洪依然不信，如果老劉這麼多年都是靠自己，那麼自己這麼多年的怨恨和報復算什麼？他為了不輸給老劉，不讓楊家酒樓垮掉，費的那些心機和手段，又算什麼？

楊洪被衙差們帶走了。

他參與過人肉交易，卻不知道與他交易的神秘人的身分，蘇昊遠經過審問，確定了與他交易的人，並非秦同峰手底下的那些山匪，而是另有其人。

如此一來，這個案子就棘手多了。

沒想到在表面平靜的大盛朝，暗地裡卻有一群看不見的神秘人做著這樣喪盡天良的事情。這些人不知殺害了多少人，也不知形成了多大的利益鏈，若是不盡快揪出這群人，一旦百姓們知道，一定會引起恐慌，對朝廷極為不利。

這一日，楊家酒樓因食材不新鮮，以次充好，被衙差封了酒樓，關門不再營業，就算將來楊洪有機會出來，恐怕也無法再讓楊家酒樓重振了。

楊洪努力了二十多年，好不容易才將楊家酒樓經營得如火如荼，卻因為他的私心，導致了如今這樣的局面。

老劉滿臉滄桑地站在門口，抬頭看著楊家酒樓的舊招牌，眼中隱隱有淚光閃過。

沈曈勸了他幾句，等他的情緒穩定下來，她才將自己的美食節計劃說出來，正式邀請老劉參加美食節。

老劉卻是搖了搖頭。「蘇小姐的美意，小老兒心領了，可惜我就算想去，也無法分身啊！」

原來是老劉家裡還有一個病榻纏綿的老伴要照顧，就住在那小破店的裡間小房子裡，老劉每日在小菜館裡面招待客人，一邊賺錢、一邊還要照顧老伴，一個人當兩個人使，有時候老伴的病情嚴重了，他還得關店守在床前。

怪不得他之前客人那麼多，卻沒存下幾個錢，原來都用來給老伴治病了。

沈瞳感慨，如果不是楊洪老是搗鬼，只怕劉老能賺得更多，完全可以另請一個助手幫他，就不必那麼辛苦了，而且給老伴的治病錢也可以輕鬆湊足。

「如果參加美食節，我的老伴就沒人照顧了。」老劉說道：「更何況，小老兒的廚藝，其實只能算是一般，美食節理應讓其他更有實力的人參加才對，這樣才能讓那些嚮往美食的人們可以品嚐到更多的美味，這也算是我身為一名廚師能為他們做的一件事了。」

雖然他如此說，但是沈瞳能看見他眼中閃過的一絲嚮往。

美食節這樣的盛事，從前幾乎沒人舉辦過，沈瞳難得提出這個提議，就已經引得郭老爺子等人都這般激動了，更何況是身為廚師的劉老，相信如果有機會，他肯定也不願意錯過。

第三十九章

沈曈笑道：「劉老謙虛了，您的廚藝大家都有目共睹，否則您的小菜館分明開在幾乎沒有人煙的舊巷子裡，為何能有這麼多客人聞著味道便來光顧呢？這就是實力。」

她想了想，又道：「這樣吧，您若是擔心沒人照顧您的老伴，我可以幫您解決這個問題，我母親手底下有幾個能幹的婆子，在美食節期間，我讓她們過來一趟，她們都是照顧人的好手，一定能讓您滿意的。」

「這、這怎麼行！」老劉沒想到沈曈竟然這麼看得起自己，方才他也看明白了，這個小姑娘本事不小，身分也不低，自己何德何能讓她這麼看重？

他推託了半晌，見沈曈堅持，最後還是被沈曈描繪的關於美食節以及美食城的藍圖給說動了。

「那好吧，到時候小老兒一定去，這幾日我琢磨幾樣新鮮的吃食，在美食節當日，一定不會給妳丟人，至於我家老伴，就只能拜託你們了。」老劉說道。

決定要參加美食節，他心裡也有些激動，這會兒恨不得立即回去琢磨要在美食節上拿出手的新鮮吃食了。

而沈曈成功請到老劉，心裡也鬆了一口氣。

接著她打算繼續去請名單上的其他人，卻見縣衙來了一位衙差。

沈曈以為那衙差是找自己的，沒想到衙差向她行了一個禮之後，直接對老劉說道：「楊洪要見你。」

沈曈和老劉都愣了一下。

楊洪都被抓進牢裡了，還想做什麼？

沈曈不放心，也跟著一起去了縣衙大牢。

縣衙裡面，蘇昊遠皺著眉，一臉煩躁。

看見沈曈進來，他有些意外。「曈曈，妳怎麼也來了，不是說要籌備美食節的事情？這牢裡面陰暗潮濕，對身子不好，妳沒事不要常來。」

沈曈有些哭笑不得，自從認了爹娘，爹娘每一回看見她都如同對待易碎的瓷娃娃一樣，恨不得每時每刻都把她藏起來，真真是捧在手心裡怕摔了，含在嘴裡怕化了。

她說道：「爹爹，我只是陪劉老來看一下是什麼情況，您不用擔心，我不會在這裡待太久。」

蘇昊遠這時候才看見站在她背後的老劉，連忙道：「哦對，劉老，你總算是來了，那小子分明知道點什麼，卻死活不肯招，硬是要本官把你叫來，才願意開口。你來了就好，快去幫我問一下。」

老劉聞言，有些驚訝，楊洪恨他恨了二十幾年，這會兒要見自己，怎麼想都不太對。

隔著牢房的鐵柵欄，出乎老劉意外的是，楊洪找他來，不是為了別的，而是要將楊家酒樓託付給他。

此時的楊洪，彷彿一瞬間老了幾十歲，整個人的氣質都變了，他面上不知是悔恨、還是惆悵，看著老劉說道：「師兄，我楊家經營了百年的產業，就這麼毀在我的手裡，是我不爭氣，我辜負了爹的期望，也對不起你。如今的楊家酒樓，只剩下一個空殼，我知道，把它丟給你是件很不負責任的事，但我沒別的辦法了，希望你不要拒絕，求求你，幫我把楊家酒樓保住，重振它，讓它恢復從前的輝煌，我楊洪永遠不會忘記你的恩情。」

老劉神色複雜地望著楊洪，半晌，緩緩地搖頭。

「師弟，楊家酒樓是楊家的產業，包含師父和你們楊家所有人的心血，你如果想重振楊家酒樓，就盡快出來，用自己的能力來重振吧！你是師父最疼愛的兒子，雖然他沒有說過，但是我知道，你同樣也是他最得意的弟子，你的天賦明明比我還好，卻沒用在正途上，你如果真的悔悟了，就應該自己站起來，不要妄想著指望別人。」

老劉毫不客氣地道：「楊家酒樓上下那麼多人，都被你的一己之私害得丟了飯碗，你對不起的不只有師父和楊家，還有他們。」

楊洪滿臉羞愧。

「可是，楊家酒樓的名聲已經被我徹底毀了，我如今就算再努力，也無法再……」

「我有方法，可以讓楊家酒樓起死回生。」沈瞳突然開口。「不過，我有一個條件，希望你能配合我辦一件事。」

和楊洪談好條件，並且細細商量好計劃後，沈瞳帶著老劉便要離開牢房。

這時，從旁邊的牢房裡傳來了一道熟悉的聲音。

「瞳瞳？瞳瞳，是妳嗎？」

李明良從地上爬起來，他的身上和頭髮上都沾滿了草屑和泥污，整個人狼狽不堪，但是看見沈瞳的那一刻，彷彿活過來了一般，興奮地撲過來。

那天晚上他為了攀上蘇家，鋌而走險，想對沈瞳霸王硬上弓，結果被沈修瑾派人抓進牢裡，以調戲良家少女的罪名，已經關了好幾天了。

因為沈修瑾和蘇昊遠已經吩咐下去，讓獄卒們對他特殊關照，於是，「幸運」的李明良，在這裡度過了好幾個「美好」的日子。

他已經受夠了，不想再待在這個鬼地方了。

方才他聽見隔壁牢房傳來的聲音，還以為自己聽錯了，如今看見沈瞳，才確定自己沒聽錯。

他興奮地抓著冰冷的鐵柵欄，望著沈瞳。「瞳瞳，妳果然還是愛我的，妳捨不得我在牢裡受苦，這就來救我了，對不對？我就知道，瞳瞳最善良了，咱們從小就有婚約，妳怎麼可能不愛我呢！」

沈曈有些無語，她穿越過來以後，和李明良只打過兩次交道，而原主，則一次都沒和他見過，他是怎麼腦補到自己對他有感情的？未免也太自戀了吧！

「抱歉，你是不是誤會了什麼？」沈曈打斷李明良激動的話語，淡淡地道：「我只是來探視一個朋友，並不是來找你的，咱們不熟，希望你以後看見我不要叫得這麼親密，很容易引起別人誤會的。」

李明良僵住。

沈曈不理他，頭也沒回地走了。

她走後，李明良右手邊的牢房裡傳來一聲嗤笑。

「明良哥，我早就說過了，沈曈就是個自私自利的賤人，她的心裡永遠只有她自己，你怎麼就是不信呢？她若還是一個小小的村姑，而你還是一個秀才，恐怕不用你說什麼，她自個兒就會撲過來了，你就算想趕也趕不走；可如今，人家是蘇閣老的嫡孫女，是集萬千寵愛於一身的千金大小姐，而你呢？只是一個窮酸秀才，你憑什麼讓她多看一眼？她身邊那些公子哥兒，可沒少過，郭家大少爺、裴小侯爺，哪一個不比你強？更何況，回到盛京城蘇家以後，她還會遇到更多、更優秀的男人，你根本就比不過那些人。」

沈香茹說到最後，語氣都變得冰冷起來。

沈香茹在奔雷寨沒有死在大當家的手裡，卻是在奔雷寨被剿之後，被蘇昊遠以勾結山匪，謀害人命的罪名抓了起來，因為這個罪名，她這條命是保不住了。

她恨，如果自己才是蘇家的女兒，那該有多好？如果沒有沈瞳，那該有多好？有蘇家這個大靠山，自己就算有多大的罪名，肯定也會有人保住她。

可惜，她偏偏沒有那個命。

憑什麼沈瞳的命就那麼好，而自己，卻成了如今這副可笑的模樣，憑什麼？

沈香茹越想越不甘心。

只可惜，她再不甘心，也只能認命。

因為等朝廷的旨意下來，她就會被以通匪罪處斬了。

從縣衙大牢出來，沈瞳拿著名單，繼續尋訪其他的美食店。

走了一整天，直到夜幕降臨，蘇藍氏派人來催了一遍又一遍，她才踩著星光回一品香。

「瞳瞳，雖然妳的身分還未對外宣告，但是咱們這幾家關係比較親密的都已經知道了，妳也不必每日都這般低調，要不還是搬回蘇家，跟娘一起住吧？住在桃塢村多有不便，而且如今天色又這麼晚了，若是碰上像上回那樣的危險，那該怎麼辦？娘不放心。」

蘇藍氏拉著沈瞳的手，上回沈瞳回桃塢村，險些被李明良輕薄了，這事她已經通過蘇昊遠知道了，知道這事以後，她自是發了一通大火，怒罵蘇昊遠沒有好好保護她的乖女兒。

之後，又張羅了幾天，硬是在蘇家收拾出一個院子，將裡面佈置得漂漂亮亮的，就等著說服沈瞳趕緊搬進去。

可惜，面對她的勸說，沈瞳卻屢次搖頭。

「娘，桃塢村的小院子，我已經住慣了，當初養父、養母去世以後，幸得姜奶奶收留，女兒才能活到現在，如今姜奶奶離家這麼久，一直都沒有回來過，我若是搬走了，小院子沒人照看，到時候姜奶奶若是回來，沒有鑰匙，進不去可怎麼辦？」

想起來，從前那個破破爛爛的小院子，被她修繕以後，已經模樣大變，如今只怕姜奶奶再回來，也認不出那是自己的家了。

蘇藍氏無奈地用手指頭輕戳了一下她的額頭，寵溺地道：「妳呀～～」

自個兒的女兒，她心裡清楚，執拗得很，她決定了的事情，是沒人能改變得了的。

蘇藍氏心裡擔憂，卻只能由著她的性子，大不了多安排幾個人暗中保護她。

不過，這會兒卻有一個人悄悄在她耳畔低聲說了幾句。

「夫人，小初覺得，小姐也不是完全不聽勸，只不過勸的人不對。」小初笑著說道：「如果讓瑾少爺來勸，肯定事半功倍。」

蘇藍氏這時才想起來，自己的好閨女還撿過一個哥哥，如今正在郭氏族學唸書呢，她險些給忘了。

她睨了小初一眼。「膽子肥了，竟敢胡亂議論小姐的事？」

小初收起臉上的笑容，低頭認錯。「夫人恕罪，小初再也不敢了。」

「行了、行了，自己知道分寸就行。」蘇藍氏不甚在意地擺了擺手，小初在她身邊那麼多年，什麼性子她也瞭解，平日裡在自己跟前就像個孩子似地沒分寸，但是在外人面前，他向來不會出錯。

她沈吟了片刻，才說道：「你去郭氏族學，把修瑾請過來一趟，就說我有事找他。」

從前她只是曈曈的乾娘，兩人之間還隔著一些距離，自己不好太過干涉乾女兒的生活和人際關係，可是如今，她和曈曈之間的關係可是不同以往了，若是不留心著些，萬一將來出了什麼差錯，可就不好了。

曈曈是她的親閨女，她絕不能再失去她。

蘇藍氏抿了抿唇，想起自己幾次看見沈修瑾和沈曈之間相處時的氛圍，也不知道是不是自己的感覺有誤，總覺得哪裡不太對。

自從裴皇后知道沈修瑾還活著，並且人就在景溪鎮後，她就派來了不少人過來。

其中一部分，是保護他的，而另一部分，則是來教導他的。

身為皇子，尤其是皇儲，將來要承擔的重任，不允許他做一個什麼都不懂的普通人，因此，文韜武略，他都必須要精通。

這段時間，沈修瑾越來越忙，甚至沒時間與沈曈見面，也是因為如此。

郭老爺子知道他的身分後，在郭氏族學內部另闢了一個清靜的院子給他，讓他平日可以繼續參與族學內的課程和活動，下學後，又可以安心接受裴皇后派來的文、武師傅的授課，甚至偶爾，他自己也會親自來指點一下。

每一日天沒亮，文師傅剛考校過他的功課，武師傅就來與他切磋武藝，之後，還得拖著一身疲憊去上族學裡面的課程，忙得腳不沾地。

短短幾日的時間，沈修瑾白皙如玉的皮膚硬是曬黑了幾分，俊美無儔的臉瘦削許多，輪廓分明，眉宇間如劍出鞘一般凌厲。

此時，沈修瑾剛與武師傅切磋完，渾身都是汗，外面便有僕從傳話進來。

「殿下，蘇家來人了，說請您去蘇府一趟，蘇夫人有話要跟您說。」

「不見。蘇夫人？哪個蘇夫人？」

自從沈曈的廚藝得到景溪鎮所有人的認可，將一品香經營成景溪鎮第一酒樓之後，沈修瑾身為她的哥哥，也得到了比以往更多的關注，不少人想巴結沈曈而找不到門路，便會迂迴地找到郭氏族學來。

一開始還算是好的，直到前幾日開始，沈曈的身分被當眾叫破，幾乎所有人都知道她就是蘇大人的女兒、蘇閣老的嫡孫女後，更多的人在背地裡擠破頭地想要攀上她的關係。

因此，前來郭氏族學找沈修瑾的人更多了。

哪怕是郭老爺子明令禁止外人進入郭氏族學打擾學子們，卻仍是有不少人通過這樣或那樣的藉口混進來，甚至還有許多是沈修瑾的同窗。

沈修瑾簡直是煩不勝煩。

因此，如今一聽見有人要見他，他想都不想直接就拒絕。

只是，下一刻，他就立刻反應過來，這一次要見他的人，和平時的那些不同。

「是蘇昊遠蘇大人的夫人。」

手中的寶劍入鞘，沈修瑾將劍隨手擺在武器架上，淡淡地道：「幫我向夫子告假，我稍後便去蘇家。」

僕從應下。

沈修瑾換下被汗水沾濕的衣服，特意沐浴了一番，才衣著整齊地前往蘇家。

蘇藍氏打量著面前俊逸非凡的少年，眼中閃過一絲驚豔，笑道：「今兒請你過來，是想讓你幫忙勸一下瞳瞳，她如今身分不同，若是還住在桃塢村，對她來說，不太安全。」

沈修瑾點頭。「夫人說得極是，瞳瞳確實該搬出桃塢村。」

蘇藍氏原本是用試探的語氣說的，說完後，也一直細心地打量著沈修瑾的神色，見他真心認同自己的意思，不由得有些驚訝，問道：「你贊同我的意見？為什麼？」

她又詳細解釋。

「瞳瞳若是搬出桃塢村那間小院子，往後你便不能繼續與她同住在一處了。哪怕你和瞳瞳名義上是兄妹，但是你我心裡都清楚得很，你和她之間，壓根兒沒有血緣關係，蘇家也有蘇家的規矩，我們可以允許瞳瞳和你繼續保持兄妹關係，但絕不會承認你是蘇家的少爺，也不會讓你一個外男住進蘇家，與瞳瞳繼續同居一處。因為若是傳出去，這對你和她的名聲都不好聽。」

沈修瑾抬頭看了蘇藍氏一眼，隨後說道：「不瞞伯母，晚輩對曈曈，沒有兄妹之情，只有男女之情。」

蘇藍氏愕然，整個人呆在那裡，半晌沒反應過來。

沈修瑾似是料到了她的反應，接著說道：「我不想再做她的哥哥，若是將來想要娶她，首先必須要將這兄妹的關係給斷掉，如今讓她搬出桃塢村，住進蘇家，正是一個契機。」

他淡定地抿了一口茶，又道：「這麼做，不只是為了她的安全，也是為了她的名聲；若是讓別人知道我對她有了心思，而我們兩人卻還同住一個屋簷下，未免會引起一些流言蜚語，我不想讓她被那些人的流言誹謗。」

等他說完，蘇藍氏才回過神來，她眼中閃過一絲慍怒。

「你不能對她動情！就算沒有血緣關係，但你們已經認了彼此做兄妹，這是眾所周知的事實！」

蘇藍氏深吸一口氣，壓住胸腔中的怒火，沈聲道：「今日的這一番話，我當你沒說過，曈曈她不可能嫁給自己的哥哥，哪怕這個哥哥與她沒有血緣關係！」

沈曈若是嫁給了自己的哥哥，這便是不倫，傳出去，沈修瑾身為一個男人，外人的議論對他或許算不得什麼，但是對沈曈一個女子來說，卻是會要了她的命。

蘇藍氏已經失去過女兒一次了，這一次，說什麼她都會護著她，絕不會讓她再受到半點傷害。

她面無表情地下逐客令。「來人，送沈公子回去。」

第四十章

沈修瑾目光堅定地看著蘇藍氏，說道：「夫人，您似乎對我並不信任，沒關係，我會證明給您看，我可以保護曈曈，不讓她受到半分傷害，比您和蘇大人做得更好。」

蘇藍氏一開始其實挺欣賞面前這位少年的，如果他當初沒有和曈曈認作兄妹，對外不是兄妹關係的話，能有這麼優秀的少年一心一意地喜歡自己的閨女，她是一萬個願意，一萬個贊同。

可是如今不行，他對外是曈曈的哥哥，怎麼能喜歡曈曈？

蘇藍氏頭疼地看著沈修瑾一臉堅定的模樣，捏了捏眉心，語氣也變得緩和了些，她輕聲道：「瑾哥兒，我不是針對你，若你換一個身分，哪怕是最普通的村夫，我也不會反對你們；可惜你和她是兄妹，當初她為了救你，也為了自保，才會對外謊稱你是她哥哥，這是所有人都知道的。」

對於沈曈和沈修瑾之間的關係來說，已經到了兩難的境地。

若是說出他們不是兄妹的真相，那麼他們兩人孤男寡女，同住一個屋簷下那麼久，這讓別人怎麼想？別人會怎麼看待沈曈？

可若是繼續做兄妹，沈修瑾又不甘心。

「所以，就算我已經尋到了親人，知道自己的身世，也不能娶她？」沈修瑾突然問道。

蘇藍氏頓了一下，無奈地點頭。「我也是為了你們好。」

「若是我能讓天下人都不敢議論她。」

蘇藍氏猛地站起身，嚴肅地望著沈修瑾，她雖然什麼都沒說，但她的表情已經說明了一切。

沈修瑾忽然笑了，他又道：「伯母擔心瞳瞳受傷害，我也同樣如此。您無非是擔心她會受人非議，連累她的名聲，可是，若我本來便與她有婚約，從一開始便注定了會是她的夫君呢？」

蘇藍氏皺眉。「你在說什麼？」

她看沈修瑾的眼神，彷彿看瘋子一般。

瞳瞳是她的女兒，她的女兒有沒有婚約，自己能不知道嗎？

沈修瑾並不介意她的語氣，他放下茶杯，站起身，修長的身軀居高臨下，彷彿在那一瞬間，他渾身氣質都變了，從溫潤如玉變得凌厲懾人，有一股上位者的氣勢。

「若她與我從一開始便有婚約，如此一來，她與我就算是同居一處，也算不得什麼大事；至於謊稱兄妹，不過就是夫妻間的一點小情趣罷了，外人也沒什麼可說的。」沈修瑾說完，看向蘇藍氏。「夫人，您覺得這個提議如何？」

蘇藍氏看著一瞬間彷彿變了一個人的沈修瑾，不明白他為何會有這麼大的變化，但有一件事實，她卻沒有忘記，她皺著眉頭道：「瑾哥兒，你是不是忘了什麼？我好像還沒有同意你和瞳瞳的婚事。」

沈修瑾頓了一下，笑道：「夫人愛女心切，只要瞳瞳喜歡，相信您不會反對。」

更何況，這事已經容不得蘇藍氏反對了。

因為，皇帝的賜婚聖旨應該已經到達蘇閣老那裡了。

想來應該過不了幾天，蘇昊遠和蘇藍氏便會收到消息了吧！

沈修瑾笑了笑，瞳瞳如今越來越引人注目了，他近日忙得很，沒什麼時間陪瞳瞳，卻聽說有不少人已經開始打她的主意了。

郭家老爺子還有景溪鎮蘇家那個大夫人、陳齊燁，這些人可都盯著他的瞳瞳，恨不得立即將她娶回家呢！他必須趁著瞳瞳未對他們其中任何一個人動心之前，先杜絕他們的心思，不讓他們有任何機會。

聖旨，便是最有效的方法。

沈修瑾眼中忍不住掠過一抹笑意。

蘇藍氏不知他為何突然這麼高興，但她也知道，眼前這少年對自己的女兒確實是真心的，若是瞳瞳喜歡他，他也真有本事能護住她，她倒是不會反對他們之間的事。

罷了，她管不了那麼多，瞳瞳若是真的喜歡他，自己就算是拚了命，也會讓她得到想要的幸福。

她嘆了口氣。

千里之外的盛京城，蘇家。

老當益壯的蘇閣老，剛接下一份莫名其妙的賜婚聖旨，整個人還在發懵，半晌都沒回過神來。

「老太爺，老太爺，您醒醒！」旁邊的管家忍不住喚了他好幾聲。

蘇閣老這才回神，只是神情依然有些呆滯。

「你說，皇帝這是什麼意思？」

蘇閣老撓了撓頭，拿著那道聖旨，琢磨了一遍又一遍，似乎在找其中是不是藏著什麼不能讓人知道的密旨。「咱們蘇家，這一輩的孫兒中，就只有那幾個不爭氣的傢伙，還都是帶把兒的，連一個姑娘都沒有，皇帝卻賜婚讓我蘇家的大小姐嫁給太子。這，怎麼想都不太對勁啊！」

管家也有些摸不著頭腦，但是聖心難測，更何況他只是一個下人，哪有資格議論這些事情。

蘇閣老把聖旨裡裡外外研究了好幾十遍，甚至還捏著琢磨是不是有夾層，會不會是皇帝心血來潮在裡面藏了密旨。

可惜，找了半天，什麼都沒找著。

他喃喃地道：「再說，這太子，已經失蹤了五年吧？這麼久都沒找回來，說不定……如今朝中上下都在議論著讓皇帝另立儲君，卻一直都沒得個準話，可今兒，突然下了一道賜婚的聖旨，怎麼想都不太對勁。

「再加上我蘇家這一輩也沒有大小姐。」蘇閣老猛地站起身，他覺得自己快要猜到皇帝的想法了，激動地道：「老夫知道了！

「皇帝的意思已經很明顯了，他這是要另立儲君，而且，這位新的太子，估計根基尚淺，母族不顯，所以皇帝為了給他找個強而有力的幫手，這是在幫他拉攏咱們蘇家啊！」

蘇閣老說著，突然又煩躁起來，拿起聖旨又看了一眼。

「皇帝這道賜婚聖旨，算是密旨，除了咱們蘇家，目前還沒有外人知道，他大概是知道咱們蘇家這一代的孫輩沒有大小姐，這定是在暗示老夫，讓我盡快從蘇家旁系中挑選出一位德才兼備的好姑娘來過繼到咱們蘇家嫡系，到時候再讓她嫁給太子。」

自以為揣測到皇帝的心思，蘇閣老的心情反而更加沈重了。

若是當真從蘇家旁系選出一個姑娘來嫁給太子，那就相當於成為未來的皇后，蘇家旁系那些個不爭氣的東西，原本就是些扶不上牆的癩狗，若是真讓他們旁系出了個皇后，他們還不上天了？

到時候嫡系被壓在底下，旁系沒了掣肘，行事無忌，無法無天，一旦做出什麼無法挽回的事，蘇家離滅族還遠嗎？

蘇閣老因為皇帝一道突如其來的賜婚聖旨而頭疼欲裂，坐立不安，導致盛京城蘇家上下的氣氛陰沈沈的，讓人心裡發慌。

而景溪鎮這邊，沈修瑾得知宮中賜婚的事情已經辦妥，蘇藍氏似乎也有軟化的意思，心情好得不行，離開蘇家以後，就回桃塢村小院子去找沈曈了。

他得抓緊時間培養一下感情，搶在那些人出手前，先將曈曈的心定下來，否則，再過一段時間，他忙起來就更沒時間了，萬一被誰趁虛而入，到時候他便只能後悔莫及了。

沈修瑾到的時候，沈曈正拿著各酒樓的名單數了一遍，確定全都得到了回覆，她才鬆了口氣，放心地開始休息。

接連幾日四處奔波，為了這個即將開辦的美食節，她可真是忙壞了。

如此想著，沈曈艱難地捶了捶自己有些痠疼的肩膀和後背。

院門被悄悄推開，沈修瑾看著她背對著自己做這動作，目光溫柔地笑了。

他輕手輕腳地靠近，由於練了一段時間的武，再加上他天賦本身就不錯，當初流落民間前也曾打過一些基礎，如今的身手已經不可同日而語，就連守在外面的蘇九和沈落都險些沒察覺到他的靠近。

他輕輕握住沈曈的小拳頭，包裹在自己溫熱的掌心中，另一隻手，按住她單薄的肩膀，輕輕揉捏了一下。

沈曈嚇了一跳，下意識便抽回自己的手，轉身抬腿相當俐落，一腳踹向他的雙腿之間。

「曈曈，是我。」

沈修瑾連忙出聲阻止，然而這時候已經來不及了，沈曈這一腳已經踢了出來，直踹向他的某個部位。

沈修瑾眼疾手快，迅速退後一步，單手握住她飛踢過來的小腿，將她定在原處。

於是，兩人如今的姿勢，顯得有點怪異。

沈曈坐在椅子上，右腿抬高，而沈修瑾則半彎著腰，單手握住她的小腿。

再加上，沈曈穿的是長及腳踝的裙子，她這一抬腿，裙角便順勢滑落下來，露出了一截白生生、細嫩嫩的小腿。

從其他人的角度來看，就像是沈修瑾在輕薄沈曈。

好在蘇九和沈落不敢打擾兩個主子，識趣地躲得遠遠的。

不然，沈曈的腿便被他們看光了。

沈修瑾臉上湧起一抹紅暈，飛快地拉起沈曈的裙角，遮住那一截白嫩嫩的小腿，才將其輕輕放下。

沈曈倒是沒留意到他的神色變化，也沒留意到自己方才露出的小腿對於一個古代土生土長而且對她有意的男人來說，是多麼大的視覺衝擊和誘惑。

她自然地收起腿，驚訝地道：「哥哥，你怎麼回來也不提前說一聲？不聲不響的，我險些以為又是哪個王八蛋敢碰我，正想廢了他呢，沒想到是你。」

好些天沒見面，沈修瑾瘦了，也黑了，但不管是五官還是氣質，都比以前更好看了。

沈曈險些不認識他了。

這是當初那個什麼都不懂的小乞丐嗎？別是跟她一樣，裡面也換了個靈魂吧？

不過想是這麼想，沈曈也知道不太可能，天底下哪有那麼巧的事。

她笑著道：「哥哥回來得正好，我這幾日籌劃著要辦一個美食節，地點就定在一品香所在的東大街，到時候從東大街街頭，到一品香的門口那段路，都會有各家酒樓或者商販擺攤，全都是各式各樣的特色美食，我已經跟郭老爺子提過了，他也想讓郭氏族學的學子們出來湊湊熱鬧，到時候你一定要回來，別錯過了。」

沈曈之所以這麼說，是因為沈修瑾如今越來越忙了，甚至每個月的休假，他都幾乎沒時間回來，美食節這樣難得的盛事，她不想他錯過。

沈修瑾看著她笑得眉眼彎彎，嬌俏的小臉美得讓他捨不得挪開目光，忍不住輕點著頭道：「我一定回來。」

曈曈籌劃的美食節，他怎能不捧場？

他不僅要捧場，還要給她一個驚喜。

兩人閒聊著，沈修瑾的目光一直都追隨著沈曈的身影，留意到她時不時皺眉，伸手去揉捏一下肩膀，不由得想起進來之前看到她的動作。

他從袖中拿出一小罐藥膏，說道：「這藥膏很好，可以舒緩疼痛。」

沈曈卻挑了挑眉。「哥哥，你在族學裡面讀書，壓根兒沒有受傷的機會，怎麼還隨身備了這樣的傷藥？」

而且，他最近確實變化挺大。

沈修瑾並不瞞她，神情自然地道：「近日拜了一名武師傅，跟著他學武，時有刀槍切磋，碰傷是在所難免的事。」

這就難怪了。

沈曈點頭，還想問什麼，就見沈修瑾已經打開了藥膏的蓋子，走到她的跟前。

「我來幫妳抹藥膏。」她聽見他磁性的聲音，從自己的頭頂上方傳來。

「哦，好。」

沈曈愣了一瞬，也沒多想，下意識就同意了，並且隨手將自己肩上的衣服拉了一些下來，露出了光滑潔白的香肩。

少女淡淡的體香幽幽地飄出來，沈修瑾渾身一僵，整個人呆在原地。

從臉頰到耳後根，直接紅得如同被燙熟的鐵一般。

他飛快地移開目光，咳了咳，不太自然地將藥膏遞給沈曈，低聲道：「曈曈，還是妳自己抹吧，我、我到外面等妳。」

心愛的姑娘在眼前做出這樣的動作，哪個血氣方剛的男人能禁受得住這麼大的誘惑？

沈修瑾克制住內心的蠢蠢欲動，按住了那一絲不安分的衝動，落荒而逃了。

沈曈握著他扔過來的藥膏，小瓷瓶冰冰涼涼的觸感一下子讓她回過神來。

她自己也有些哭笑不得。

她方才確實沒有多想，可是現在看來，她以後真的要注意一下了，不能因為對沈修瑾有親切感，不將他當外人，就可以這樣行事沒有顧忌。

再怎麼說，他也已經是個成年男人了，何況，他似乎還對自己有意思。

如此想著，沈曈挖了一小塊藥膏，在肩膀緩緩抹了上去。

這藥膏確實不錯，氣味好聞，抹在痠疼的肩膀上，一下子就舒緩了疼痛，清清涼涼的，十分舒服。

一般這種藥膏的瓶底都會刻著商家的名字，沈曈想看一下是哪家做的藥膏，以後自己也去買一些備著。

她順手蓋上瓶蓋，將其倒過來看了一眼，誰知，只一眼，就愣住了。

瓶身底部出現一個朱紅色的字樣——「御」。

一般會有「御」字樣的，便代表這是御用的東西，只有皇族才能使用。

沈曈的臉色飛快地變了又變。

這時候她才想起來，方才沈修瑾將這瓶藥膏拿出來的時候，這瓶身顯眼的明黃色，就已經讓她心中掠過一抹疑惑了，只是當時沒有多想。

如今看到這個「御」字，再加上這藥膏的瓶身。
沈曈再遲鈍都知道這是怎麼回事了。
哥哥他，為何會有御用之物？
聯想到最近發生在沈修瑾身上的各種變化，沈曈忽然有些不敢往下想了。

等她抹完藥膏，沈修瑾才進來。
此時，他的神色已經恢復自然。
沈曈心裡還想著藥膏的來歷，她與沈修瑾聊了幾句，故作不經意地問道：「哥哥，這藥膏確實好用，你是從哪裡買來的？」
沈修瑾頓了一下，神態自若地道：「裴銳送的，他說是從侯府拿的，應該是御用之物，當年他家老爺子曾經與聖上一同上陣殺敵，為了替聖上擋刀，曾經受過重傷，聖上體恤，每次宮中有效果好的藥，都會賞賜給侯府，所以侯府的御用藥物多得是。」
他說得似乎滴水不漏，但沈曈卻半信半疑。
再怎麼說，皇帝始終是皇帝，臣子為了救他奮不顧身，這是應該的，沒見過哪個皇帝被臣子救過一次，就感恩戴德，每一回都念著對方。
皇權的至高無上，可不是說著玩的。
兩人正聊著，門外傳來一聲輕響。

蘇九跳下院牆，對沈瞳稟報。「小姐，陳公子來了。」

陳齊燁今日來，是為了甜心美食糕點鋪的開張事宜。之前沈瞳和他商量過，將開張的日期定在美食節當日，這陣子陳齊燁一直忙著處理各種開張前的準備，每日都會過來找沈瞳。

陳齊燁手裡拿著一份清單，上面寫著各種食材，以及各崗位員工負責的事項，打算請示一下沈瞳的意見。他一進來，看見沈瞳身旁的沈修瑾時，愣了一下，然後神色很快恢復平靜，緩步走了過來。

沈修瑾眼睛瞇了瞇，目光從他身上收回，落在沈瞳的身上，忽然伸手輕柔地將她額前微亂的碎髮攏到耳後，捏了捏她滑嫩的臉蛋，用略帶責備的語氣道：「難怪妳一直喊累，每日比我還忙，身子受得住嗎？」

他這動作親暱，語氣也是相當熟稔，讓人不得不多想。

陳齊燁的腳步幾不可察地停頓了一秒。

他抬頭望向沈修瑾，與此同時，沈修瑾也對上了他的目光。

兩人的目光在空中交會，隱隱之間似乎有種劍拔弩張的感覺。

氣氛瞬間凝滯。

第四十一章

短暫的沈默過後，陳齊燁率先打破了凝滯的氣氛，笑道：「原來是沈兄回來了，說起來，也有好些時日不見了。不過，今日好像不是族學休假的日子，沈兄不用去族學？」

沈修瑾唇角微勾了勾。「瞳瞳要搬回蘇家，我今兒回來幫她收拾行李。」

一旁的沈瞳忽然抬頭。「我什麼時候說要搬家了？」

她明明已經拒絕娘親了。

沈修瑾揉著她的腦袋，笑道：「桃塢村離鎮上太遠了，妳每日來回麻煩，更何況，妳難得與伯父、伯母相認，何必還離得那麼遠？住在一處可以增進感情，我也能安心些，不用每日擔心妳會被一些阿貓、阿狗覬覦，哪天回來就多了個妹夫。」

沈瞳愣愣地沒說話。

為什麼她總覺得他說這話的語氣，有股酸溜溜的味道呢？

陳齊燁嘴角抽搐了下。

阿貓、阿狗，是說他嗎？

他陳齊燁好歹也是豪富世家的公子，怎麼就成了阿貓、阿狗了？

陳齊燁皺眉，從第一次見面，他就看出來了，沈修瑾對沈瞳的感情，並不像是一般的兄妹之情，反而更像是……

男人是最瞭解男人的，他絕不會看錯。

陳齊燁如此想著，又想起沈修瑾和沈曈事實上並非是親兄妹，沈曈又這般優秀，沈修瑾會對她動情也是正常的。

這樣的女子，能有哪個男子不動心？

好在，他發現，沈曈似乎對感情方面的事情比較遲鈍，對沈修瑾暫時還沒有那方面的想法。他在心裡笑了笑，聽說沈修瑾近日忙得很，沒什麼時間與沈曈見面，自己可得把握好機會，免得以後後悔。

或許是察覺到陳齊燁的想法，沈修瑾冷冷地掃了他一眼，低頭對沈曈說道：「曈曈，方才伯母也找過我了，她的意思也是讓妳先搬回蘇家。她當年痛失愛女，苦苦尋了妳十幾年，如今失而復得，難免患得患失，生怕若是一個沒看好，就又再次失去妳，妳搬過去與她同住，至少可以安一下她的心；更何況，美食節的活動妳需要做的事情很多，等到你們的糕點鋪開張後，還會更忙，妳搬去蘇家住，離得近，不是更好嗎？」

沈曈倒是沒想那麼多，不過如今聽沈修瑾這麼說，似乎也有些道理，她只好點頭。「行吧，那我就搬去蘇家，不過這邊也需要派人守著，若是哪天姜奶奶回來，這房子便可還給她了。」

沈曈想了想，又道：「對了，哥哥，我若是搬去了蘇家，那你……」

「我若是休假，便去蘇家找妳。」沈修瑾捏了捏她的手心，嫩滑柔軟的觸感，令他愛不釋手。「如今我既要學文，又要學武，哪怕是休假，也需要早晚做功課，住在郭氏族學便可，不需要另尋住處。」

沈曈擔心的是自己搬出這裡以後，沈修瑾每月休假回來便沒人照顧了，如今見他這樣說，似乎沒什麼問題，便點頭答應下來。

兩人聊著聊著便忘了旁邊的人，兩顆腦袋越湊越近，越來越親密，卻不自知。

陳齊燁將他們的互動都看在眼底，目光略微黯淡，心裡又酸、又苦澀。與沈曈相處也有一段時間了，陳齊燁對她的性子也摸透了幾分，她不是會因為別人的話而改變自己決定的人。

然而，沈修瑾卻能幾句話就讓她改變了主意。

這已經說明了沈修瑾在她心中的地位。

更何況，瞧她和沈修瑾說話時臉上那一抹神采，若是說她對他無意，也不可能吧！

頂多是她沒察覺到自己的心意罷了。

沈修瑾握著沈曈的手心與她聊著，抬頭瞥了一眼神情苦澀的陳齊燁，唇角不經意地勾了勾。順利地打擊了情敵，沈修瑾心情頗好，與沈曈又聊了幾句，才揉了揉她的小腦袋離開。

直到他走了，沈曈才臉紅紅地伸手順了一下自己被揉亂的頭髮，絲毫沒察覺到陳齊燁越發蒼白的臉色。

陳齊燁按下內心的苦澀，打起精神，將手中的清單遞到沈曈的面前。

「曈曈，妳看一下這個，我已經將美食節當日的所有安排都寫在上面了，妳覺得可有什麼問題？」

沈曈似乎這才想起陳齊燁的存在，嚇了一跳之後，拍了拍胸脯。

她連忙道歉。「抱歉，方才和哥哥商量搬家的事，險些忘了你，真是對不住！」

陳齊燁剛剛才好了些的心，彷彿又被她扎了一刀下去。

他就這麼沒存在感？

他扯出一抹笑。「無妨。」

陳齊燁猶豫了一下，望著沈曈的臉，問道：「妳對沈兄，當真只是兄妹之情嗎？」

沈曈原本要伸手去接他手上的清單，聞言手頓了一下，清單落在地上。

黑如羽翼的睫毛顫了顫，沈曈飛快地彎腰將清單撿起來，方才那一閃而過的錯愕神情，也被她很好地掩飾了過去，她瀏覽了一遍清單的內容，抬頭對陳齊燁笑著道：「陳公子，我覺得這清單上的內容沒什麼需要改動的，你安排得很好。」

陳齊燁見她對自己的問題避而不答，分明是心裡已經有了答案，忍不住在心中嘆息。

難得遇上欣賞的女孩，對方卻已經心有所屬，這種感覺真是糟透了。

兩人又商量了一些細節，確定沒有問題，陳齊燁才離開。

而沈曈，則是愣愣地坐在院子中，陳齊燁的那一句話一直在腦中迴響。

她對沈修瑾，真的只是兄妹之情嗎？

沈曈其實自己也不是很明白。因為她的前世，沒經歷過親人的關愛和溫暖，沒經歷過愛一個人的怦然心動，也沒人教過她，親情的愛和愛情的愛，這兩者之間，究竟是如何區分的。

因此，她如今不是很明白，自己對沈修瑾的感覺，究竟是親情，還是男女之情？

這一日，沈曈在院子中發呆了許久，直到夜深了才回房歇息。

守在院牆外的沈落和蘇九，兩人都將她的反常看在眼裡。

郭氏族學的某個院子中，一個僕從恭敬地對沈修瑾彙報。

「殿下，沈落方才遞消息過來，說您走後，陳公子似乎問了蘇小姐一句話，使得蘇小姐整個人失魂落魄地在院子中坐了許久，連午飯和晚飯都沒用，亥時末才歇下。」

沈修瑾輕輕擦拭著手中的劍，聞言目光沈了沈。「可知陳齊燁問的是什麼？」

僕從搖頭。「沈落沒聽清，他說蘇小姐不喜歡他偷聽自己的事情，所以不敢靠近了聽。」

「他做得不錯，有賞。」

沈修瑾將擦拭乾淨的劍放回武器架，轉身將手放進熱水盆裡泡了泡，語氣不冷不淡地道：「不過，其他人倒罷了，若是陳齊燁再與曈曈見面，讓他看緊著些，別讓不懷好意的人傷了瞳瞳。」

僕從是個人精，立即心領神會。

蘇小姐身分高貴，再加上有殿下在，還會有哪個不長眼的敢傷她？想想都知道不可能。

殿下這般看重這位蘇小姐，想來往後蘇小姐的身分還會更貴重，看來自己得好好巴結一下才行了。

「明兒本宮要回去幫瞳瞳搬家，你去向夫子告假，順便安排一下，讓陳齊燁這幾日忙一些，若是讓他打擾了我和瞳瞳，我便唯你是問。」沈修瑾語氣冷淡地道。

僕從連忙點頭。

讓陳齊燁忙一些，沒時間到蘇小姐和殿下的跟前礙事，這實在是太簡單了。他不是陳家的當家人嗎？只要陳家的生意稍微出一點差錯，或者他手底下的心腹出點什麼事，陳齊燁想不忙都不行。

沈修瑾掃了他一眼，警告道：「手段正當些，少用那些下三濫的手段，本宮還不屑如此。」

最關鍵的是，瞳瞳不會喜歡。

「是，殿下。」

方才還一臉輕鬆的僕從，哭喪著臉走了。

用正當的手段，讓陳齊燁不要到殿下面前礙事，這差事他怎麼覺得有點難辦啊！

殿下手底下雖然有裴家和皇后娘娘的人，想對付一個無權無勢的商人，那是輕而易舉的事。

可是這陳齊燁也不是什麼省油的燈，人家身為三大世家之一的當家人，富可敵國，手底下能沒幾個賣命的高手？

想給他使絆子，還不能用太下三濫的手段，我的好殿下啊，哪有那麼容易？

當然，這話他不敢說出來，只敢在心底嘀咕。

殿下在外面待了五年，與當年那個陰鬱的小孩相比，彷彿完全變了個人，娘娘教他的那些手段，只怕都忘了個乾淨，也不知道回宮以後，娘娘知道了會如何想。

裴皇后知道以後會怎麼想，沈修瑾管不了那麼多，為了接下來幾日能與沈曈多一些相處的時間，他這幾日拚了命地忙著文、武師傅教的那些功課，已經許久沒歇息了。

但今兒個再堅持著忙完這一陣，就能爭取到好幾日的空閒，到時候，他抓緊機會與曈曈多相處，爭取在她的心裡面留下自己的位置，若是再讓未來岳父、岳母認同自己，那道賜婚聖旨便是錦上添花的驚喜了。

沈修瑾想得很好，然而計劃往往趕不上變化。

第二天一早，沈修瑾神采奕奕地離開郭氏族學，前往桃塢村幫沈曈搬家。

沈曈的行李沒有多少，只稍微收拾了一些換洗衣物和她平常做的一些滷菜、滷肉乾，便輕輕鬆鬆地坐著馬車去了蘇家。

到了蘇家門口，沈曈還沒下車，沈修瑾便看見沈落和自己身邊經常伺候的一個僕從等在那裡。

見他下車，沈落連忙過來，低聲道：「殿下，皇后娘娘知道您想拉攏蘇家，與蘇家大小姐成親，她特意讓蘇閣老將蘇家大小姐送來景溪鎮了，說是讓您與她多接觸接觸，好好培養感情，等將來回京，再成親。」

說著，沈落悄悄指了指站在蘇藍氏身邊的一個陌生的少女。

沈修瑾的目光沈了沈，掃了一眼那陌生的少女，見對方也看了過來，與自己視線在空中交會，他不悅地收回視線。

「蘇家大小姐？」

如果他沒記錯的話，蘇家嫡系這一輩中，只有沈曈這麼一個女孩，蘇家大小姐理應是沈曈才對。

沈落撓了撓頭。「這個，殿下，我也不明白是怎麼回事，會不會是蘇閣老不願意與殿下交好，以這種方式來拒絕殿下的求娶？」

沈落說完，發現沈修瑾的臉色更加難看了，連忙打了自己一耳光。「屬下多嘴，殿下恕罪！」

沈修瑾懶得搭理他，他腦子裡轉過許多念頭，最後終於明白了什麼，頓時有些哭笑不得。

敢情蘇閣老還不知道自個兒的親孫女已經找到了，父皇賜婚的旨意一下來，他就想歪了。

沈落這時也回過味來了。「殿下，我方才跟隨行的僕從們打聽過了，這位大小姐是賜婚聖旨到蘇府的第二天，蘇閣老從旁系最出色的姑娘中選出來的。」

堂堂大盛朝閣老，這消息也太不靈通了吧？連自個兒的孫女找到了也不知道，還鬧出這檔子笑話來。

沈落也不知道該說什麼好。

他看了一眼站在那邊，目光亮晶晶地望著沈修瑾的少女一眼，這姑娘雖出自蘇家旁系，但是模樣出挑，性子瞧著也極好，不比沈曈差，殿下這回可有豔福了。

這時，沈修瑾冷冷地看了他一眼。「往後不用你來保護曈曈了，你親自把蘇阮送回盛京城去，跟蘇閣老解釋清楚。」

蘇阮，就是那位被蘇閣老選出來做他未來太子妃的「蘇家大小姐」。

「啊？」沈落苦著臉。「殿下，我……」

在殿下身邊伺候的，誰不知道沈曈才是殿下的心頭肉，更何況沈曈廚藝好，對下人也好，跟在身邊的下人們都有口福，他能被委以重任保護沈曈，其他人不知道多眼紅，整日想著將他擠下來，由自個兒頂上。若是他這回真的送蘇阮回京，等回來的時候，只怕沈曈身邊就沒自個兒的位置了，說不定連殿下的跟前他都湊不上，只能打打雜。

沈落正苦於該如何讓沈修瑾改變主意，那邊蘇阮和蘇藍氏已經將沈曈從馬車上接下來，蘇家下人們也將她的行李一併都搬回了蘇藍氏早就收拾好的院子裡。

「曈曈，這是妳堂姊蘇阮，她可是盛京城第一美人，出了名的才貌雙絕。」

蘇藍氏笑著向沈曈介紹蘇阮的身分，雖然將蘇阮誇得天上有、地上無，但她心裡卻覺得沈曈比蘇阮生得更美，也更聰慧。

若是回了盛京城，恐怕蘇阮這盛京第一美人的名頭，就要落在沈曈的頭上了。

「伯娘過獎了，曈曈妹妹容貌動人，比阮兒更甚，日後回了盛京城，恐怕我這第一美人的名頭就要易主了。」

蘇阮肌膚賽雪，身段苗條，氣質柔柔弱弱的，說出來的聲音也溫柔動聽。

她不著痕跡地打量了沈曈一眼，眼中閃過一絲幾不可察的驚訝。

蘇阮能被稱為盛京城第一美人，在容貌上確實不差，除了自己的庶出身分以外，她從來都是自傲的，自認整個大盛朝還找不到幾個比自己還優秀的女子。

一直以來，蘇家都沒有嫡小姐，也沒人和她搶風頭，更何況，前幾日蘇閣老突然讓她來景溪鎮一趟。

雖然蘇閣老沒明說讓她過來是為了什麼，但她當時立即就明白，或許是蘇閣老要為自己的兒子蘇昊遠在族中過繼一個優秀的女兒，自己這一趟來景溪鎮，只要好好表現，能讓蘇昊遠和蘇藍氏看中，就可以成為蘇家嫡系的小姐了。

蘇閣老在朝中位高權重，多少朝中大臣都盼著與他結親，若是自己成為他的嫡孫女，到時候想要求娶她的貴人不知會不會踏破蘇家的門檻。

蘇阮盼著這一天不知道盼了多久，總算要如願以償了。

可惜，她懷著興奮的心情來到景溪鎮，看見蘇藍氏的瞬間，卻從她口中得知，對方已經找到了女兒。

那本無妨，她原以為沈曈流落鄉野十幾年，一定是面容醜陋，粗俗不堪，卻沒想到，對方完完全全繼承了蘇藍氏的美貌，並且有過之而無不及。

看著沈曈光滑透亮的皮膚，蘇阮下意識地摸了一下自己的臉蛋。她對自己的臉下了很多的工夫，平日裡吃的那些補品，還有護膚的膏脂之類的，不知用了多少，而花的這些工夫也沒辜負她的期待，在整個盛京城，沒有哪個女子的皮膚能比得上她的一半。

可是如今，與沈曈一比，她卻是完敗。

她究竟是如何做到的？

蘇阮難以置信，鄉野丫頭，不都是面朝黃土、背朝天的嗎？在她的想像中，沈曈應該是皮膚黝黑粗糙，牙齒污黃不堪，可是，眼前的少女，卻與她想像中的形象大相徑庭。

蘇阮備受打擊。

自己耗費那麼多心血養出來的肌膚，竟然比不過一個鄉野村姑。

心裡已經碎成了渣渣，但蘇阮面上卻沒表現出來，只是不動聲色地垂下手，在身側緊握成拳。

沈曈將她細微的神情和動作變化都看在眼裡，神色自然，客氣地與她點了點頭。

這時，蘇阮轉頭看向一旁的沈修瑾，見他對沈落說著什麼，薄薄的雙唇不含一絲感情，容貌俊逸非凡。

她面上掠過一抹羞澀，低聲道：「伯娘，那便是裴家的二公子嗎？」

蘇藍氏和沈曈聞言一愣，望向沈修瑾。

沈修瑾和沈落還沒反應過來，在他們身後的一個僕從，已經站了出來。

這僕從是裴皇后派來的人，並不知道沈修瑾在景溪鎮的事情，他為了討好「未來的太子妃」，也為了撮合自家殿下和蘇家大小姐，一路上都在拚命巴結蘇阮，不知道跟蘇阮說了多少回自家殿下的事情。

不過，因為沈修瑾還沒正式回京，裴皇后讓眾人不許對外透露他的身分，因此，目前沈修瑾對外的身分是侯府的二少爺，也就是裴銳的弟弟裴修瑾。

第四十二章

那僕從一直以為沈修瑾喜歡的是盛京第一美人蘇阮，而非蘇家大小姐這個身分，因此，他知道蘇家的大小姐並非是蘇阮後，也不怎麼在意。

此時，他看著蘇阮，恭敬地說道：「蘇小姐，我家公子正是裴家二少爺裴修瑾，也就是您未來的夫婿。」

一時間，在場眾人都安靜了下來。

未來夫婿？沈曈頓了頓，看了沈修瑾一眼。

原來他是裴家二少爺，那豈不是裴銳的弟弟？

可是她瞧著，兩人看起來不像兄弟，裴銳對他除了親近以外，還有很明顯的尊敬，正常人誰會對自己的弟弟如此尊敬的？

沈修瑾神色難看。

沈落見狀不妙，趕緊訓斥那多嘴的僕從。「別胡說八道！公子什麼時候和蘇小姐有婚約了？」

說完，他便把僕從打發走了。

蘇藍氏看了看沈修瑾，又看了看蘇阮，最後把目光落在沈曈的身上。

三人神情各異。

沈修瑾惱怒，神情還帶著不安地看著沈曈，擔心對方會不高興。

蘇阮目光明亮，神情羞澀，時不時抬頭偷瞄沈修瑾一眼。

而沈曈，神色淡定，從面上瞧不出半點異樣，只是微微抿了抿唇。

蘇藍氏在心底嘆了口氣。

蘇夫人也是個人精，見氣氛不太對，趕緊出來打圓場。

「都站在這裡做什麼，咱們先回府再說。來人，把大小姐的行李都搬回去。」

蘇夫人給沈曈安排的院子清靜幽雅，打掃得乾淨整潔，裝飾也很符合沈曈的審美觀。

蘇藍氏看出沈曈心情不對，找藉口讓眾人都散了，自己拉著沈曈進了房間。

「曈曈，妳告訴娘，妳是不是對瑾哥兒……」

「娘，哥哥一直是我哥哥，您別多心。」沈曈抿唇，輕聲打斷她的話。

蘇藍氏嘆了口氣。「妳臉色不大好，可能是這陣子太忙了，沒怎麼休息，先好好歇一下吧，別想太多，妳若有什麼心事，可以和娘說，娘一直都在。」

沈曈點頭。「好，娘，我知道的。」

她抱了抱蘇藍氏。

蘇藍氏摸了摸她的腦袋，轉身出去的時候想著，得讓蘇昊遠送封信回盛京城，問問老爺子究竟是個什麼意思。好好地，卻突然把蘇阮送來這邊，蘇阮的野心，老爺子又不是不知道，莫不是老糊塗了。

想到這裡，她才想起來，好像找到女兒之後，她和蘇昊遠都還沒給老爺子說這個好消息。

「算了，等過幾日，瞳瞳的事忙完了，咱們一家三口回去，老爺子就知道了。」

蘇藍氏一走出沈瞳的房間，蹲在沈瞳屋頂上的兩個人就跳了下來。

「殿下，她走了。」沈落悄聲道。

「你在這裡守著，任何人來了都攔著，不要讓他們進來。」

沈修瑾丟下一句，邁步進了沈瞳的房間。

沈瞳聽見腳步聲，以為是蘇藍氏去而復返，沒想到一抬眼，就看見沈修瑾站在跟前。

「瞳瞳，我不是裴家二公子，和蘇阮沒關係。」沈修瑾剛才一直在找機會跟沈瞳解釋，可是人太多了，他壓根兒找不到機會單獨與她聊。

這會兒一進來，立即就解釋了。

見沈瞳不說話，定定地望著他，他心裡更慌了。「瞳瞳，妳信我，我在今日之前，壓根兒就不認識什麼蘇阮，蘇家的小姐，我就只認識妳一個。」

「我知道。」沈瞳點頭。

她本就理智，現在見他如此慌張地解釋，方才心裡面的那一點點不開心也隨之消失了。

沈曈的唇角翹了翹。

沈修瑾見她笑了，總算鬆了口氣。

正猶豫著要不要解釋關於他和裴家的關係，沈曈忽然看著他的衣角，說道：「哥哥，你把外衣脫下來。」

她的神態和語氣很自然，沈修瑾卻彷彿聽見了什麼不可思議的事情一般，傻傻地望著她。

「脫、脫、脫下來？」他磕磕絆絆地問了一句，耳根不知為何突然發熱了起來，雙手雙腳不知該往哪裡放。

「嗯，衣服破了怎麼也不知道。」沈曈轉身翻出針線包，說道：「你脫下來，我幫你縫補好。」

沈修瑾一愣，低頭果然看見衣角破了一個小洞，應該是方才不小心磕碰到哪裡了，被撕開了一個小口。

他忙道：「沒事，回去讓沈落給我補就好。」

沈落站在外面，聽見這話，心裡一堵。

不是，殿下，我又不是繡娘，我一大老爺，您讓我幹縫縫補補這麼精細的活，這不是跟我過不去嗎？

「噗哧——」沈曈想像沈落拿著繡花針給沈修瑾縫補衣服的畫面，忍不住笑了。

「算了，哥哥，你讓沈落打打殺殺的還行，讓他拿繡花針，恐怕你這衣服就不用穿了。」她朝沈修瑾招手。「快脫下來，我幫你縫補好，很快的。」

沈修瑾看著她坦然的神色，想起自己剛才的誤解，不由得臉色脹紅，彆彆扭扭的。「還是、還是算了，我……」

不等他拒絕，沈曈已經伸手幫他把外衣解下。

然後，不知從哪裡翻出來一件新的，親手給他穿上。

沈修瑾一下子就愣住了。

他腦子裡一片空白，渾身僵硬，只能任由著那雙白皙柔嫩的小手抬起他的手臂，穿進衣袖，然後，從前面繞到背後，將衣服拉起來，她替他整理的時候，還輕輕拍了拍他的肩膀和胸前。

就這麼幾下輕輕的觸碰，便彷彿一簇簇火苗一般，點燃了他的身體，使得他渾身都燃起了烈火，燒得他整個人都滾燙滾燙的。

心臟撲通撲通地劇烈狂跳起來。

「好了，哥哥，你覺得怎麼樣？」沈曈將衣角拉直，又順了順，從上到下看了一眼，覺得還算不錯。

她問完這話，沒等到沈修瑾的回答，抬頭看了一眼，見他神情呆愣，似乎沒聽見自己的話，不由得伸手在他眼前晃了晃。

「哥哥，醒醒。」

沈修瑾回過神來，一把握住她的小手。

在她的臉頰發熱前，他才戀戀不捨地將她的手放下。

沈修瑾低頭看了一眼自己身上的外衣，這是用上好的料子做的，月白色，很符合他的氣質，款式很新穎，袖口、領口都鏽了別致的竹葉圖案，簡潔又好看，而且不知用的是什麼熏香，衣服散發著一股清雅好聞的氣味。

外面沒有這麼新穎的款式。

沈修瑾腦中閃過亮光，頓時又驚又喜。

「瞳瞳，這是妳親手做的？」

沈瞳點頭。「我前幾日跟著娘和嬸娘一起學著做女紅，順便就給你做了一件，不過我不確定尺寸合不合適，就一直沒讓人送去族學給你。」

沈瞳仔細看了看，總覺得衣袖長了些，頓了頓說道：「要不先脫下來，我把衣袖改好再給你。」

「不用了，這樣挺好的，我很喜歡。」沈修瑾聽見是沈瞳親手做的，整個人飄飄然的，堅決不肯脫下來。

蘇阮在丫鬟的攙扶下輕移蓮步進了房間，等房門一關上，她立即甩掉丫鬟的手，一個耳光搧了過去。

丫鬟噤若寒蟬，當即跪了下來，連一句求饒的話都不敢說。她跟在小姐身邊這麼久，對於小姐的脾氣早就摸得一清二楚了，若是不求饒，等她脾氣過了就好，但若是開口求饒，便難免得到一頓毒打。

「我原以為努力了這麼多年，總算守得雲開見月明，卻偏偏冒出一個野丫頭來和我搶蘇家大小姐的身分，不是說十五年前已經死在山匪手裡了嗎？怎麼還活著！」

丫鬟低頭，不敢吭聲。

蘇阮捏著茶盞，因用力過猛，青蔥一般水嫩的手指隱隱泛白，溫柔婉轉的嗓音壓低了好幾度。「來之前，閣老爺爺明明讓我討好大伯和伯娘，若是回京，便可讓我過繼了，難道閣老爺爺還不知道他們已經找到了女兒？這麼說，和裴二公子的婚約，實際不是給我的，而是給沈瞳的？」

蘇阮想起方才看見的那名男子，不僅是氣質、容貌，還是家世，在整個大盛朝都是屈指可數的，拋開家世不談，單是他舉手投足之間的氣度，就足夠讓她一見傾心。

若再加上他背後的侯府，讓她嫁與他，她是一千個、一萬個願意。

「可惜。」蘇阮呢喃了一句。

聽說侯府嫡出的少爺就只有一個，那就是排行老大的裴銳，其他的都是庶出的。裴修瑾哪怕再優秀，也只是一個庶出的，沒有繼承侯爵的資格。

嫁給這樣的男子，以她的野心，她還真是不甘心。

想到這裡，蘇阮鬆開茶盞，也彷彿放開了什麼難以抉擇的東西一樣。

她收拾好心情，瞥了一眼跪在地上的丫鬟，說道：「妳去打聽一下沈曈在景溪鎮的經歷，事無鉅細，全都要稟報與我。」

知己知彼，方能百戰不殆。

反正如今沈曈還沒認祖歸宗，只要在她得到閣老爺爺的承認之前，讓大伯和大伯娘放棄她，自己就還有機會成為蘇家大小姐。

蘇阮唇角微翹。

在奶油蛋糕甜香的氣味包圍中，一個月的時間匆匆而過。

明日便是美食節活動開始的第一天，沈曈帶著所有人精心準備的東西已經就緒，皇帝的旨意也慢吞吞地送到了景溪鎮。

聖旨並不對外宣佈，而是以密旨的形式送來。

蘇昊遠笑著接下聖旨，等那傳旨太監離開後，他臉上的笑意立即消失，猛地一拍桌面。

殷明泰見狀，已經有了預感，問道：「皇帝不打算處置他們？」

蘇昊遠把聖旨放在一旁，面色不太好。「一個多月以前，皇帝在獵場遭遇刺殺，晉王世子拚命護駕，受了重傷，在這道聖旨離開盛京前，他還未甦醒，據說若非救治及時，就一命嗚呼了。」

晉王世子不顧性命地護駕，使得皇帝的疑心頓消，再加上當今皇帝未登大寶之前，老晉王與皇帝的感情就極好，如今他唯一的兒子還為了皇帝的安危險些連命都丟了，這下子皇帝怎麼可能還懷疑他們。

「山匪一事暴露後，皇帝便派人前往軍中調查，在龍虎軍中揪出了一名與山匪勾結的副將，已將其斬首。」蘇昊遠低沈著嗓音說道：「這名副將，不是老晉王的人。」

「還真是高明。」殷明泰嘆了口氣，問道：「這個替罪羔羊莫非是皇后的人？」

蘇昊遠點頭。「是裴老侯爺的舊部。」

老晉王果然是個老狐狸。

裴皇后到底是東宮之主，背後有整個侯府當靠山，侯府又手握軍權，沒那麼容易被扳倒，老晉王想對付裴皇后，最好的方法便是讓其與謀逆扯上關係。

哪怕一時之間無法扳倒，也能在皇帝的心裡扎下一根刺，只要將來裴皇后再出一些差錯，這根刺就會是壓倒駱駝的最後一根稻草。

殷明泰想到這裡，忽然說道：「看來，他們已經查到太子的下落了。」

蘇昊遠看向他，一臉錯愕。「太子還活著？」

「不僅還活著，他如今就在景溪鎮。」殷明泰起身，說道：「這事暫時不能對外透露，越少人知道越好，恩師自有主張，你不必擔心。咱們也該去處理一下那些山匪的事了。」

蘇昊遠見他心裡有數，只能按下內心的疑惑，擺手道：「你去吧，我閨女給我做了好吃的，今兒我就不去衙門了，你自個兒搞定就成。對了，那沈香茹在牢裡鬧騰得也夠久了吧？你手裡面都掌握著她那些罪名和證據，趁著今兒處置山匪，就一併解決了吧，都拖這麼長時間了。」

殷明泰沒好氣地道：「少跟我一天天地炫耀你那好閨女！那丫頭就是鬼靈精，平日裡有需要我的地方，就知道送些好吃的來，一用不著我了，我連個味兒都聞不到！」

蘇昊遠哈哈大笑。

殷明泰和蘇昊遠走了沒多久，陳齊燁和幾名糕點師就找上門來。

「曈曈，縣衙傳來消息，楊洪不知為何被放出來了，楊家酒樓的人肉交易，也不知為何被平反，說那些肉壓根兒不是楊家酒樓的人採購的，而是楊家酒樓的競爭對手為了誣陷楊洪，故意安插了一個廚子進楊家酒樓，調包了他們的肉類食材。」

陳齊燁沈著臉說道：「原本咱們選定了美食節的活動就在東大街兩旁舉辦，中間正好經過楊家酒樓，而那個路段，因楊家酒樓停業，咱們會有一個寬敞的空地作為活動開幕式的舞臺。可是如今，楊家酒樓平反，楊洪一出縣衙大牢，就直奔鴻鼎樓，似乎和秦掌櫃達成了什麼協定，兩人聯合起來說服了一大半被咱們拉攏的商戶，讓他們明兒個不要出現在美食節的活動上，讓咱們的活動無法成功舉行。」

「可惡！楊洪這個混蛋！他不僅將商戶都拉攏過去，如今甚至還帶人拆了咱們搭建好的露天臺子和棚子。」一名糕點師氣憤填膺地罵了幾句，然後憂心忡忡地問沈瞳。「小姐，沒了這些，咱們明兒個還怎麼舉辦美食節啊？」

幾人都急得團團轉，沈瞳聽了以後，卻依然神情淡定，她讓丫鬟又端上來幾杯熱飲。

「幾位不用著急，先嚐一下這個。」

眾人面面相覷，不明白她為何還這麼淡定。

陳齊燁猶豫了一下，問道：「瞳瞳，妳是不是已經有什麼打算了？」

沈瞳端了一杯熱飲，遞到他手中。「你先嚐嚐這個再說。」

見陳齊燁還要說話，她直接打開杯蓋，香甜的氣息瞬間瀰漫開來，將眾人的焦慮一下子沖散了些許。

「這個飲料，叫做珍珠奶茶，我打算在明兒個的美食節活動推出，諸位品嚐一下，若是有關於口味方面的建議，可以提出來，明兒個咱們可以增加幾種不同的口味。」沈瞳說道。

這時候他們哪裡還有心情喝什麼奶茶，陳齊燁嘆了口氣，見她如此淡定，只好按捺住內心的焦慮，朝幾位糕點師傅點了點頭。

幾人端起奶茶，喝了一口。

滑順的飲料滑入喉嚨，幾人頓時眼睛一亮。

這飲料香甜潤滑，又帶著微苦，喝起來一點都不膩。

「黑珍珠」彈牙，很有嚼勁，吃起來別有一番趣味。

幾人喝著就忘了方才的焦慮，都討論起奶茶若是推出，將會在大盛朝掀起怎樣的狂潮。

大多數男人都不太喜歡甜品，所以沈曈提供的這幾杯奶茶，味道偏苦，更符合他們的口味。

之後，沈曈又讓丫鬟端上來好幾種不同口味的奶茶，讓他們逐一品嚐。

「這奶茶確實不錯，女人、小孩肯定會喜歡，對於不愛喝苦茶的男人來說，也是個極佳的飲品。」陳齊燁欣賞地望著沈曈，尤其是最後端上來的幾杯加了冰的奶茶，最讓他喜愛。

沈曈總有讓他驚訝的本事，還有什麼是她不會的？

沈曈笑道：「美食節上，咱們主要推出奶茶和蛋糕，這兩種產品，不出意外的話，也將會是我們甜心美食糕點鋪的招牌，所以，明兒個的美食節，絕不能出一點差錯。不過，因為原材料比較稀罕，只能限量供應。蛋糕還好，除了比較特殊的一些口味，普通蛋糕能供應多一些，但是奶茶不行，所以，暫時每日只對外銷售二十杯珍珠奶茶，分冷、熱兩種，各十杯。」

幾人驚訝。「為什麼？」

沈曈笑了。「你們難道沒嚐出這奶茶的成分？」

「是因為牛奶？」陳齊燁首先想到了原因。

沈曈點頭。「咱們手裡的牛奶不多，如今只能省著點用，等到將來找到了長期供應的路子，奶茶和一些特殊口味的蛋糕就可以大量生產了。」

說著，她又笑道：「其實限量供應，也是件好事，越稀罕的東西，人們往往就越喜歡，越願意趨之若鶩。」

說起美食節，陳齊燁他們這才想起今日著急過來的目的。

「曈曈，咱們的場地都被人破壞了，明兒個的美食節，還能順利進行嗎？」

「不用擔心，咱們的美食節場地，本來就不是在東大街。」沈曈露出一抹意味深長的笑意。

陳齊燁等人滿臉疑惑。

不是在東大街，一開始他們為何要在東大街佈置場地？那豈不是浪費時間和人力、物力嗎？

第四十三章

東大街，楊洪和秦掌櫃帶著人手將楊家酒樓門前的臺子和棚子拆了。

秦掌櫃滿意地看著一品香和陳家的人氣憤填膺卻又無可奈何的模樣，笑呵呵地朝楊洪說道：「不錯，不錯，沈曈想要舉辦美食節，讓他們一品香和陳家占盡好處，哪有那麼容易？楊掌櫃，你這一次辦得很好，還拉攏了這麼多商戶到我的陣營。你放心，我已經向家主遞了消息，特意替你美言了幾句，等這次的事情了結，把沈曈他們打壓到完全起不了身，咱們的合作也可以開始了。」

楊洪忙不迭地點頭。「這回我能順利被放出縣衙大牢，洗清罪名，多虧了秦掌櫃和秦家主的幫忙，秦掌櫃以後若是有什麼吩咐，儘管說，我一定在所不辭。」

他說完，又低聲說道：「不過，秦掌櫃，其實何必拆了沈曈他們搭建的棚子和臺子呢？這樣現成的場地，咱們也可以直接用啊！他們不是要辦美食節嗎？如今辦不成了，咱們為何不跟著辦一個？利用他們搭建的場地和邀約的商戶，給咱們自個兒的酒樓做宣傳，拉攏客人，這是難得的機會啊！」

秦掌櫃被他這麼一說，也有些心動。

旁邊的其他商戶相視一眼，連忙加入了勸說的行列。

「對啊，秦掌櫃，那沈曈和陳家向來是鬼主意多的，這所謂的美食節，肯定有不少好處，咱們不如利用他們的場地，自個兒也舉辦一個美食節？」

秦掌櫃猶豫了一下，看著眾人興奮的神色，最終還是拍板決定。「好，那咱們也舉辦一個美食節！」

場地就用沈曈他們搭建好的，除了能省下一大筆費用，又能宣傳自家的生意，這樣的好事，為何不幹？

半個時辰後，整個景溪鎮的百姓們都聽說了，原本定在楊家酒樓門前的美食節開幕式，改在了鴻鼎樓大門前，舉辦方從一品香和陳家變成了秦掌櫃。

秦掌櫃等人除了繼續利用沈曈和陳家事先搭建好的棚子，還自個兒出資搭建了更多的場地，比起原先的場地更結實豪華，不愧是財大氣粗。

聽到消息時，陳齊燁頓時明白了沈曈的意思。

「曈曈，妳是想利用他們主動出資幫咱們舉辦美食節，用他們的錢和人力、物力給咱們做宣傳嗎？」他覺得自己看不透沈曈的想法了。

沈曈搖頭，笑道：「咱們的產品如今還需要宣傳嗎？以一品香如今的名氣和口碑，帶動咱們的甜心美食糕點鋪，只要咱們的糕點和甜點一推出，一定會有無數人等著搶，我一點都不擔心銷量。」

「那妳……」

沈曈拿出一張精美的卡片，遞到他的手裡。「你先看看這個。」

卡片是用上等的硬紙做成的，描繪著風格清新的圖案，上面寫著幾行清秀的字。

陳齊燁只看了一眼，就愣住了。

「書院學子交流會?!」他已經激動得破音了。「他們要請咱們供應交流會上的茶點?!」

景和縣的傳統，每一年都會舉辦一次書院學子交流會，將景和縣各大書院的優秀學子都集聚一堂，讓他們進行學術交流和比試。

因為讀書人自詡清高，並不願意與商人過多接觸，因此，每一屆的書院學子交流會，舉辦方都不會邀請商戶們為交流會供應茶點，不管那些商戶們如何託關係，都不得其門而入。

可是今年竟然破例了，不僅如此，今年的學子交流會竟然還打破以往的模式，邀請參與交流會的人中，除了各大書院的優秀學子以外，還有景和縣那些有名的世家名流和女眷。

這可是不得了的事。

自古以來，風流才子愛佳人，往年學子交流會的舉辦雖然是一樁難得的盛事，但因為書院只有男子，他們整日裡規規矩矩地讀書、研究學問，來來去去接觸的都是同性，除了學術上的交流能激起一點火花以外，整個交流會其實是有些死氣沈沈的。

可是今年不僅有學子，還會有佳人，那就不一樣了。

一定會非常熱鬧。

不說各世家為了得到邀請的名額搶得頭破血流，那些學子們肯定也會使盡渾身解數當眾表現自己，這一來二去的，學子交流會的舉辦時間肯定會比往年長，沒有供應吃食怎麼行？有資格參加交流會的學子和世家女眷們，身分地位都與尋常百姓不同，甜心美食鋪的糕點若是能在交流會上得到他們的喜愛，就意味著獲得了大盛朝上層社會的認可，錢途無量。

陳齊燁越來越覺得，與沈曈合作絕對是一本萬利的事情，當初自己的選擇沒錯。

「走吧，交流會快要開始了。」沈曈站起身。

在陳齊燁來之前，她已經事先讓人去通知了蘇藍氏和糕點師們，如今想來他們也應該得到消息了。

陳齊燁深吸了幾口氣，總算平復了心情，跟著沈曈一道離開蘇家，乘坐馬車前往郭氏族學。

由於去年郭氏族學考上功名的學子最多，因此，今年景和縣的書院學子交流會便由郭家作為舉辦方，地點就在郭氏族學。

正是因為舉辦方是郭家，沈曈才能那麼容易便拿到了交流會供應茶點的資格，若是換成了景溪書院，可能她磨破嘴皮子都說服不了對方。

從蘇家到郭氏族學，必須路經東大街，此刻的東大街，卻已經人潮洶湧，馬車的行進速度慢了下來。

車伕在外面很是懊惱。「小姐，今兒東大街舉辦美食節，街道兩旁都是商戶的攤子，人太多了，咱們可能要耽誤一些時候。」

沈曈並不在意。「沒事，慢些走，不要傷到人。」

反正她已經提前一個多時辰出門，而且蘇藍氏和其他人肯定早就過去郭氏族學了，不會出岔子的。

沈曈掀開車簾，看向車窗外，各色食物的香味以及人潮的喧囂聲傳來，視線所及之處，平民百姓與世家貴人都有，甚至還有不少外地客商和遊子，排著長龍等待著攤販的美食，與後世她所見過的美食節現場並無二致。

沈曈不由得勾了勾唇，看來秦掌櫃等人的辦事能力還算不錯，這美食節確實辦得有模有樣，只希望最後能圓滿結束，不要出什麼差錯。

正想著，外面便傳來秦掌櫃的聲音。

「哎喲，這不是蘇家的馬車嗎？裡面難道是蘇大小姐？」

車伕開口要趕人，沈曈卻已經掀開車簾了。

秦掌櫃身後跟了一群大腹便便的中年人，都是景溪鎮各大酒樓的掌櫃，此時他神態得意，一看見沈曈，便笑呵呵地道：「蘇大小姐，妳不是說要讓商戶們都降價招待食客們，所以才要舉辦美食節嗎？今兒個的美食節，我們招攬來這麼多客人，妳瞧著還滿意嗎？」

秦掌櫃掃視一眼人潮洶湧的街道，以及忙碌得腳不沾地的攤販們，心裡又是震驚、又是得意。

沒想到，這美食節竟然真的能招攬到這麼多的生意。平日在酒樓中，這些平民百姓們幾乎沒光顧過，可是如今將食物做成小份擺在攤上，明碼標價，只比平時便宜了一些，卻能讓這些平民百姓趨之若鶩，一會兒的工夫，就銷售一空了。

商戶們沒預料到這樣的情況，一時沒準備好，手忙腳亂了好一會兒才維持住後續的銷售。

沈瞳這主意還真是不錯啊！往後這美食節，可以經常舉辦。

秦掌櫃得意洋洋，搶了沈瞳的場地，又搶了她的生意，看著一品香門可羅雀，甜心美食糕點鋪無法開張，而自家酒樓門前攤子圍滿了人，裡面也座無虛席，他的心情是前所未有的暢快。

秦掌櫃等著看沈瞳惱羞成怒的模樣，然而沈瞳的反應卻出乎他的意料。

只見她笑著道：「很滿意，辛苦秦掌櫃了，這樣不計成本和代價地幫我舉辦美食節，替我做宣傳，秦掌櫃真是個不折不扣的好人，我為以前誤會你而感到慚愧。」

秦掌櫃一臉錯愕。

他沒聽錯吧？她不僅沒有生氣和怨恨，反而還要感謝他？

秦掌櫃和他身後的眾人都一臉疑問，不明白是怎麼回事。

沈瞳的目光突然看向他們身後的楊家酒樓，臉上的笑容更大了。

秦掌櫃等人見狀，心中不知為何突然升起一股不祥的預感，也跟著回頭看去。

楊家酒樓大門大開，楊洪指揮著幾個小廝，在二樓外面掛起了一面巨大的橫幅，上面寫著「景溪鎮第一屆美食節」，下方還有一行小字——「由甜心美食與一品香聯合舉辦」。

秦掌櫃的臉色立即變了。他發現，楊家酒樓的門匾和招牌不知何時已經撤下，上面竟然換成了甜心美食糕點鋪的標誌。

大門一開，裡面的裝潢早就大變模樣，香甜的糕點氣息瀰漫了整個東大街，將幾乎大半的行人都吸引過來。

從一品香和陳家安排過來的幾個糕點師和下人都笑咪咪地招呼著客人。

陳家的主管讓人搬出一張木牌擺在門前，對眾人說道：「今兒是咱們甜心美食鋪開張的大喜日子，東家說了，從今天起，三日內，只要是光顧了咱們甜心美食鋪的客人，不論消費多少，一律八折優惠；並且，每日前十名贈送一份價值二兩銀子的甜品。」

這話一落下，如一石激起千層浪，外面的人們歡呼一聲，瘋狂湧了進去。

秦掌櫃這時總算明白了，他鐵青著臉，顫抖著手指指向沈瞳。「妳、妳、妳聯合楊洪算計我！」

他自以為這回贏得漂亮，名利雙收，卻沒料到，沈瞳竟然還有這招，將他打得措手不及。

沈瞳挑眉。「秦掌櫃這話是什麼意思？我不是很明白。」

見她裝傻，秦掌櫃氣得直哆嗦。這滿街的攤販，有大半都是他招攬來的，都是為了鴻鼎樓和秦家的名頭才來的，為了讓這些人降價參加這個美食節，他不知許下了多少好處，而為了救出楊洪，讓他幫自己，他更是付出了許多銀錢和關係，才將他的罪名洗清，將他從縣衙大牢裡撈了出來。

且不說這些，單是這滿街的場地佈置，便不知費了他多少銀子。

楊洪那混帳東西，自己讓他張羅美食節的一應事宜，他竟然敢私自將橫幅換了，將舉辦方改成了甜心美食鋪和一品香。

秦掌櫃想著自己為了這個美食節而花出去的流水般的銀子，動用的那些人脈關係，全都給人作嫁衣，自己什麼都撈不著，頓時整個人都不好了。

這時，突然跑來一個小廝，慌慌張張地對秦掌櫃說了幾句話。

「不可能，家主怎麼會放棄我！」

秦掌櫃如遭雷擊，雙眼圓睜，一口血直接吐了出來。

小廝傳的是從盛京城遞來的消息。

關於山匪與販賣人肉的事情，因為晉王世子捨命救駕，再加上晉王對外推出了一個替罪羔羊，將山匪與晉王之間的關係徹底撇清，皇帝疑慮盡消；再加上憐恤晉王世子，便不再追究此案，輕輕地放下了。

此案涉及的秦家名下產業鴻鼎樓，也被秦家主撇清，對外宣稱勾結山匪、販賣人肉的事秦家並不知情，一切都是秦掌櫃瞞著秦家私自行事。因此舉給秦家的名譽造成了巨大的損失，秦家主派人訓斥了秦掌櫃，並宣佈將其逐出秦家，永不錄用。

這意思就相當於對外宣稱捨棄秦掌櫃，不再保他了。

沒了秦家的庇佑，秦掌櫃平素又得罪了那麼多人，仇家不落井下石是不可能的，想脫罪簡直難如登天。

電光石火間，秦掌櫃已經預想到自己的下場了。

這一口血剛吐出來，就見一隊衙差擠開人群，圍了過來。

秦掌櫃臉色發白，雙腿已經軟了。

衙差們將秦掌櫃包圍住，當眾就把他抓了起來。

平日裡與秦掌櫃交好的幾個酒樓掌櫃和東家也都被扣押下來，待調查過後，再做處置。

這邊秦掌櫃才剛被抓起來，還沒走遠，陳齊燁就對沈曈說道：「曈曈，學子交流會那邊已經安排妥當，咱們的茶點已經送去了，聽說他們都很滿意，不只學子們讚不絕口，那些世家小姐和夫人們更是不停地打聽咱們的糕點鋪呢！」

東大街的美食節，吸引了太多人，馬車沒辦法繼續往前走，沈曈只好讓車伕回去，自個兒下車和陳齊燁一道步行去郭氏族學。

郭氏族學自建立至今，這麼多年來，極少對外開放，更不用說邀請各世家小姐和夫人了，今兒可是頭一回。因此，整個景和縣幾乎收到邀請的都來了，大門口往外兩邊全都是各家的馬車，將寬闊的一條道路硬是擠得水洩不通。

沈曈和陳齊燁好不容易進入郭氏族學的大門，學子交流會卻已經進行到了尾聲。

「小姐，您總算是來了，夫人等您好久了，都問了好幾回了。」蘇家的僕從守在門口，一看見沈曈的身影，立即跑了過來。

沈曈掃了一眼他的身後，沒看見蘇藍氏，心裡一緊，問道：「是出什麼事了嗎？」

僕從搖頭。「不是，是瑾少爺他……」

沈曈眼皮一跳，忙問：「哥哥？他怎麼了？」

這僕從也是個嘴拙的，吞吞吐吐了半天，硬是不能把事情說清楚。

沈曈皺著眉頭擺手，示意他不要再說了，她如今最擔心的就是沈修瑾的安危，希望他沒出什麼事才好。「瑾少爺現在在哪裡，帶我去找他。」

僕從帶著沈曈左轉右拐，最終來到一處人最多的院子前面。

指著人群最中央的位置。「小姐，瑾少爺就在那邊，被圍了大半個時辰了，壓根兒就出不來，夫人讓您趕緊將他帶出來，別讓這些飢不擇食的女人將他生吞活剝了。」

僕從這番話說得倒是索利，跟方才的吞吞吐吐相比，簡直像換了一個人。

沈曈看了一眼他指的方向。

幾個年輕學子被一群鶯鶯燕燕包圍起來，壓根兒就脫不了身。

沈曈瞇眼一看，這幾個學子的長相、氣質都相當出色，其中，裴銳、郭興言和沈修瑾最出眾，也被纏得最緊；尤其是沈修瑾，那些女子簡直恨不得將身體都貼在他的身上了。

僕從道：「小姐，您是不知道，今兒的學子交流會，瑾少爺可是出盡了風頭，詩詞歌賦、琴棋書畫他都得了魁首也就罷了，連武功他也得了第一，在場的學子們除了郭少爺和裴小侯爺，沒有一個人能比得上他的萬分之一。那些世家小姐和夫人，盯著他眼睛都發紅了，恨不得將他搶回去當夫婿。」

他又道：「夫人說，瑾少爺這樣的文采風流，將來考個狀元是不成問題的，這些人恐怕也是奔著這個，才堵著他不放的。學子交流會一結束，就全都擠過來了，書院的下人們攔都攔不住。」

沈曈抿了抿唇。「他既然會武功，想要在這些手無縛雞之力的女子中脫身，是再簡單不過的事了，為何還會被困住？」

「這……」僕從覷了她一眼，小心地道：「瑾少爺或許是……」

第四十四章

僕從絞盡腦汁，也想不出一句合理的解釋來。

沈曈掃了他一眼，涼涼地道：「算了，你若是想不出，就別想了吧！」

僕從噎住，不安地道：「小姐，小的、小的是不是說錯話了？」

沈曈將目光從他身上收回，再次望向人群中的沈修瑾，隔著十幾公尺遠的距離，她也能看得出他眉目間的不耐煩，那些女子不管跟他說什麼，他都沒開口，只是冷著一張臉。

而在他不遠處，裴銳和郭興言的臉色更是皺得跟苦瓜似的，想要推開那些女子，但又像是顧忌著什麼，不敢動作，目光頻頻看向沈修瑾。

沈曈笑了笑，在僕從緊張的神色中，問道：「你不是我娘派來的吧？我好像從來沒在蘇家見過你。」

僕從面色一變，驚慌地跪了下來。「大小姐，小的……」

「行了，不用解釋，我知道你是誰的人。」沈曈不甚在意地擺手，讓他起來，然後心情複雜地問道：「方才那番話，是哥哥教你說的？」

「不是。」

「那是誰？」沈曈挑眉。

僕從動了動唇，不敢開口。

「你若是說了，我可以替你保密；你若不說，我自有法子知道，但是到時候，若是你主子怪罪起來，別怪我不幫你求情。」

僕從苦著臉，這才老老實實地說了。

「是裴小侯爺。」僕從說道：「他說殿……瑾少爺若想知道您的心意，只要讓您看見這一幕，到時候看您的反應便能猜到了。瑾少爺原本並不願意藉此試探您的反應，可架不住裴小侯爺動作快，已經讓那群女子將他困住了。」

他頓了頓，又道：「今兒個畢竟是郭氏族學舉辦的交流會，瑾少爺不想得罪那群世家小姐，到時候讓郭老爺子面上不好過，才沒甩臉子離開，於是他索性將裴小侯爺和郭少爺拉住了，讓他們兩人誰也別想離開。」

聽了僕從的話，沈曈一陣無語。

怪不得那邊三個男人都是一臉吃了蒼蠅的表情。

沈曈好整以暇地站在旁邊看著，心裡面那點隱隱的不悅消失無蹤，唇角翹了翹，吩咐僕從不要告訴沈修瑾自己已經到了。

她四處看了看，自己找了個好位置坐下來，慢慢欣賞他們被包圍的情形。

裴銳真是後悔死了，早知道沈修瑾會把他也拉下水，他一開始就不該出這種餿主意。

他苦著臉避開貼上來的女子，艱難地擠到沈修瑾的旁邊，雙手合十，滿臉哀求。「從今兒起，您是我哥！先前我出的主意，您就當沒聽過，忘了吧！咱們還是趕緊走吧，要不一會兒瞳瞳來了，讓她看見不該看的怎麼辦？我和興言倒是無所謂，可您就不一樣了，您、您和她……」

沈修瑾無動於衷，他渾身的氣場強大，一股拒人於千里之外的冰冷氣息，使周遭的女子們被他的風采所迷倒，目光癡迷，尖叫連連。

他避開她們的接觸，掃了裴銳一眼，忽然笑道：「裴小侯爺身分尊貴，我一介草民怎麼敢跟您稱兄道弟？」

裴銳後悔不迭，壓低嗓音。「是我的錯，您就大人大量，饒了我這回吧！」

兩人靠得有些近，沈修瑾抬手將裴銳腰間的一枚吊墜拿了下來，朝四周的女子扔去，對眾人說道：「這枚吊墜是侯府的傳家寶，裴小侯爺曾發過誓，只有將來的侯夫人才有資格佩戴，諸位可不要錯過這大好的機會，誰若得到了這枚玉墜，便相當於成了半個侯夫人。」

女子們驚呼一聲，瘋了般朝那玉墜湧去。

裴銳大怒。「你可別胡說，小爺什麼時候說過這話！」

那玉墜是他最寶貝的配飾，從不離身，裴銳不願意看到它落在別人的手裡，他丟下這話，急忙也要去搶。

不料那些女子這會兒已經丟下沈修瑾和郭興言，纏上他了。

沈修瑾和郭興言鬆了口氣，也不管他這自作自受的傢伙了，兩個沒良心的飛快地離開人群，躲得遠遠的。

出了人群，沈修瑾一眼就看見了沈曈。

他臉上的幸災樂禍立即消失，不知道沈曈看到了多少，他下意識地看了身後一眼，好在那些女子沒追上來。

他緊張地看著沈曈。「曈曈，妳來多久了？方才那些是裴銳安排的，我和她們沒什麼。」

沈曈靜靜地看著他手足無措的模樣，心裡甜甜的，但面上卻無動於衷，甚至可以說是一臉冷漠。

她涼涼地道：「能接到郭氏族學邀請的女子，身世背景想來都很不錯，哥哥看上了哪個，不妨說來聽聽，我幫你去打聽一下。」

「我看上了哪一個，妳不是早就知道了嗎？」沈修瑾急了，脫口而出。

他深吸一口氣，握住沈曈的手，輕聲道：「曈曈，我……」

「原來你們在這裡，讓我好找。」一輕柔的女聲傳來，蘇阮忽然從沈曈的後面現身，目光若有若無地在兩人交握的手上掃了一眼，隨後又挪開目光，裝作沒看到一樣，笑著對沈曈說道：「伯娘等了許久都沒看見妳，擔心妳在路上遇到了什麼事，先前派小初去接妳，府裡的人都說妳早就來了，所以我就到四處找找，果然在這裡碰上妳了。」

她說完，看向沈修瑾，朝他溫柔地點了點頭，說道：「裴二公子既然是曈曈的哥哥，那我便也不客氣地喚一聲哥哥了。先前瑾哥哥在臺上與其他學子比試的風采，當真是無人能及，阮兒佩服。阮兒平日裡對詩詞歌賦也頗感興趣，若是有幸能得到瑾哥哥的點撥，也不枉……」

蘇阮一番話沒說完，沈曈先是皺了皺眉。

沈修瑾立即打斷蘇阮的話。「蘇小姐叫我沈修瑾便可。」

一聲不鹹不淡的「蘇小姐」，將兩人之間的關係直接撇清，方才因為蘇阮一聲嬌柔的「瑾哥哥」而驟然親近起來的關係，忽然又變得疏遠。

蘇阮一窒，悄悄握了握拳，面上閃過一絲幾不可察的羞惱。

沈曈的臉色險些繃不住，沈修瑾也太耿直了吧，一點面子也不給蘇阮留，人家畢竟是個女孩子，再怎麼樣也不能這麼不客氣。

沈曈連忙打圓場。

不過，不等她開口，蘇阮已經整理好情緒，彷彿方才的尷尬從來沒發生過一樣，神色恢復了自然。

沈修瑾看都不看蘇阮一眼，握住沈曈的手，將她拉到一旁，還想著繼續方才的話題。

「曈曈，方才我……」

蘇阮被擠在後面，看著背對自己湊到一起小聲說話的兩人，壓根兒就沒辦法插入兩人的對話，她咬了咬唇，面色鐵青。

更過分的是，沈修瑾解釋完自己被一群女子包圍的原因之後，還信誓旦旦地跟沈瞳保證，自己沒看上任何一家的小姐，心裡從始至終只有一個人，逗得沈瞳滿臉笑意。

然後，這兩人旁若無人地走了。

壓根兒就忘記蘇阮還在背後等著他們。

蘇阮再好的涵養也撐不住了，緊握著拳頭，咬牙切齒，一雙溫柔的眼裡閃爍著狠戾的光芒。

待走遠了好一陣子，沈瞳才想起蘇阮好像還在後面沒跟上來，她停下腳步，狐疑地看了身後一眼。「堂姊呢？怎麼不見了？我們還是回頭找一下吧，這會兒人多手亂，她長得美若天仙，若是出了什麼事就不好了。」

等兩人回到方才的地方，卻找不到蘇阮的蹤影了。

此時，蘇家的下人慌慌張張地跑過來。

「小姐，夫人那邊出事了！」

沈瞳面色一凜，顧不上找蘇阮了，吩咐幾個下人留意她的行蹤，自己則拉著沈修瑾，去找蘇藍氏。

根據下人所說，是供應給族學的糕點出了問題，有一批學子吃過以後出現了各種不適的症狀，輕者上吐下瀉，重者當場就昏迷過去了。族學的夫子們意識到事情的嚴重性，已經報官，並且請來好幾位有名的大夫，這會兒那邊已經亂成一團。

好在今兒有郭老爺子坐鎮，他為了不引起慌亂，第一時間封鎖了消息，外面的學子們還不知道這事，只有族學西苑那邊出了問題，否則，這會兒恐怕整個郭氏族學都會亂起來，甜心美食鋪的名聲也保不住了。

沈曈和沈修瑾匆匆到了西苑。

此時的西苑，亂烘烘的，各家小姐、夫人、學子們紛紛圍著蘇藍氏，怒罵她為了賺錢連底線都不要了，竟把人命當兒戲。

氣氛劍拔弩張，平素溫柔嫻靜的蘇藍氏，此刻髮髻散亂，相當狼狽。

沈曈遠遠看見，她的手似乎還被碰傷了，隱隱滲著血，而那些人還在對她推推搡搡。

沈曈心下一緊，冷著臉便要過去，沈修瑾卻拉住了她。

「曈曈，妳冷靜點，不要衝動。」

沈修瑾皺眉說道：「甜心美食鋪的糕點都是經過妳嚴格監督的，若是有問題，絕不可能出現在今日的交流會上，我相信妳的能力，但那些人不會信，更何況此時他們處在憤怒中，不管妳說什麼，他們都不會聽的。妳若是不冷靜下來，稍有半句話說錯，便會火上澆油，到時候伯母在其中的處境會更加難堪。」

沈曈前世畢竟是經驗豐富的私房菜館負責人，見過的奇葩客人以及棘手的事件數不勝數，眼前這只不過是極小的一個突發意外，她方才也是因為看到蘇藍氏受傷了，一時關心則亂，才會失了冷靜。

沈修瑾這番話一出口，沈曈內心的焦慮和緊張已經沒那麼強烈了。

她看著蘇藍氏被人群擠在中間，深吸了口氣，恢復了冷靜沈穩。

「哥哥，你說得沒錯，那些糕點從原材料到生產的每一個過程，我都嚴格管控，甚至今日一早我還檢查過，沒有任何毛病，如今出了事，肯定有蹊蹺，我必須要冷靜下來，才能看清楚究竟是誰在背後搞鬼。」她輕聲道。

沈修瑾見她這麼快便恢復冷靜，鬆了口氣。

吃出毛病的學子和世家女子都被安頓在一旁，大夫正逐一察看他們的症狀，而他們的親眷好友們，還在憤怒地指責蘇藍氏，甚至將氣撒在了郭氏族學上。

「果然是狡詐的商人，為了賺幾個臭錢，把人命當成草芥，竟然敢將有問題的糕點拿出來招待我們！」

「往年的學子交流會從來就沒供應過茶點，不也是辦得好好的嗎？我就說怎麼今年輪到郭氏族學，突然改變了一貫的做法，竟然會與這些渾身銅臭的商人合作。原來給咱們吃的都是有問題的糕點，郭氏族學今年這是怎麼了，難道是一品香給了他們什麼好處，要不怎麼會……」

「對了，我方才注意到，好像出問題的都是咱們這些人，郭氏族學的學子們沒有一個有事，我有一個大膽的猜測，該不會是郭氏族學怕咱們贏了他們，讓他們沒面子，這才在茶點上做文章，把咱們都毒倒了，到時候他們就不戰而勝了吧？」

「不會吧，再怎麼說，郭氏族學在整個景和縣也算得上是頂尖的學院，往年培養出那麼多考上功名的學子。」

「你也知道那是往年，誰知道今年的教學內容如何？更何況，你別忘了，郭氏族學背後是誰做靠山，有郭老爺子在，科考考官遇上郭氏族學的考生，我就不信他們不會或多或少通融一下，給他們走後門！」

一連串的質疑被拋出來，方才還在責罵蘇藍氏的人，如今卻變成質疑郭氏族學在背後搞鬼，而且議論的聲音越來越大聲。

這下受到關注的不僅僅是甜心美食鋪的糕點品質問題了，還有郭氏族學多年的名聲。

郭老爺子原本鎮定地坐在上首，聽見這些議論，不由得面色鐵青。

在他旁邊坐著的是景溪書院的段院長，笑呵呵地安慰他。「郭大人何必動怒，等查清事情真相以後，這些人自然就會閉嘴了。」

郭老爺子掃了段院長一眼，沒吭聲。

景溪書院與郭氏族學是景和縣最優秀的兩個書院，只是形式不一樣，景溪書院是官辦，而郭氏族學是民辦，段院長能夠在景溪書院院長這個位置待這麼長時間，靠的不僅僅是他的實力，還有他背後的靠山——晉王。

多年來景溪書院的生員素質遠遠比不上郭氏族學，段院長多次遭受上面的訓斥，心裡早就對郭老爺子怨恨得緊了，但礙著他在朝中的地位，不敢動什麼手腳。

近幾年郭老爺子年紀大了，漸漸遠離朝中事務，安心在這偏遠小鎮休養，段院長對他的顧忌便小了許多，甚至敢背地裡搞小動作了。

如今景溪書院與郭氏族學學子之間的友好交流少得可憐，兩個學院的學子們若是湊在一起，只有不可調和的矛盾，而且越演越烈，甚至還影響到了書院夫子們。

如今在學子交流會上出了這事，段院長表面上安慰他，卻掩蓋不住他滿臉的幸災樂禍。

郭老爺子知道，今兒這事若是處理不好，段院長明面上不敢做什麼，但是背地裡肯定會落井下石，只要被他稍加引導，今日的事情定然會在民間發酵，到時候郭氏族學經營多年的聲譽就毀於一旦了。

段院長見他不說話，非但不以為意，反而笑意更濃，他端起旁邊的茶杯，打開杯蓋，聞了一下散發出來的甜香味，說道：「這奶茶還真是香甜，年輕人最喜歡喝這樣的飲品，若不是有問題，只怕我如今也會多喝幾杯，可惜了。」

他放下杯子。「也不知一品香的掌櫃是不是鬼迷心竅了，好端端的酒樓不做，做什麼奶茶和蛋糕，這下子將一品香的名聲也連累了，真是得不償失。」

他這一番不知是感嘆、還是嘲諷的話剛落下，就聽見身後傳來一道聲音。

「段院長好歹是景溪書院的領頭人，沒有證據就胡亂說話，這可不太好。」

這還是第一次有人敢用這樣的語氣和他說話。

段院長意外地挑了挑眉，轉身看見一男一女兩個年輕人走過來，男的丰神俊美，氣質超群，他一眼就認出是方才在交流會上出盡風頭的郭氏族學第一才子沈修瑾；而女的生得嬌俏動人，清冷的眼睛如同黑曜岩一般瑩潤，明明不過十四、五歲的年紀，渾身卻散發出一股沈靜的氣息，讓人忍不住眼睛一亮。

段院長從上到下打量了她一眼，方才那道聲音是女孩子的聲音，清脆悅耳，如今這女孩看著自己的眼神不太友善，想來方才那話就是她說出來的。

他又看了看沈修瑾，忽然就明白了。

眼前這小姑娘是沈修瑾的妹妹，也就是一品香的大廚、甜心美食糕點鋪的幕後東家。也是做出那批有問題的茶點的人。

他笑了。

「妳便是沈曈吧？今兒這蛋糕是妳做的？做得確實不錯，奶茶也好喝，可惜不知是不是材料出了問題，導致那麼多人吃壞了肚子。」段院長說道。

「段院長，您自己也說了，不知道是什麼問題導致的，既然不知道原因，就不要胡亂造謠。」沈曈認真地糾正他的話。「我方才已經提醒過您一次了，作為景溪書院的院長，您是學子們的榜樣，一言一行都會影響他們，若是連您都毫無根據地造謠生事，我想我大約能猜到，為何景溪書院培養的學子們這麼多年都比不上郭氏族學的原因了。」

「妳！」

一直以來，景溪書院都被郭氏族學壓在頭上，這是段院長的一塊心病，沈瞳毫不客氣地扎心，使得段院長臉上的笑容再也維持不下去了。

他沒想到這小姑娘看著年紀輕輕的，竟然這麼伶牙俐齒，面色一冷，便要出口教訓。旁邊的郭老爺子卻笑著按住他的肩膀，勸道：「欸，段院長，何必和年輕人計較，她還是個孩子，不懂事，不太會說話，你大人不記小人過，就不要和她計較了。」

段院長簡直要被郭老爺子給氣笑了。

他活了這麼多年，還第一次看見這麼大的「孩子」，郭鴻遠這老東西，當著這麼多人的面，這是提醒他要記住自己的身分，不要倚老賣老，和這些年輕人計較呢！

第四十五章

沈曈也忍俊不禁。

但她知道郭老爺子雖然有報復段院長方才幸災樂禍的意思，但更多的是在護著自己，免得自己得罪了整個景溪書院，往後不好過。

沈曈心中微暖，這個人情她在心裡牢牢記住了。

段院長自詡是個有身分的人，懶得和沈曈這樣的刁民耍嘴皮子，雖然對她方才的嘲諷暗暗不爽，但也不好再當著這麼多人的面和她理論。

贏了不光彩，還會被人說他仗勢欺人，要是輸了，那臉就丟大了，傳出去橫豎都不好聽。

他臉色鐵青，目光轉了轉，神色恢復了些，笑著說道：「小姑娘，妳說得對，老夫沒證據證明妳的茶點有問題，確實不該妄下定論；不過，今兒那麼多人吃了妳的茶點以後就出事了，你們是脫不了嫌疑的。妳既然一直強調你們的東西沒問題，那妳有什麼證據證明你們的清白？」

段院長聲音不大，但足以讓在場的人都聽見了。

整個院子中，幾乎所有人都看了過來。

從剛才段院長叫破沈曈的身分開始，已經有不少人神色不善地走過來，而此刻，這些人都放棄包圍蘇藍氏，轉而將沈曈包圍起來。

其中一個年輕學子雙眼通紅，神情激動地道：「段院長說得對，妳說你們的茶點沒問題，那妳要怎麼證明？」

這個學子穿著景溪書院的服裝，他的同窗有不少都昏迷不醒，其中還有他的親兄弟，這會兒他對甜心美食鋪和沈曈的惡意是最大的。他上前幾步，緊握著拳頭，目光中露出恨意，儼然一副沈曈若是不給個滿意的交代，他就要當眾動手的模樣。

沈修瑾蹙眉，將沈曈拉到自己身後護著，朝那名學子道：「郭夫子方才已經報官，一會兒自有官府的人來調查此案，到時候事情便會真相大白，你何必這麼著急？」

他認出這名學子是景溪書院的楊文，為人最是衝動好事，是個暴脾氣，一言不合就動手，是講不通道理的，為了防止他傷到沈曈，沈修瑾相當謹慎。

他的動作被楊文留意到，立即冷笑出聲，他以為攔得住自己一個人，能攔得住在場這麼多人嗎？

楊文指著沈曈，朝四周憤怒的人群說道：「大家別被他們糊弄了，誰不知道沈曈背後是蘇家，她和殷大人的關係還那麼親密，就算是告官了又如何?官府的人鐵定是向著他們的，咱們這些沒身分、沒地位的平民，在人家眼裡連個屁都不是，隨意打殺都可以，只怕一會兒官府的人來了，不是來查案的，而是來鎮壓咱們的！」

「對啊，沈瞳的背後，可是有官府的人，他們要是存心將今兒的事情壓下去，咱們的悶虧可就吃定了！」

「沒看連郭老爺子都沒追究沈瞳的責任嗎？方才還幫沈瞳說話，我說咱們怎麼只有今年的交流會供應茶點呢，原來是給這些狡詐的商人便利。」

蘇藍氏方才被眾人包圍的時候，還慶幸自己的閨女沒來，不至於正面承受這群失去理智的人的怒火，可沒想到下人見她被包圍，慌亂之下，到底還是將沈瞳找過來了，而這會兒，沈瞳也面臨了與她方才同樣的處境，甚至更嚴重。

蘇藍氏擔憂女兒被傷到，顧不上自己身上的傷，連忙開口。「住嘴，你們知道什麼！今兒的茶點供應，都是免費的，瞳瞳沒有收一個子兒！這些糕點和奶茶的成本比你們想像中的多，單單是一個上午供應的這些茶點，就足以比得上我一品香半年的進項了。

「瞳瞳辛苦準備了這麼久，選的都是最好的材料，挑的都是做工最好的糕點，就是為了今日讓你們可以品嚐到甜心美食鋪最好的糕點，送過來的許多糕點，甚至連店裡都還沒開始供應，而店裡每日限量供應二十杯的奶茶，今兒也無限給你們供應了，瞳瞳圖什麼，要這麼辛苦免費給你們供應這些！你們卻還要罵她狡詐，說她渾身銅臭！」

方才被罵得多狠，甚至還被打了，蘇藍氏都好聲好氣地和這些人解釋，絲毫沒有動怒，這會兒卻突然發飆，將在場的人都鎮住了。

最主要的是，這些人原以為沈瞳供應給交流會這麼多的茶點，必然賺了一大筆銀子，可現在他們才知道，原來沈曈並沒有從中賺取半分利潤。

那她圖的是什麼？

沈曈示意沈修瑾放心，從他身後走出來，對著一臉驚愕的眾人說道：「你們說得沒錯，我確實與郭老爺子關係親密，但這不是我花費這麼大的成本，給交流會免費供應茶點的主要原因，還有其他的原因。」

「我猜對了吧，她果然是有目的的。」楊文眼睛一亮，大聲道。

楊文聽見沈曈說免費供應茶點還有其他目的，立即像是發現了什麼一樣，揪著不放。

沈曈看了他一眼，冷淡地道：「這位學子，你的同窗們吃壞了肚子，你心裡著急，為他們擔憂，我可以理解你的心情；但是，你不能沒有證據就胡亂攀咬，否則，我有理由懷疑你不是想要真相，而是處心積慮要誣陷、搞垮我們。」

她頓了一下，挑眉問道：「我什麼時候得罪過你嗎？」

楊文一滯。

楊文和沈曈當然沒仇，但他和郭氏族學有，他今日的任務，就是要毀掉郭氏族學的百年聲譽，甚至要讓郭家身敗名裂。

身為一名學子，楊文曾經十分嚮往郭氏族學，他當年第一個要報的正是郭氏族學。

可惜，無論他如何努力，依然無法通過郭氏族學的入學考核，數次不得其門而入。

他屢敗屢戰，屢戰屢敗，結果沒有一次是理想的。

好幾年未能順利進入書院讀書，使得驕傲的他受到了左鄰右舍的嘲諷和鄙夷，而他好面子的父母更是被氣病了，硬逼著他放棄郭氏族學，轉而去景溪書院就讀。

然而因為他心中對郭氏族學的憧憬，始終不肯答應父母。

一次，他的父親終於被他氣得病逝了。

他的母親，更是一病不起，無臉出門面對左鄰右舍，也不肯原諒他的固執。

家中遭逢數次大變，都因楊文而起。

然而楊文卻不肯正視自己的問題，將一切的錯誤全都推給了郭氏族學，要不是郭氏族學高高在上，瞧不起他這種寒門學子，以他的優秀，怎麼可能無法通過考核？

於是，楊文就恨上了郭氏族學，以及所有與郭氏族學有關的學子和夫子。

尤其是郭家。

想起往事，楊文眼中恨意又湧起，深吸一口氣，冷冷地看著沈曈。「蘇小姐說笑了，妳是高高在上的官家小姐，和我們這種寒門學子沒有任何接觸，怎麼可能會得罪過我。我今日不是針對妳，而是針對給茶點下毒的人，若妳當真是無辜的，我們自然不會揪著妳不放。」

楊文這番話，得到了他身後其他學子們的贊同。

楊文得意地笑了笑。

沈曈輕笑。「既然如此，那我就暫且相信了，只是希望接下來我開口證明自己清白的時候，還請你不要再胡亂插嘴，擾亂視聽。」

沈曈這話說得毫不客氣，儼然在暗示楊文存心鬧事，目的不純。

此時，站在楊文旁邊一直沈默的蘇星華突然開口。

「堂姊這麼一說，我才想起來，楊文你方才口口聲聲說要為同窗們和你的親兄弟討公道，可是我記得他們昏倒的時候，你看都沒看過他們一眼，直接就揪著一品香的掌櫃不放，帶著大夥鬧起來了，你這確實不太像是關心同窗和親兄弟的樣子，倒更像是……」

經蘇星華這麼一提醒，眾人也回憶起之前的情形，確實如他所說，第一個帶著眾人鬧起來的，還真是楊文。

頓時，所有人看向他的目光都怪怪的。

楊文咬了咬牙，他下意識地看向段院長。

他這個動作十分隱秘，但沈曈卻在第一時間就注意到了，她目光動了動，隨即恢復正常，彷彿方才什麼也沒發現。

段院長手裡的茶杯險些掉在地上，連忙穩住，朝楊文投去一個隱晦的眼神，見楊文飛快收回目光，他才鬆了口氣，心裡暗罵楊文太蠢，兩、三句話就被鎮住了。

不過，蘇星華什麼時候和沈曈關係這麼好了？就算同是蘇家人，他當初不是還嚷嚷著和沈曈不共戴天的嗎？這會兒怎麼老老實實地叫堂姊了，竟還為對方說話。

段院長心裡嘀咕了幾句，不慌不忙地喝著茶，彷彿雙方之間的爭執對他造不成任何影響。

楊文被反駁得無話可說以後，便再沒人貿然打斷沈曈的話了，沈曈繼續方才的話題。

「諸位都知道，沈修瑾是我哥哥，郭氏族學將他培養成如今的大才子，若是能為郭氏族學做點什麼，我絕對是義不容辭，加上在交流會上供應茶點，還能將我們甜心美食鋪的名聲傳揚出去，讓甜心美食鋪將來的生意越來越好，這可是關係到甜心美食鋪未來的發展，我們若是在交流會上動手腳，以後還要不要開店了？名聲和口碑還要不要了？更何況，諸位都看見，我哥哥可是也吃了茶點的，難不成我連他的性命也不顧了？」

沈修瑾聽著沈曈誇自己是「大才子」時，唇角微勾了勾，目光灼灼地望著她。

等她說完，他站出來說道：「眾所周知，我妹妹的廚藝一絕，莫說在景溪鎮，哪怕是整個大盛朝，都罕有敵手，而她對食材的瞭解，更是沒有人能與她相提並論。她若是想對你們動手腳，能讓你們在神不知、鬼不覺中就喪失了性命，而你們恐怕連死都不知道自己是如何死的，絕不會用如此蹩腳的手段。」

他想起當初在山匪窩裡，沈曈是如何利用黑木耳來克敵的情形，輕笑一聲。

「若我沒親眼見識過，絕不會想像得到，同樣一種食材，用不同的烹調方式做出來，有些是絕頂的美味，有些卻是致命的毒藥，相信你們也一樣。」

眾人面面相覷，只覺得他說的話簡直荒謬至極。

「沈修瑾，你是她哥哥，你當然護著她！不就一個上不得檯面的廚娘而已嗎？至於誇得天上有、地上無的？你們兄妹倆還真有意思，當著咱們這麼多人的面互相誇讚，還要不要臉了！」有人不服氣地道。

沈曈也覺得耳根熱熱的，被沈修瑾當著這麼多人的面誇成這樣，莫名覺得羞恥。

她正想說什麼，卻被沈修瑾攔住了。

沈修瑾看向說話的那人，問道：「那你可知，黑木耳是什麼？」

對方被他問住了，愣在那裡。「什麼黑木耳，如今說的是茶點的問題，你別轉移話題。」

沈修瑾笑了笑，將目光投向其他人。「在座可有誰知道黑木耳的？」

在場的不少學子和世家小姐，曾經光顧過一品香，有幸嚐過沈曈做的魚香肉絲，知道所謂的黑木耳就是魚香肉絲裡面那黑糊糊的東西，當即就有人回應。

「黑木耳怎麼了？那玩意兒我吃過，確實好吃，不過不知道是從哪裡來的，從前也沒聽說過咱們大盛朝有這種菜啊！」

說起吃的，這群人立馬就想起了一品香那些美食，頓時話題直接被扯遠了，一群人流著口水討論起一品香的各種菜色。

氣得楊文內心狂罵。

一群吃貨，現在是討論美食的時候嗎?!

眾人被美食轉移了注意力，楊文氣得想吐血，連忙提醒他們。

眾人這才想起來，這會兒最重要的是揪出在食物中動手腳的人，而不是討論什麼美食。

更尷尬的是，他們方才還在討伐沈曈聯合一品香下毒害他們，這會兒卻忘了雙方立場，開始誇讚起一品香的美食了。

一時間，眾人面面相覷，尷尬得手腳都不知道該如何放了。

沈曈忍俊不禁。

民以食為天，果然不管是在現代，還是古代，都是一樣的，吃貨的關注點從來都與一般人不同。

眼見眾人沈默，楊文知道指望不上他們了，又不甘心就這麼讓沈曈將話題轉移開來，方才明明形勢大好，只要運作得當，就能讓郭氏族學和一品香、甜心美食鋪都大大栽一個跟頭，誰能料到竟然會變成現在這般境地？

楊文握了握拳頭，指節發白，正要開口說話，沈修瑾掃了他一眼，搶先開口。

「從方才你們的反應來看，在座諸位有不少人都吃過黑木耳。這黑木耳，是生長在木頭上的，在此之前，整個大盛朝沒人知道它是能吃的，然而，曈曈卻將其做成了一道餐桌美味。可是，這道美味的黑木耳若是少了一、兩個料理步驟，卻會從美味變成毒藥，諸位都沒想到吧？」

眾人譁然，驚愕地看著沈修瑾。

「不會吧，黑木耳竟然有毒？」

沈修瑾笑了笑，看向沈曈。

沈曈親自出來解釋道：「黑木耳雖然是進補佳品，美味爽口，可是若處置不當，確實有毒性。」

沈曈解釋完以後，又道：「對於廚師來說，在烹飪一道美食前，必須先瞭解食材的特性，做到了然於胸，才能最大地發揮出食材的亮點，將美味做到極致，所以，對於各種食材的不同特點，我們都會事先瞭解，不瞭解的食材，是不會貿然料理的。同理，一名負責任的廚師，對自己做的料理也不會胡亂應付，更不會為了一點利益就濫用品質不好的食材，做出危害食客性命的食品。

「誠然，在諸位看來，我們是唯利是圖的商人，只是上不得檯面的廚子，除了混口飯吃，也沒什麼追求了；然而，你們不能否認，這世上還是有不少廚子，他們對自己做出來的美食，也是有感情的。能做出讓食客滿意的絕頂美食，我們也會為此而感到驕傲，甚至不惜付出許多努力達到這一點。」

她頓了頓，看了一眼人群中的某個學子，笑道：「三百六十行，行行出狀元。正如諸位學子，你們的職業是學生，工作是讀書，而我們的職業是廚師，任務是讓每一個食客吃上自己做出來的美味。你們有你們的抱負，我們也有屬於自己的追求，也想讓食客們享受到自己努力的成果。這世上並沒有哪一個行業，是低人一等的，別忘了，你們的吃穿住行，都要依靠被你鄙夷的那些『下等人』，若是沒有他們付出的勞動，你們也無法安心在書院中讀書。」

人群中那名學子羞愧地低下頭。之前怒罵沈曈是上不得檯面的廚子的人正是他。

隨著沈曈這一番話說完，院子內安靜得落針可聞。

雖然有大部分人並不贊同沈曈的話，甚至對她的話嗤之以鼻，但沈曈的伶牙俐齒，他們都見識到了，若沒必要，他們並不想站出來當靶子。

沒看見方才連楊文都被她反駁得話都不敢說嗎？

沈曈對眾人的反應十分滿意，抬手召來幾個蘇家下人，吩咐了他們幾句，隨後朝眾人說道：「大夥是吃了我們甜心美食鋪的茶點才出事的，若當真是我們的問題，我們絕對不會逃避責任。如今衙差還沒到，想必是路上耽擱了，在他們趕來之前，我想請你們選出幾位學子作為代表，跟我去一趟甜心美食糕點鋪的後廚，讓你們親眼看看我們的食材和糕點師傅們的工作流程，若是發現任何問題，歡迎指出，我絕不推託。」

眾人面面相覷，沒人相信沈曈會願意這麼無私地將自己的商業秘密暴露給他們看。

沈曈笑道：「你們不是懷疑我用了有問題的材料嗎？如今我給你們機會親自調查，怎麼都不願意？放心，這次是突擊調查，我不會派人去通知，所以你們不用擔心他們提前做準備，平常是什麼樣，今兒他們就還是什麼樣幹活。我是商人，要賺錢的，做這些小動作對甜心美食鋪日後的發展沒好處。」

第四十六章

「行，那我們就去看看。」

「對，蘇小姐不愧是景和縣第一廚，就是痛快，既然妳不介意商業秘密洩漏，那我們也沒什麼好顧忌的，去就去。」

事實上，甜心美食鋪的糕點確實好吃，眾人吃過以後，都起了極大的興趣，要不是今日出的這事，他們也不會懷疑沈曈。

這會兒沈曈坦坦蕩蕩地邀請眾人去參觀後廚，他們已經有大部分的人都相信沈曈與這事無關了，哪還有不樂意的？

其中也有一部分人聽見可以參觀糕點師的工作流程，目光閃爍，已經開始琢磨著要仔細看糕點師的操作流程，偷學他們做糕點的手藝和配方了。

於是，不管抱著什麼目的，幾乎所有人都躍躍欲試。

可是想去的人太多了，全都去是不可能的，這麼一來，選誰去，又是一個大難題了。

眾人爭吵了一陣，有一部分學子甚至都打起來了，半晌都沒決定好人選。

這時，一直假裝透明人的郭老爺子終於動了，他站起身，抬手讓眾人安靜下來，嚴肅地道：「諸位都是我大盛朝的棟梁之才，如此吵吵鬧鬧，成何體統？不過就是幾個名額罷了，我看就……」

段院長將茶杯放下，也站起身來，走到他旁邊笑呵呵地道：「郭老爺子言重了，年輕人嘛，吵吵鬧鬧的才有朝氣，像咱們這樣半截身子入了土的人，才要穩重些。」

說完，他也不管郭老爺子的面色如何，對眾人說道：「我看啊，你們也不用吵了，今兒參加交流會的學子們，都是咱們景和縣的，來自十幾個不同的書院，就從排名前十的書院中，各選一名出來吧，這樣才公平。」

段院長說完，朝楊文使了一個眼色，楊文立即會意，大聲道：「段院長說得對，咱們各自從不同書院中挑出一個來就好，誰都不用爭。」

段院長的提議，沒人反對。

郭老爺子原本也是打算這樣提議，見狀，雖然知道段院長打什麼主意，但他也沒說什麼，於是就這麼定下了。

一刻鐘的工夫，各學院就挑選出代表，幾乎都是學院中公認的第一才子，除了郭氏族學。

因為排名第一的沈修瑾與沈曈本就關係親密，排名第二和第三的裴銳和郭興言也主動提出避嫌，因此，郭氏族學選的是排名第四的學子。

沈曈留意了一下，景溪書院的代表看起來眼熟，竟然是李明良。她皺眉，李明良若是能在景溪書院公認第一，當初又怎麼可能會無法通過郭氏族學的入學考核？

郭氏族學的要求就算再高，也不至於高到將整個景溪書院都壓在底下吧！

沈曈在心裡暗暗提防著，吩咐蘇家下人仔細留意李明良的一舉一動，之後，就帶著這十幾個人一同前往甜心美食糕點鋪。

甜心美食糕點鋪的店址就在原楊家酒樓，楊洪當初入牢，為了能夠出獄，與沈曈達成了協定，他配合沈曈演戲，假裝投入秦掌櫃等人的旗下，並聯合秦掌櫃對付沈曈；然而誰都不知道，他已經將楊家酒樓轉讓給了沈曈。

在楊洪與秦掌櫃等人「聯手」的時候，明面上楊家酒樓因為被封而無法開業，實際上，內部早已經偷偷裝修一新，因此，今日一早才能掛上甜心美食鋪的招牌，正式開業。

因為甜心美食糕點鋪的門前正好是美食節的中心地段，學子們跟在沈曈身後，一路行來，被洶湧的人海震驚了。

他們先前為了參加學子交流會，都是一大早就直奔郭氏族學的，並不知道這裡竟然舉辦了一個美食節的活動，這會兒看見滿街的人群以及攤販上擺著的各色美食小吃，再聞到各種食物的香味，口水都忍不住要流出來了。

沈曈回頭看見他們又震驚、又渴望的神色，笑了笑。「第一屆的景溪鎮美食節將會舉辦三天，今兒是第一天，還有兩天半呢！你們不必著急，有的是時間可以好好品嚐這些美食。」

大盛朝百姓的娛樂活動並不多，一般情況下，只有到年節的時候才會舉辦各種活動，而且大多是民間的廟會或者官方舉辦的一些賽事活動，對於這些學子來說，已經沒什麼新鮮感了。可是今兒這美食節就不一樣了，以美食作為主題，販售的都是各家攤販、店鋪裡面最招牌的美食，為了招攬客人，也為了給自己家的店鋪打廣告，他們做得精緻，價格又低廉，簡直是美食的天堂。

瞧這滿街的人群就知道有多受歡迎了。

學子們按捺住好奇心，一步三回頭地跟著沈曈進了甜心美食糕點鋪。

後廚裝修得寬闊明亮，打理得乾淨整潔，還蓋了好幾個高大的烤爐，料理檯上擺放著許多蛋糕模型和烘焙材料，還有不少半成品。

由於糕點銷量太好，外面還有一大堆排隊訂購的，糕點師們忙得熱火朝天，根本就沒空閒休息，因此，也沒注意到沈曈帶著一大群人進來了，只自顧做著自己負責的糕點，十分認真。

整個後廚安安靜靜，只聽得見廚師們手中工具的輕響以及烤爐發出的柴火燃燒聲音。

學子們一看見這樣的場景，說話的聲音漸漸變小許多，直到最後，全都自動自發地安靜了下來，開始認真地觀看糕點師們的工作。

沈曈原本打算在他們參觀的時候出聲解說一下他們的疑問，這會兒見他們安靜成這樣，看得認真仔細，笑了笑，只能由著他們去了。

直到有學子盯著糕點師們的動作，忍不住被他們做出來的成品驚豔，出聲詢問製作原理，整個後廚才突然有了說話聲。

糕點師皺眉，這才注意到後廚竟然不知何時進來了這麼多外人，立即沈下臉來。

「你們是何人？這裡不許外人進來，趕緊出去，否則，我便報官了！」一名糕點師厲聲道。

「黎叔，不用緊張，這些人都是書院的學子，他們想參觀咱們糕點鋪的後廚，不會打擾到你們，你們忙自己的就可以了。」沈瞳連忙解釋。

黎叔這才發現沈瞳也在，神色緩和了些。「原來是小姐帶回來的客人，您是何時回來的，學子交流會這麼早就結束了嗎？」

李明良突然陰陽怪氣地哼了一聲。

黎叔是桃塢村人，原本只是一個沒讀過書的莊稼漢，家裡經常飽一頓、餓一頓的，他和李明良的父親是多年好友，好幾次過不下去了，李老爺子都會主動拉他一把。

因此，李明良對黎叔相當看不起。

這會兒看見平時困頓得像乞丐一樣的中年莊稼漢，居然搖身一變成了沈瞳店裡的糕點師，瞧這架勢，似乎地位還不低，說話派頭很足，李明良不由有些不是滋味。

他將黎叔從上到下打量了一眼。「黎叔，你怎麼變成糕點師了，家裡的地不種了？難怪有好些日子沒見你上我家去了，看來如今混得不錯。」

黎叔這時候才發現李明良竟然也在，聽見他意味不明的嘲諷，臉色青了青，但到底念在李老爺子的面子上，沒和他計較。

沈曈卻沒那麼好的脾氣，她不客氣地道：「李明良，今兒我帶你們進來，不是讓你來挖苦我的員工的，你作為景溪書院的代表，可以就我店裡所有糕點以及工作流程提問，只要不涉及商業機密，我們都會知無不言，言無不盡，但若是來找碴的話，那就恕不奉陪了，我很忙，沒工夫應付無理取鬧的閒雜人等。」

沈曈先前面對其他學子的時候，都很客氣有禮，眾人還以為她沒脾氣，這會兒陡然看見她對李明良發作，立即安靜了下來。

不過李明良確實做得不對，因此也沒人覺得沈曈是藉機發作。

幾個學子充當和事佬，勸李明良不要鬧事，畢竟他們今兒是來做客的，人家不怕洩漏機密，好心帶他們來參觀，他們不能不懂禮數。

李明良原本還想說什麼，但是看見沈曈招來了幾個人高馬大的員工，似乎是打算只要他一開口就將他扔出去。

他想了想，還是老老實實地閉嘴了。

他才進來沒多久，還沒達到自己的目的，可不能就這麼被扔出去了。

眾人見狀，紛紛鬆了口氣，繼續四處參觀糕點師們的工作，以及一些設備和工具。

李明良也看似很認真地四處觀察。

然而沈曈卻不會認為他真的就安分下來了，她吩咐那幾個員工繼續留在後廚，盯著李明良，只要他有任何異動，絕不手軟，直接抓起來。

吩咐完這些，她見學子們似乎沒什麼問題要問她，自己閒著無事，便問了一下店裡今兒賣出了多少糕點。

得到的答案嚇了她一跳。

「回小姐，今兒上午咱們開張不到半個時辰，店裡所有的糕點都已經銷售一空，要不是糕點師們馬不停蹄地繼續做，只怕如今外面的隊伍還會更長。」那員工與有榮焉地感嘆了一句，又拿出一疊厚厚的訂單。「這些都是客人們的訂單，我算了一下，至少有好幾十萬兩銀子的進項呢！」

沈曈驚訝。「這麼多？」

她預料得到這些糕點會受到大盛朝百姓們的歡迎，但沒想到會這麼瘋狂，秦掌櫃他們不是偷了配方，提早一個多月推出一些普通蛋糕了嗎？就算自己店裡的糕點比秦掌櫃那些還要精緻美味，但對於普通百姓來說，他們會更喜歡便宜的，至於味道和裝飾上的一點點差異，他們不會太在乎。

員工笑道：「小姐，您忘了？秦掌櫃和那些支持他的掌櫃們已經被抓進牢裡，如今他們店都封了，咱們今兒是第一天開業，又有折扣優惠。」

沈曈拍了拍額頭。「對，我險些忘了。」

她看了看後廚裡糕點師們忙碌的身影。「好在不少糕點都是限量供應，賣完即止，否則，這些糕點師們只怕還要更忙，看來只有這幾個糕點師還不夠，還要再多培養一些，不然這些訂單只怕無法完成。」

她想了想，吩咐員工去找陳齊燁，讓對方幫忙找一批信得過的人，自己還要再培養一批糕點師。

之後，沈曈挽起衣袖，也加入了糕點師們的工作。

學子們見她和其他糕點師一樣，戴上乾淨的廚師帽，披上雪白的廚師服，立即意識到什麼，連忙都圍了過來。

「蘇小姐。」一名學子問道：「妳這是打算親自做糕點嗎？」

沈曈將手放進水盆裡，仔仔細細地洗乾淨，點頭道：「訂單太多，人手不夠，糕點師們忙不過來，我來幫他們，順便讓你們看看，我們的整套糕點製作流程是怎樣的。」

「太好了，那我們有眼福了。」

「對啊，聽說蘇小姐可是咱們景和縣第一廚呢！廚藝一絕，糕點也是一絕，今兒有幸看見她露一手，也算不枉此行了！」

學子們立即興奮起來，說實話，方才他們進來看到糕點師們認真工作的模樣，確實很震撼。畢竟他們有些人都曾經見過大酒樓的後廚是如何工作的，但從來沒見過這樣乾淨整潔的後廚，也沒見過連工作服都要配套，並且漿洗得雪白發亮的，看見這樣的後廚和糕點師，他們就算想懷疑甜心美食鋪的糕點有問題的心思都生不出來了。

畢竟今日所看見的每一個細節都告訴了他們，甜心美食鋪絕對乾淨又衛生，原材料也無比新鮮。

擁有這樣一個後廚的糕點鋪，可見糕點師們都是有責任心的人，怎麼可能會做出有問題的糕點？

所有人都已經相信郭氏族學的學子中毒事件與甜心美食鋪無關了。

眾人正津津有味地欣賞著沈曈製作蛋糕的過程，後廚突然傳來一聲厲喝。

「李明良，你在幹麼?!」

眾人轉身，就見黎叔面色鐵青，怒視著李明良。

李明良不知何時站在擺放著精緻蛋糕的成品架前，手裡拿著一包藥粉，正鬼鬼祟祟地往蛋糕上灑。

黎叔氣勢洶洶地大喝一聲，將李明良嚇了一跳，他手一抖，手裡的藥粉掉下來，灑了一地。

他連忙蹲下去撿。

黎叔大步走向李明良，動作比他還快，迅速將他手中的東西搶了過來。

李明良面色微變，伸手去搶。「你幹麼？把東西還給我！」

黎叔避開他的動作，一手攥著那包東西，另一隻手緊緊抓住李明良的手，用力將手扭在他的身後，李明良痛得面色扭曲，被他踹了一腳，踉蹌著撲向面前的工作檯，整個身體的上半部分以及臉部都貼在檯面上，幾乎動彈不得。

其他的糕點師如夢初醒，也趕緊衝過來幫黎叔按住李明良，不許他逃了。

黎叔失望地看著李明良，將那包東西伸到他眼前，質問他。「這是什麼東西？你將這東西灑在我們的蛋糕上，意欲何為？」

李明良目光閃爍，嘴硬道：「我不知道你在說什麼，這東西又不是我的，你少冤枉我！」

黎叔不死心，語氣緩和了些，輕聲說道：「明良，我和你爹是多年好友，你也是我從小看到大的，你什麼秉性我還不清楚嗎？看在你爹的分上，只要你老老實實交代清楚，這東西是什麼，誰派你來的，要對我們店做什麼。」

「呸，你放屁！」李明良不屑，啐了一口。「黎叔，你也好意思說你和我爹是好友，既然是好友，那你為何要當著這麼多人的面誣衊我？這包東西是你自己的吧！誣衊我對你有什麼好處？莫非你才是這包東西的主人，你……」

「你！」黎叔被李明良反咬一口，氣得說不出話來。

沈曈拍了拍他的肩膀。「黎叔，你別動怒，免得氣壞了身子，讓我來問問他。」

沈曈拿過黎叔手裡的東西，詳細打量了一下，接著走到李明良的面前，面無表情地道：

「李明良，你確定不說？」

李明良被幾個糕點師按著，全身上下只有嘴巴能動，他看見沈曈走過來，想抬起頭，可是卻被糕點師用力按住腦袋，只能屈辱地將臉貼在沾滿麵粉的檯面上。

他忍了又忍，才將心頭的屈辱和憤怒壓下，說道：「沈曈，我知道我以前的所作所為讓妳很生氣，妳對我有誤會也是正常的，可妳不能因為以前的恩怨，而對我有偏見，處處針對我，誣衊我。妳店裡的員工出了問題，妳該查的是他們，不該是我。」

沈曈冷笑一聲。「好，你口口聲聲說這包東西不是你的，說是黎叔誣衊你，那你告訴我，你如何證明？還有，你若不是想打什麼鬼主意，為何會趁著大家不注意，鬼鬼祟祟地跑到蛋糕架前？」

李明良目光轉了轉，想都不想就道：「這不能怪我，我是看妳店裡的蛋糕做得實在是太精緻了，聞著又香，實在是被勾起了饞蟲，情不自禁就走到那邊去，真的不是故意的。至於那包東西，清者自清，你們若是不信我，我說什麼都白搭。」

他陰陽怪氣地道：「方才從我進入你們店裡開始，你們就看我不順眼，處處針對我，就你們這樣像防賊一樣防著我，我若是想做什麼，又怎可能得逞？我又不是傻子。」

方才被沈曈勸住的黎叔，忍無可忍地怒道：「李明良，你方才的一舉一動，我都看在眼裡，你別以為你有一張鼓舌如簧的嘴，就能顛倒黑白了！你怎麼會變成如今這副模樣，真是讓我太失望了！」

第四十七章

眼看李明良依舊嘴硬，一副行事光明磊落，一點都不心虛的模樣，其他的學子們畢竟也沒親眼看見李明良的鬼祟舉動，再加上之前李明良和黎叔之間確實發生了齟齬，一部分人其實更傾向於同樣是讀書人的李明良，而不信黎叔的一面之詞。因此，學子們猶豫片刻，紛紛開口為李明良說話。

「蘇小姐，說不定只是誤會一場，李兄今日是為了調查學子中毒的事件而跟著我們一道來的，他應該不至於會做出對你們不利的事情來。」

「對啊，蘇小姐，李兄畢竟是景溪書院的學子，他有功名在身，不會做這種自毀前程的事情，會不會是這位黎叔看錯了？」

沈曈給了黎叔一個安心的眼神後，朝李明良說道：「李明良，我再給你最後一次機會，這包東西是什麼？」

李明良咬牙，不吭聲，顯然是打定主意不鬆口了。

「行，你不說，我自有法子讓你開口。」沈曈徹底失去耐性。

她的目光掃了一眼料理檯，找到一碗沒用過的清水，將手裡的那包東西打開，將裡面的粉末全都灑進水中，胡亂攪拌一下。

當著眾人的面做完了這些，她端著這碗加了料的水，走到李明良的面前，示意糕點師們將他的上半身拉起來。

李明良總算可以抬起頭，面對面與沈曈對視。他剛被糕點師們粗魯地拉起來，還沒站穩，就看見沈曈端著一碗水朝他走過來，一臉地不懷好意。

他內心咯噔一聲，目光掃向被丟在地上空空如也的藥包，已經猜到了沈曈的意圖。

他猛地掙扎起來。「沈曈，妳、妳想幹麼？我警告妳，妳別亂來。」

「你猜我想幹麼？」沈曈走近李明良，讓糕點師們按穩他，其中一個糕點師捏住李明良的下巴，讓他張開嘴。

李明良慌了。

「沈曈，妳不能給我喝這個！不行，這東西不能喝，妳不能給我喝這個，否則……」

然而，不管他如何掙扎和怒吼，沈曈都不理他。

這時候，方才為他說話的學子們，從他的驚慌失措中儼然明白了什麼，若那東西真不是他的，他何必如此反應？

但畢竟都是學院的學子，他們不可能眼睜睜看著李明良被灌下那碗來歷不明的東西，立即有人站出來勸說。

「蘇小姐，妳別衝動，先冷靜下來，濫用私刑可是違法的。」

「對啊，蘇小姐，就算李明良真的做了什麼，妳也不能讓他喝那東西，萬一出了什麼事，到時候妳也會被抓起來的，得不償失啊！」
沈瞳對眾人的勸說充耳不聞，不慌不忙地將碗送到了李明良的嘴邊。
李明良眼看她的手微微傾斜，下一秒碗裡的東西就要灌進他喉嚨了，他連忙大喊。
「是段院長！段院長讓我做的！他讓我將這包藥下在你們的蛋糕裡，只要你們的蛋糕被查出問題，他就可以藉機煽動百姓的情緒，說你們甜心美食鋪與郭氏族學聯手，毒害人們的性命，草菅人命！
「段院長最主要的目標是郭氏族學，只要郭氏族學倒了，景溪書院便能順利成為景和縣第一書院，也能接收郭氏族學的優秀生員，而郭大人名聲受連累，在朝中定然會失去號召力，到時候，就無法再與蘇家和侯府聯手對付晉王了。」
李明良脫口而出的證詞，讓在場眾人都嚇了一跳。
此事竟然牽扯到了晉王，如今朝中官員明面上不管如何，背地裡卻是分成了兩派，不少敏感的人早已察覺到了端倪。
可是萬萬沒想到，朝中這些爭權奪利的事情，竟然也會牽連到書院。
晉王的手還真長，遠在盛京，竟然將手都伸到了景和縣的書院裡來。
與晉王關係密切的朝中官員或世家何其眾多，如段院長這樣為晉王兢兢業業效力的人絕對不只一個，誰又能想到，在景和縣以外的其他地區的書院，是否也有晉王安插的人手？

讀書人所待的書院，也成為了任某些人擺布的棋子。

不少人因此想到了更多，不由得臉色蒼白。

「該說的，我都說了，妳可以放了我了吧？」李明良說完，怒視著沈瞳。

沈瞳的手頓了頓，冷笑一聲。「放心，我當然會放了你。」

她毫不猶豫地捏住他的鼻子，將手中這一碗水給他灌了進去。

「咳咳，沈瞳，妳個賤人！」李明良嗆得不停咳嗽，心裡恐懼極了，段院長給他的時候，可沒告訴過他那包藥究竟是什麼東西，若是毒藥，他恐怕今日就要命喪於此了，他恨恨地怒罵沈瞳。「妳這個毒婦！」

「我向來說話算話，說要放了你，就一定會放你。」沈瞳說道：「不過，今兒這事還沒完。」

糕點師們鬆開李明良。

「嘔！」李明良瘋狂地用手指摳挖喉嚨，不停地往外嘔吐，企圖將胃裡的毒水吐出來。

不知是不是心理作用，李明良總覺得毒藥好像已經起作用了，他感覺渾身不舒服，他神色驚慌，飛快地衝出去，打算去找大夫給他解毒。

幾個糕點師見狀，想攔他，然而此時的李明良，求生慾望達到了極致，瘋狂起來壓根兒沒人制得住他，更何況糕點師們顧忌著整個後廚的設備和烘焙材料，因此，沒能攔住他，讓他成功逃脫了。

看著糕點師們不甘心的表情，沈曈笑道：「沒事，他跑得了初一，跑不了十五，咱們店門他都出不去的。」

幾個學子猶豫片刻，小心翼翼地問道：「蘇小姐，妳方才給李明良喝的那個……」

沈曈拿出一包藥粉。「不用擔心，真正的藥粉還在我手裡，方才只是嚇他的，他喝下的是一碗普通的生水而已，唯一的害處就是會讓他拉肚子，要不了他的命。」

殺人是什麼罪名，她心裡清楚得很，她可不想為了懲罰李明良這種渣滓，把自己的小命也搭進去。

沈曈話音剛落，門外就響起了不小的動靜。

李明良憤怒的聲音傳來。

「你是誰？放開我！沈曈，讓妳的狗放開我！妳這是想殺人滅口嗎？我可是有功名在身，妳若當真動了我，官府不會放過妳！別以為妳有個當官的爹，妳就可以無法無天了，殺人償命，妳若當真動了我，我就不信妳爹真能護得住妳！」

眾人轉身看去，李明良被沈落揪著走進來，滿臉屈辱與驚怒。

方才他瘋狂逃出去時，還沒走出甜心美食鋪的大門，就被守在外面的沈落攔住，對方二話不說就將他直接扭送回來。

沈落點了李明良的穴道，將他扔在地上，朝沈曈行了個禮。「小姐，幸不辱命。」

沈曈朝他點了點頭。「麻煩你了。」

沈落搖頭。「不敢，小姐下次再有吩咐，但說無妨，小的告退。」

他說完這話，轉身出去了。

後廚頓時安靜下來，氣氛微妙。

學子們面面相覷，想起方才李明良說的話，神色複雜。

段院長好歹是景溪書院的院長，為人爽快，在整個景和縣的名氣並不比郭老爺子的小，可他為了陷害郭氏族學，竟然在背地裡派人做出這樣卑鄙的勾當，簡直是難以想像。

而他背後竟然是晉王，若不是親耳聽見，他們都不敢相信。

李明良以極其難看的姿勢躺在地上，一動也動不了，憤怒地吼道：「沈瞳，妳說過會放了我的！」

可惡，他喝了那一碗毒藥，若是不趕快解毒，只怕小命難保。

沈瞳笑道：「我方才不是放了你嗎？是你自己運氣不好，再次落在我手裡了，這可怪不得我。」

笑話，李明良受了段院長的指使來甜心美食鋪下毒，企圖陷害她和郭氏族學，這可不是一件小事。

當場捉住，人證、物證俱在，扭送到官府，就是鐵證如山，誰也翻不了身。

若是真的讓李明良逃了，段院長知道毒計失敗，提前有了準備，以他的狡猾和能力，想要將自己撇清關係，顛倒黑白，是一件極其簡單的事。

所以，沈曈從一開始就沒打算放了李明良。

「妳！」李明良面色鐵青，目光閃爍片刻，之後不知想到了什麼，又恢復了平靜，語氣討好地道：「曈曈，好歹咱們從前有過婚約，就算妳對我沒了感情，也不用這般無情，要將我趕盡殺絕吧？我不是故意要陷害妳的，都是被逼的，若不是段院長用我爹來威脅我，我怎麼可能願意幫他陷害妳？我爹好歹曾經救過妳爹，妳就算再恨我，好歹也看在我爹的面子上，饒了我這回吧？再說，那毒藥我不是還沒灑下去就被妳發現了嗎？妳如今壓根兒沒有什麼損失，何必與我計較呢？」

這話說得，可真是夠無恥的，沈曈怒極而笑。

「合著你最無辜，我店裡的顧客就活該被你下毒毒害？要不是黎叔發現得及時，只怕等出了事，你就是第一個跳出來鬧的吧？如今倒是知道求我放過你，可若是換做我落在你手裡，你到時候可會放過我？」

李明良被沈曈一番話質問得啞口無言。

沈曈冷著臉讓人去報官。

不一會兒，縣衙的衙差很快就趕了過來，還是蘇昊遠親自帶過來的。

聽說女兒的店裡出了事，他顧不上別的，飛快地趕了過來。

「曈曈，乖女兒，妳沒事吧？」蘇昊遠拉住沈曈的手，上下打量。

沈曈無奈，自從認了爹娘，他倆就一直將她當成易碎的瓷娃娃一般緊盯著，無時無刻都在擔心她會受到什麼傷害。

她搖頭。「爹，我沒事，是店裡出了點事。」

「沒事就好。」

蘇昊遠見她身上確實沒有傷，看著臉色也還好，鬆了口氣，他掃了一眼四周，沒看見被捆起來、扔在角落裡的李明良，只看見一群糕點師和學子們愣愣地望著自己。

他皺眉道：「是這群學子來店裡找碴？閨女別擔心，爹馬上讓人將他們抓進大牢！」

學子們目瞪口呆地看著這一幕，這、這這這還是他們認識的那個蘇昊遠蘇大人嗎？怎麼除了長相一模一樣以外，整個人彷彿被調包了？

學子們是見過蘇昊遠的。

因為蘇昊遠畢竟是大盛朝有名的才子，當年還曾經是一屆狀元郎，而他考上狀元是憑著自己的真本事的，甚至為了防止有人為了巴結蘇閣老，故意給他方便，他在書院曾經一度隱姓埋名，就算是日夜同吃同住的同窗好友們也是在他考上狀元後才知道他的真實身分。

蘇昊遠進入朝堂後，蘇閣老不但沒有利用自己的職業之便對他開任何後門，反而處處打壓他、磨鍊他，而蘇昊遠也沒辜負他的期望，一一地挺了過來，並且得到皇帝的寵信，一時風頭無二。

要不是上面有蘇閣老壓著，且蘇昊遠近幾年一直謀求外放，四處尋找自己失散多年的女兒，只怕他如今早就位極人臣了。

蘇昊遠的這段經歷，在整個大盛朝是一段佳話，也因此，他是大盛朝許多讀書人最崇拜的人。

蘇昊遠這次被皇帝任命為特使，前來景溪鎮辦案，前腳剛離開京城，景和縣就已經收到消息了。當時幾乎整個景和縣的書院院長與夫子都收到學子們的上書，請求書院出面，邀請蘇昊遠，讓學子們可以一睹他的風采。

蘇昊遠不管私下裡如何，但在外面，還是十分嚴肅的。

因此，在學子們的印象中，蘇大人是一個文采風流的大學子，也是一個穩重成熟、嚴肅認真的長輩。

按照他們的想法，像蘇大人這樣嚴以律己、剛正不阿的大人物，在對待子女的教育方面，一定也是相當嚴格，就算不是，至少也是不苟言笑才對。

可眼前的一幕，直接讓他們傻眼了。

傳聞中剛正不阿、斷案如神的蘇大人，竟然一來就不分青紅皂白地要將他們打入大牢？

這真的是蘇大人？別是被鬼上身了吧？

眾人被震撼了。

當然，蘇昊遠就算是再寵溺沈曈，也不會糊塗到如此誇張，問都不問就抓人。

更何況，讀書人在大盛朝是有特權的，就算是犯了事，只要沒有證據確鑿，他們的特權依然存在，不能以等閒犯人視之。

他說笑了一陣，便認真地詢問起事情的來龍去脈。

沈瞳指著地上的李明良，將先前發生的事情一五一十地說了。

「原來如此，難怪一個時辰前，殷明泰那老傢伙便匆匆忙忙地帶著人跑了出去，看來是去郭氏族學了。」蘇昊遠招手讓衙差將李明良拿下，隨後，將沈瞳遞過來的藥包交給隨行的一名衙差檢查，那衙差只聞了一下，就認出是什麼了。

「大人，這不是毒藥，不過也差不多，不致命，對人體的損傷也不算大，卻很能折騰人，因為它能讓人連續十多天上吐下瀉，嚴重者至少會陷入昏迷好幾個月。」

真是好毒的心思。

若是今日讓李明良得逞了，這蛋糕一賣出去，吃過的客人們連續被這症狀折騰大半個月、甚至幾個月，如此痛苦，往後甜心美食鋪想繼續開下去，只怕是絕不可能的了。

沈瞳目光一冷。

她是不是該慶幸段院長還不夠狠，沒用致命的毒藥？

若是用了致命的毒藥，只怕在郭氏族學出事的那些學子們，如今已經都活不成了。

蘇昊遠押著李明良，帶隊前往郭氏族學。

沈瞳和其他學子也一同跟了過去。

路上，學子們向沈瞳道歉。

「蘇小姐，我們沒想到李明良竟然會做出此等喪盡天良的事情，真是抱歉，今兒叨擾了妳大半日便罷了，險些還害了妳。妳放心，這案子若是需要證人，我們所有人都可以替妳作證，絕對不會讓段院長和李明良這兩個劊子手逍遙法外！」

沈曈笑了笑。「諸位不用感到自責，我邀請你們來參觀，不是為了你們，而是為了自己。我一要自證清白，澄清關於甜心美食糕點鋪的不乾淨質疑，二是讓你們親眼見證我們店裡的糕點製作過程，你們只有親眼看見了，才會相信我們的東西是乾淨衛生的，絕對不會出現任何品質有問題的材料。以你們的身分，只要你們不刻意針對我，只需要你們隨口對人說出今日的所見所聞，就已經足夠幫我們店鋪做了大大的宣傳，我其實也是利用了你們。」

沈曈的坦然，獲得了學子們的一致好感，而這些學子與李明良相比，是截然不同的謙遜有禮，也讓沈曈相當喜歡。

經過這一次的事情，沈曈與這十幾個學子之間彼此欣賞，竟是成了好友。

而沈曈也沒想到，這次無意之間結交下來的情誼，在將來的很長一段時間內，幫了她和沈修瑾無數次忙。

一行人再一次回到了郭氏族學。

學子交流會已經結束了，此時的郭氏族學，並不像早上出來時那麼熱鬧，門前的馬車少了一大半，各家小姐和夫人都已經早早離開。

剩下的，要麼是還在等消息，關注著中毒事件的學子們，要麼是吃了有問題的糕點，正臥床不起的病人。

蘇昊遠與殷明泰各自將手裡面查到的信息和證物互相分享並分析過後，初步確定了這起下毒案件的有關嫌疑人。

段院長、李明良、楊文，還有一個蘇家的下人。

李明良下毒當場被抓住，這是人證、物證俱在，無法抵賴的。

而楊文，則是被殷明泰查出他身上帶著藥粉，且買通蘇家的下人在甜心美食鋪的茶點中下毒。

經仵作檢查，此藥粉與中毒的學子們吃下去的糕點中含有的成分一致，初步確定在學子交流會茶點內下毒的人就是他；而中毒的人，只有少部分是景溪書院的學子，大部分是其他書院的，卻完全沒有郭氏族學的人。

這栽贓陷害的意圖也是相當明顯了。

第四十八章

這三人都是罪證確鑿的，想抵賴也抵賴不掉。

然而，段院長從頭到尾都沒有親自動手，而且關於他的罪證也沒有找到，唯有李明良和楊文的單方面指證；再加上段院長太過狡猾，他矢口否認，說是李明良和楊文胡亂編造，故意陷害他。

因為暫時沒找到可以證明他有罪的證據，他又是官辦的景溪書院院長，身分貴重，不能等閒視之，因此，段院長並未被抓捕起來，暫時對他沒有任何處罰。

至此，今年的學子交流會算是草草結束。

中了毒的學子們以及部分世家小姐、夫人，都被安頓在郭氏族學的西苑客房，郭老爺子請來了大夫，還安排了不少人手來照料他們。

沈曈與眾學子一同去西苑客房看望病人們。

大部分的病人都因為身上的痛苦而遷怒她，不等她進門，對方就拉下臉。

「蘇小姐，妳走吧，這裡不歡迎妳，我不想看見妳。」

沈曈一連聽到了好幾句這樣毫不客氣的話，甚至還有更難聽的。

她無奈地搖了搖頭。

「小姐，您好心來探望他們，他們竟然不領情，還對您惡言相向，真是太過分了。」丫鬟連翹撇嘴，為沈瞳打抱不平。「又不是咱們下的毒，他們當時吃免費糕點的時候，可是吃得很歡，也沒想過要感謝咱們，如今出了事，咱們一點錯都沒犯，還被連累了名聲。他們倒好，說遷怒就遷怒，什麼難聽的話都說得出口，真是可惡！」

「咱們雖然沒有做錯任何事，但他們也很無辜，歡歡喜喜地來參加學子交流會，卻發生了這樣的事，平白無故遭罪，任是誰都高興不起來，畢竟他們是吃咱們的糕點才出事，會遷怒也很正常，不過就是幾句不好聽的話罷了，也沒什麼。」沈瞳拍了拍連翹的肩膀，輕聲說道：「其實說起來，是咱們連累了他們。妳也別黑著臉了，不好看，我還有事讓妳去做。」

連翹連忙收起不高興的表情，等著她的吩咐。

沈瞳拿出一個沈甸甸的錢袋，說道：「一會兒妳把這個給大夫，今兒治療的費用，都算在咱們的頭上，若是不夠，妳讓大夫再來找我要，務必請他們盡心為眾人解毒，一點不適都不能有，若是需要什麼藥材，讓他們儘管開藥方，咱們出錢。」

等連翹點頭接過錢袋，沈瞳又道：「對了，妳做完這個，再去找我娘幫忙準備一些適合的禮品。我想給今兒中了毒的人送一些禮品，可是又不知道該送什麼。」

沈瞳和連翹是在西苑門外的一個角落說的，這邊比較偏僻，平常沒有什麼人會經過，因此，她也沒留意到四周有沒有人。

她並不知道，有兩個學子將她與連翹的對話都一一聽去了。

沈曈和連翹走後，兩個學子才走出來，對視著笑了。

「這位蘇小姐的脾氣可真好，若是我吃了那麼多閉門羹，早就不耐煩了，那些人又不是她毒害的，她出錢給他們治療已經算是仁至義盡了，竟然還費盡心思給他們送禮。」

「蘇小姐人美心善，又有一手好廚藝，還懂得一套生意經，確實是不可多得的奇女子，誰若能娶到她，定是前世修來的福分。」

兩人說著說著，眼中浮現一絲奇異的光芒，心頭不約而同升起一個想法。

沒過多久，沈曈再次出現在郭氏族學的西苑。

這一回，她再也沒有遭遇到之前那樣的冷遇和惡言惡語。

甚至，病人們對她的態度來了個大轉彎，相當熱情，還帶著一絲濃濃的歉意。

一群病人圍著沈曈，不斷地道歉。「蘇小姐，先前是我們無禮了，還請妳不要放在心上。」

「是啊，下毒的事情與你們無關，我們其實不應該遷怒你們的。」

沈曈一臉懵，不知道他們為何會突然態度轉變了這麼多。

沈曈正疑惑，幾個滿臉羞紅的世家小姐瞬間給了她答案。

「蘇小姐，可以讓沈公子每日多來幾趟嗎？不過不用帶什麼補品了，他一來我便好多了。」

「對啊、對啊，沈公子當真是個不可多得的大才子，又生得丰神俊美，真是羨慕蘇小姐，有一個這麼好的哥哥。」

「不知沈公子有沒有意中人。」

沈曈這才從眾人的口中得知，就在剛才她和連翹出去後，沈修瑾便帶著一堆貴重的補品過來，也不知他是怎麼做到的，如今眾人不僅對沈曈和甜心美食鋪沒有任何遷怒，反而還對沈曈極其愧疚，自發做起了甜心美食鋪的輿論打手，瘋狂吹捧甜心美食鋪的糕點，說得天上有、地上無。

甚至，他們還派人去甜心美食鋪下了不少訂單，如今只怕店裡那邊已經忙成陀螺了。

沈曈哭笑不得，神情無奈，但是唇角卻忍不住翹了翹。

不一會兒，連翹回來了，悄悄在她耳畔低聲說：「小姐，大夫那邊，瑾少爺早已經打過招呼了，咱們不用給銀子了，還有，我方才去找夫人的時候，夫人說瑾少爺早就託她準備好禮品，已經送過來了，咱們還要不要……」

從剛才起，沈曈唇角的笑意一直就沒消失。「既然哥哥已經都安排好了，咱們就不用再管了。」

連翹覷著她甜甜的笑容，大著膽子道：「小姐，奴婢覺得，瑾少爺不僅模樣生得好，又有才華，還懂得人情世故，將來若是成了咱家的姑爺……」

「就妳嘴碎，少說幾句又成不了啞巴。」沈曈耳根一熱。

她睨了連翹一眼，從腰間小荷包裡抓出一把自己炒的零嘴，塞進她嘴裡。

看著連翹塞得鼓鼓的腮幫子，瞪著圓眼睛支支吾吾說不出話的小模樣，沈曈忍俊不禁，唇角的笑意壓都壓不下。

西苑病人們的情緒平復了，不再遷怒甜心美食鋪，日後應該也不會影響到甜心美食鋪的生意，沈曈總算可以安心地回去了。

蘇家。

蘇藍氏看著不請自來的一胖一瘦兩個媒婆，心情複雜。

才和閨女相認沒多久，又要面對她婚嫁離開自己了，一家女、百家求，這說明她的閨女優秀，她心裡與有榮焉，然而又有些不捨，畢竟她和閨女相處的時間還是太少了，等她嫁出去，往後見面的時間還會更少，試問哪個當娘的接受得了？

今兒託媒上門求親的，都是書院的學子，從沈曈離開書院沒多久，已經陸陸續續來了好幾撥，蘇藍氏一開始還有心情陪媒婆們閒聊，瞭解學子們的情況，可是先後送走了好幾撥人之後，她已經淡定了。

閨女太優秀，也是種煩惱。

蘇藍氏嘆了口氣。

坐在下首的兩個媒婆剛介紹完兩個學子的情況，正等著蘇藍氏的反應，沒想到卻等來了她一臉惆悵地嘆氣，頓時都著急了。

胖媒婆拿出學子的生辰八字。「夫人，您瞧，這位錢少爺的命格，多福多壽，財運和官運也好得很，將來一定會有大出息的，和您家小姐簡直就是絕配啊！」

瘦媒婆打開一個雅致的錦盒，抖出一大疊的紙張。「夫人，您瞧瞧，這位舒少爺，家世清白，世代書香，詩詞歌賦樣樣精通，最適合您家小姐了，這麼好的親事，上哪兒找去啊！」

胖媒婆啐了她一臉。「什麼世代書香，真當別人不知道呢！這舒少爺，就是西榆巷頭楊柳樹下那舒家的二少爺吧？我說李婆子，妳可真夠黑心的啊，就他也能稱得上是大才子？別寒磣人了！寫的都是些陳腔濫調的酸詩淫調，就連勾欄院裡的姐兒們都不想瞧一眼，還好意思拿到蘇夫人的跟前來賣弄，咱們蘇小姐是什麼身分的人，怎麼可能瞧得上這樣的。」

瘦媒婆不樂意了。「林婆子，妳這就不厚道了，舒二少怎麼了，他家難道不比妳那錢少爺強？我要記得沒錯的話，那錢少爺……」

胖、瘦兩個媒婆當著蘇藍氏的面就吵了起來，蘇藍氏捏著隱隱跳動的太陽穴，頭疼地看著這兩人開始各自揭對方要保媒的人的短，之後又開始數落起對方是如何地黑心坑人，口沫橫飛，旁若無人，最後竟是扭打在一起了。

「舒少爺好，和蘇小姐郎才女貌，天生一對！」

「呸，錢少爺更好，蘇小姐若是嫁過去，保管不出三年立即就成為誥命夫人，高人一等！」

「舒少爺好！」

「錢少爺好！」

蘇藍氏忍無可忍，捏著眉心，吩咐管家將兩位媒婆都勸住，送客出門。

沈曈在後院聽見動靜，匆匆趕來時，還能聽見兩位媒婆遠遠傳來的爭吵聲。

她看了看堆在蘇藍氏手邊厚厚一疊用紅紙包著的東西，立即明白了是什麼，嘴角抽了抽。

「娘，下回再有上門來求親的，您直接拒絕便是，何必浪費時間聽她們胡扯？女兒如今還小，暫時不想嫁人，您別費心了。」沈曈給蘇藍氏沏了一杯花草茶，送到她手上。

蘇藍氏抿了一口，喟嘆一聲。「曈曈的茶藝越發精進了，將來等妳嫁了人，娘不知道還有沒有機會喝上一口這麼好的茶。」

「那我不嫁了，以後天天給您沏茶，您想喝什麼，我都給您沏。」沈曈笑著道。

乖乖女兒在一旁哄著，蘇藍氏方才那一點不開心的情緒早就煙消雲散了，她笑睨了沈曈一眼，揶揄道：「好啊，這可是妳自個兒說的，娘記住妳這句話了，往後妳可不能反悔。」

沈落站在屋頂上，將母女倆在花廳的對話，全都聽了去。

沒多久，他便出現在沈修瑾的跟前。

「殿下，今日蘇小姐她……」沈落將母女倆的對話一句不漏重複了一遍。

沈修瑾皺眉。「她當真說一輩子不嫁人？」

食物的香氣瀰漫在蘇家大宅院，沈曈指揮下人幫忙揉麵團，做餡料，做包子，忙了一早上。

半個時辰的工夫，就做出滿滿一大桌的東西，全都用小蒸籠盛著，擺放在灶臺上保溫。

她擦了擦手，指了指自己忙活了一個時辰的成果，對下人們說：「好了，把這些都端去飯廳吧，爹娘和嬸娘應該都餓壞了，等著吃呢！至於剩下的那些，你們自個兒分了吧！」

居然還有他們的分！

下人們歡歡喜喜地應了一聲，端著十幾個小蒸籠跑了出去。

讓人垂涎欲滴的香味從廚房一路飄到蘇家的飯廳，蘇家幾個主子坐在飯廳內，不約而同地嚥了嚥口水。

沈曈帶著下人們將冒著熱氣的小蒸籠擺上桌，一下子的工夫，飯桌便被擺滿了。

蘇夫人驚訝地道：「曈曈，妳這做得也太多了，咱們就幾個人，能吃得完嗎？」

蘇家雖然富裕，但家規森嚴，家風嚴謹，尤其是在蘇閣老掌家的影響下，不管是對外還是對內，都相當低調，哪怕是蘇星華，也只是稍微紈袴一些，卻從未仗著身分做過什麼欺男霸女的事情。

在吃穿用度上，蘇家更是節儉得如同尋常家庭那般，從不浪費奢靡。

因此，乍一看見這麼多的東西擺滿了桌子，蘇大夫人都驚了。

沈瞳笑道：「嬸娘放心，只是看上去多而已，其實小蒸籠裡面的東西少得很，按照平日裡的食量，咱們肯定能吃完。」

蘇大夫人知道沈瞳不是鋪張浪費的性子，方才也是被這滿桌的小蒸籠嚇到了，其實說完她就回過味來了，只怕小蒸籠裡面有文章。

一旁蘇昊遠才不管那麼多，他一直饞沈瞳的手藝，看著這滿桌的早點，定然有讓他驚喜的新鮮玩意兒，他已經迫不及待了。

他搓了搓手掌。「行了、行了，沒那麼多講究，只要是我閨女做的，我都吃得完！」

他坐直了身子，往距離他最近的一個小蒸籠聞了一下，驚訝地道：「我好像聞到了肉味！」

沈瞳打開他面前那個小蒸籠的蓋子，露出了裡面熱氣騰騰的食物，是一小碟蒸排骨，香氣撲鼻。

「這是豉汁排骨，爹愛吃肉，可以嚐嚐這個，若是喜歡，下次再做給您吃。」

蘇昊遠拿起筷子就要挾。

蘇藍氏拍開他的手，沒好氣地嗔道：「跟個餓死鬼似的，閨女還站著呢，不知道心疼你閨女，等她坐下來再吃？」

蘇昊遠連忙放下筷子，把沈瞳拉過來坐下。

「乖女兒辛苦了，爹爹給妳挾排骨。」

蘇藍氏翻了個大白眼。

「夫人，為夫也給妳挾一塊大排骨～～」

大哥和大嫂總算和好，也算是苦盡甘來了。

蘇夫人看著他們拌嘴的樣子，悄悄抿嘴笑了。她拍了拍坐在一旁彆彆扭扭，半晌不吭聲的蘇星華。「愣著做什麼，吃啊，快來嚐嚐你堂姊的手藝。」

蘇星華撇開頭，故作不屑地道：「我不吃排骨。」

事實上，他最愛的就是排骨，但他和沈曈還沒和好呢，他才不要吃她做的早點。

蘇夫人最瞭解自己兒子的彆扭性子，瞪著他。「你又鬧什麼彆扭？堂堂男子漢，就不能大氣一點，怎麼成天斤斤計較，都是自家人，有什麼不能說開的？」

蘇大夫人挾起一塊排骨，不由分說地塞進他嘴裡。

「啊，燙。」蘇星華差點跳起來。

他皺著眉頭，正要吐出來，突然頓了一下。

蒜香和豉汁的香味交織，鹹香可口，這是一種讓人無法抗拒的鮮香。

蘇星華忍著燙，嚼了一口，排骨的肉蒸得剛剛好，鮮嫩得不得了。

蘇星華喜歡吃排骨，各式各樣的做法都吃過，可是他從沒吃過這種口味的蒸排骨。

真是太香了！這是他吃過最好吃的蒸排骨。

他連骨頭都捨不得吐，在嘴裡嚼了又嚼，吸盡了骨頭內含的湯汁，才將骨頭渣吐出來。

等他回過神，才發現四周一片安靜，一桌子的人都在看著他，神情莫名。

蘇星華頓時從臉頰到耳後根都紅了起來。

「你、你們這樣看著我做什麼?!」

蘇星華話音落下，眾人看向他的目光都變得意味深長，尤其是蘇夫人。

蘇星華這時才想起，之前自己還為了不在沈曈的面前示弱，彆彆扭扭地說不愛吃排骨呢，這會兒立馬就打臉了。

他不僅吃完了沈曈做的排骨，竟然還把骨頭都嚼碎了。

蘇星華一時恨不得在地上找個洞鑽進去，太丟人了。

蘇夫人早就知道自己兒子是什麼德行，嘆了口氣，把他拉下來坐好。

「你瞧你，你堂姊做的排骨再好吃，你也不能把骨頭也吃了啊，也不怕消化不了。」她還在一旁恨鐵不成鋼地數落。

「娘，您胡說什麼，我什麼時候……」蘇星華滿臉通紅，頭都抬不起來了，他總覺得大家看他的眼神都怪怪的，讓他渾身不自在。

蘇夫人看不慣自己兒子這副彆扭樣，沒打算給他留面子，拿起筷子說：「行了、行了，娘知道你要說什麼，還要吃是吧?娘幫你挾。」

蘇星華一邊板著臉說不要，一邊偷偷地把自己的碗往蘇夫人的面前移過去，等著對方幫他挾，他還乘機偷偷看了沈曈一眼，對上她看過來的目光，愣了一下，然後色厲內荏地瞪了她一眼，又飛快移開。

「咦，怎麼沒有了？」蘇夫人筷子伸到一半，才鬱悶地發現沒有排骨了。

那一小碟排骨本來就只有幾塊，先前蘇昊遠分別挾了一塊給沈曈和蘇藍氏，自己也挾了一塊，最後一塊被蘇星華吃了，如今小碟子裡空空的，只剩下湯汁了。

蘇星華連忙看過去，果真沒有了。

他眼中的雀躍和期待立即消失，隱隱有些失望。

那麼好吃的排骨，怎麼就只做了這麼一點？

沈曈是不是故意和他過不去？

第四十九章

蘇星華懊惱不已，有些不悅地瞥了沈曈一眼。

沈曈笑道：「今兒做的早點種類比較多，怕你們吃不完，所以每一樣都只做了一點點，我也沒想到堂弟這麼喜歡吃這個，改天我再多做一些。」

雖然和蘇星華認識的時候雙方對彼此的印象都不好，之後還起過幾次衝突，但是蘇星華一直沒有對她做過什麼過分的事，而且昨兒在郭氏族學還當眾幫自己解圍，如今都成一家人了，沈曈便不再與他計較以前的過節。

不過看到蘇星華還是這麼彆彆扭扭的，她也不刻意去和他說什麼，這番話她是對蘇夫人說的。

蘇夫人本來還擔心自己兒子太紈袴，性子又拗，生怕他還惦記著之前和沈曈之間的矛盾，會和沈曈過不去，所以她最近只要有機會都拚命地給兩人做和事佬，如今見沈曈笑咪咪的，顯然對他無禮的舉動並不以為意，而且大哥和大嫂也不怎麼放在心上，她心裡總算鬆了口氣。

畢竟都是一家人，總是這麼劍拔弩張也不好。

蘇藍氏在一旁左右看了看，笑道：「昨兒個在郭氏族學，那麼多學子對咱們曈曈發難，還是星華當眾護著她呢！星華雖然年紀小，卻懂得護著堂姊了，真是個好孩子。你若是還想吃什麼，一併說了，下回你堂姊肯定給你做。」

蘇夫人沒聽過這一齣，驚奇地拍了拍蘇星華的肩膀。「真的有這事？怎麼沒跟我提過？」

蘇星華不甚自然地撇開頭，不耐煩地道：「我可沒護著她，我是實話實說罷了。」

他頓了頓，目光移到滿桌的小蒸籠上，那些小蒸籠還沒打開，也不知道裡面裝的都是什麼，能不能比得上方才令人驚豔的那塊排骨。

他煩躁得粗聲粗氣道：「娘！還用不用早膳了？若是不用了，我就出門去吃了！」

不過他沒囂張多久，蘇夫人一個警告的眼神甩過來，他立即垂下了腦袋，不敢吭聲了。

不只蘇星華期待著還沒打開蓋子的早點，其他人也很好奇。

沈曈讓下人將蓋子全都打開，每打開一個蓋子，她便說出一個對應的菜名。

「這是參湯鮮蝦餃皇。」

「焦糖奶醬核桃包。」

「金湯流沙包。」

「白露汁鳳爪。」

「白菌鮮蝦燒賣。」

「天鵝酥。」

後世的粵式早茶，一直都是吃貨們念念不忘的，沈曈曾到過吃貨大省待了很長一段時間，對這些早點料理已經相當熟悉，今兒一早，心血來潮就做出了這一大桌。

一長串的菜名唸完，滿桌的小蒸籠也全都揭開了蓋子，露出裡面精緻的早點。

聞著香，看著精緻，再加上有方才那一小碟排骨做前奏，一下子就將眾人的饞蟲都勾了出來。

「哇，太香了！」

「果然種類繁多，還全都是從沒見過的新鮮吃食，這下咱們有口福了！」蘇昊遠一掃平常穩重的形象，吸了一下口水，惹得蘇藍氏白了他一眼。

「曈曈帶來怎樣的驚喜，我都不意外。」

眾人迫不及待地拿起筷子，望著滿桌精緻小巧的美食，一時間不知該選擇從哪一道開始下筷。

躊躇半晌，沈曈提醒眾人再不吃就涼了，他們才咬著牙，朝自己最感興趣的菜餚下筷。

女人向來喜歡精緻好看的東西，吃的也不例外，蘇藍氏挾的是晶瑩剔透的金盞蝦仁，蘇大夫人挑了天鵝酥下筷，兩人拿著筷子端詳半晌，也沒捨得下口。

蘇昊遠和蘇星華就沒那麼多講究了，他們一人盯上了白露汁鳳爪，另一人盯上了金錢肚，稍一猶豫，然後下筷如風，眨眼的工夫就吃掉了一小碟，接著眼睛一亮，飛快地將筷子伸向其他的早點。

桌子旁邊還有一鍋皮蛋瘦肉砂煲粥，每人的面前也端上了一杯散發著淡淡清香的香茗，他們卻看都不看一眼。

眼見大家吃得風風火火，沈瞳覺得早膳用太快不好，忍不住想勸一句，卻見外面管家神情古怪地跑了進來。

看了一眼沈浸在美食中的眾人，此時哪怕是天塌下來，恐怕也無法把他們拉回來。

沈瞳問管家。「出什麼事了？」

管家一口氣全說了。

原來是這一大清早的，突然來了一大批客人。

來找蘇昊遠的是跟他一起被派來景溪鎮的另外兩個特使，找蘇夫人的是她平時交好的幾個世家夫人，還有蘇星華的狐朋狗友們也來了，約他出去玩。

不等管家說完，蘇昊遠和蘇夫人、蘇星華頭都不抬，一邊吃著嘴裡的東西，一邊齊聲道：「不見，讓他們先回去，等我用完早膳再說！」

「還有……」管家話還沒說完。

「不見、不見，誰來都不見！」

沒看見他們都在忙著嗎？哪有工夫見客！

管家不敢走，看了唯一沒在吃東西的沈瞳一眼。

沈瞳心中一動，問道：「還有什麼事，一併說了吧！」

管家斟酌了一下，不知道該稱呼沈修瑾是少爺還是姑爺了，他猶豫一下，看了蘇旲遠一眼，最終還是選擇繼續原來的稱呼，他說道：「瑾少爺來提親了。」

「什麼?!」

剛才還埋頭狂吃的幾個人猛地抬頭，不約而同地道。

一桌子人顧不上吃東西，抬頭吃驚地看向管家。

蘇旲遠的反應最快，放下手中筷子，猛地一拍桌子，怒道：「讓他滾！他可是我乖女兒的哥哥，怎麼可以來提親？他這是在胡鬧！」

他堅決不同意！

他的閨女才相認沒幾天，他還沒好好地嬌寵在手心裡呢，怎麼可以就嫁做人婦？這麼好的閨女，又聰明、又好看，還有一手好廚藝，脾氣也好，這世上哪有幾個小子配得上的。

不得不說，蘇旲遠雖然閱歷豐富，卻相當遲鈍，竟然一直都沒瞧出沈修瑾對沈曈有意，這會兒一聽沈修瑾竟然來提親，他一下子就驚住了。

千防萬防，家賊難防。

沒想到沈修瑾這小子不聲不響地就對他的閨女……

蘇旲遠握了握拳頭，越想越不甘心，朝管家說道：「告訴他，老子的閨女還小，不嫁！就算要嫁，也不嫁他，讓他滾！」

方才一直悶不吭聲的蘇星華突然點頭。

「對，堂姊不能嫁他，我堂姊是什麼身分，等回盛京認祖歸宗，她就是名正言順的閣老嫡孫女，身價比起尋常世家女子高了不知多少，皇孫貴族都能嫁得，他區區一個窮酸書生，憑什麼娶我堂姊？大伯，您說得對，咱們堅決不能讓堂姊嫁給他！」

蘇星華一直對沈修瑾不怎麼有好感，不知為何，他一直覺得，看起來溫良和善的沈修瑾，其實都是偽裝的，他只有在沈曈面前才會多了層溫柔的光芒，面對其他人的時候，他就是隻大狼，有時候氣勢還壓得他喘不過氣來。

因此，能破壞沈修瑾的好事，他是樂意之極。

蘇夫人先是看了沈曈一眼，然後一巴掌拍在蘇星華的後腦勺上，咬牙道：「臭小子，這裡沒你說話的分！沒聽見你的狐朋狗友都來約你出去玩了？趕緊滾！」

說著，她站起身，拽住蘇星華的手就要往外走。

「不，我才不走，我今兒哪兒都不去！」蘇星華死死地坐在椅子上，死活不肯起來，一邊和蘇大夫人拉扯，一邊轉頭朝管家說道：「你去告訴他們，今兒少爺我不出門，讓他們改天再來。」

開玩笑，這一大桌美味的早點還沒吃完，憑什麼讓他滾？

再說，有好戲看，怎麼能沒有他？

在場的人中，只有蘇藍氏算是比較鎮定的。

畢竟她曾經和沈修瑾有過一番對話，而且這幾日也接待了不少來求親說媒的人。

沈修瑾那小子若是當真對曈曈有意，聽到這消息還能坐得住才是怪了。

她不慌不忙地吞下滑嫩甜爽的金盞蝦仁，端起茶喝了一口，清了清嗓子，說道：「讓他在外面等著。」

說完，她拉住沈曈的手，笑道：「曈曈，來，先坐下來，咱們繼續用早膳，妳今兒一早做了這麼多早點，肯定累壞了，可要多吃點，其他的事情，等咱們吃完了再說。」

沈修瑾一大早來提親，簡直是太突然了，就連沈曈也沒想到，她不知該做何反應，見蘇藍氏這般淡定，她的雙手無意識地在身側緊了緊，隨後又鬆開，順著蘇藍氏說的話，坐下來低頭開始吃起了早點。

方才還熱鬧非凡的飯桌上，一時間靜得只聽得見彼此咀嚼食物的聲音。

沈曈看似專心地吃早點，實則早已神遊太虛，不知道在想些什麼。

而蘇藍氏則不斷地往她碗裡挾點心，還給她倒了杯茶，面上淡定得很。

其他三人左右瞧了瞧她倆，最終沒吭聲，老老實實地繼續吃東西了。

管家為難地回到前廳，委婉地讓沈修瑾稍等片刻，主子們還在用早膳，他不敢打擾。

事實上，蘇家的飯廳離前廳並不遠，方才蘇昊遠那一聲吼，已經傳到前廳來了，再加上沈修瑾近日練功日益精進，耳力極好，想不聽到都很難。

他面上不動聲色，繼續坐在花廳裡等著。

雖然看起來很淡定，但只有他自己知道，他心裡緊張得很，手裡端著的茶杯都被他捏裂了一道縫隙，隱隱有碎了的白色粉末灑落在地上。

他今日來提親，沒有提前跟曈曈說，也不知曈曈會不會生氣。

原本就是他一廂情願，她只將自己當成哥哥，若是她當真生氣了，往後不理自己了……

沈修瑾越想越覺得不安，指節發白，手中的茶杯終於發出一聲啪嚓的響聲，爆裂開來，碎片將他的掌心割破，鮮紅的血液流淌而下。

沈落一驚。「殿下。」

「無妨。」沈修瑾撕開一片衣角將傷口包紮起來，又等了半個時辰，飯廳那邊還沒人過來，他皺眉看著從掌心中滲出的血液，觸目驚心的紅彷彿在預示著什麼不祥的徵兆，讓他非常不安。

他猛地站起身，沈落擔憂地看過來。

沈修瑾掃了一眼他身後擺放在地上的聘禮，突然覺得傾盡全力置辦的這些聘禮到底還是太少了，配不上他的曈曈，他的曈曈，值得更多、更好的。

他今兒來得太匆忙，太魯莽了。

他皺了皺眉。

這時，一道黑影從外面飄進來，朝他低聲說了幾句。

「殿下，宮中傳來消息，陛下病重，晉王與朝中重臣勾結，逼迫陛下早日定下儲君，娘娘生怕遲則生變，讓您早日回京。」

沈修瑾目光微沈。

黑影又道：「娘娘安插在晉王身邊的人傳回消息，晉王打算越過至今昏迷不醒的陛下，在下個月中旬邀請皇室宗親們推舉晉王世子做皇儲。晉王為此還向娘娘施壓，娘娘以此與他做了一個交易，下月初如期舉行金科科舉的文、武殿試，不必陛下親臨，讓蘇閣老及幾位禮部大臣主持；並迫他同意各甲級書院排名前三名的學子免考鄉試與會試，可直接參加殿試，一旦過了殿試，成績與名次與正常科考等同。」

只幾句話的工夫，沈修瑾便明白對方的意思。

「母后讓我以參加殿試的方式出現在朝臣們面前？」

「晉王如今勢大，殿下若是以太子的身分回宮，只怕還沒進入宮門就會被晉王察覺。娘娘說了，以殿下如今的才學，定能在殿試上獲得朝臣的賞識，就算不能得前三甲，若能在前十名以內，如此也能給支持您和娘娘的朝臣們一個交代，甚至還能拉攏中立的朝臣。您雖然失蹤多年，畢竟是名正言順的儲君，晉王哪怕準備得再充足，只要您在朝臣們面前露個臉，表現一下，他的那些籌謀便都是竹籃兒打水一場空，白白浪費心思。」

沈修瑾若有所思，這一番安排，確實周全。

沈修瑾畢竟離宮多年，雖然五年來生不見人、死不見屍，但晉王一直沒放棄尋找他的下落，他若是想光明正大地出現在京中，只怕還沒入宮，便有可能被暗殺身亡。

但若是以考生的身分入京就不一樣了，自古以來，讀書人是碰不得的，士林階層也最護犢子，若是晉王想碰他，士林階層絕不會饒他，到時候只怕晉王非但沒能討到好，反而會惹得一身羶，名聲盡毀。

沈修瑾若是能得到士林階層的認可，便相當於獲得了一個強大的後盾，沒人敢小覷他。

沈吟片刻，沈修瑾雙眼下意識地朝蘇家飯廳的方向看去，目光動了動。

他太著急了，若想給她最大的體面，他不該今日就來。

他決定了，他要等恢復身分後，在天下人的祝福下娶她，讓她成為全天下的女人都豔羨的存在。

不過，在此之前，他還得要讓她愛上自己，心甘情願地嫁給自己才行。

想到這裡，沈修瑾目光堅定，朝管家解釋一聲，又給沈曈留了封信，轉身帶著沈落離開了。

而花廳內擺放著的那些聘禮，他一份都沒帶走，全都留了下來。

飯廳。

「什麼？他將聘禮留下就走了?!」蘇昊遠聽完管家說的話，氣得猛拍桌子震怒。「他當我蘇家的門是他想來就來，想走就走的？來求親架子還這麼大，他當他是天王老子不成？才過去不到半個時辰的工夫，他就等不得了，就這樣的態度，還想娶我的好閨女？作夢吧！」

大盛朝的慣例，哪怕是皇孫貴族，只要是上門求親的那一方，不管雙方是否有過約定，都會在明面上做足了禮數，女方就算讓男方求親的人等上一整天都不算是少見的，這也能體現男方對女方的看重。

可沈修瑾竟不等足半個時辰就走了，這若是傳出去，別人如何看待他蘇昊遠的閨女？這是在下他們蘇家的面子！將他們蘇家的臉面往地上踩！

這事沒完！

蘇昊遠氣得臉色發青，從沒覺得這麼憋屈過，要不是蘇藍氏和沈曈攔著，他直接就摔桌子了。

他其實並不反對沈修瑾和沈曈，甚至還很看好他們。

原本是因為捨不得沈曈這麼早便要嫁出去，覺得是沈修瑾搶了自個兒的閨女，才覺得不痛快，方才故意讓他等在外面，故意為難一下，也好讓他知道娶自己的閨女沒那麼容易，要懂得好好珍惜。可是他沒料到，沈修瑾竟然連半個時辰都沒耐心等，連人都沒見到就走了。

「先前我還覺得這小子不錯，如今倒是我眼瞎了，好在一切還來得及，我閨女和他沒什麼關係，否則，我都無法原諒我自個兒！」

蘇昊遠煩躁地走來走去，抬頭朝管家說道：「記著，往後不許他踏進我蘇家大門半步，否則，他來一次，老子便提刀砍他一次！」

管家方才只來得及說了前半句就被蘇昊遠搶話，後面的話硬是沒機會說，此刻見他氣成這樣，只怕是要和沈修瑾同歸於盡的模樣，他急得滿頭大汗，手裡面拿著的那封信也忘了給沈曈。

沈曈知道沈修瑾不是那樣的人，留意到管家的神情，連忙問他。

管家才猛然回神，一拍腦袋。「對，小姐，這是瑾少爺給您留的信，他說您看了自然就會明白。」

「明白個屁啊明白！」蘇昊遠爆出一口髒話，搶過那信便想撕了。

「爹，不要。」沈曈一驚。

最後，蘇昊遠沒能成功撕掉這封信，因為被蘇藍氏攔住了。

「你說你急什麼，先看看他裡面說什麼。」蘇藍氏朝蘇昊遠使了個眼色，不悅地瞪他一眼。

這混蛋都一把年紀了，遇上著急的事還是這般莽撞，也不瞧瞧閨女都急成什麼樣了，哪有這樣做爹的。

蘇藍氏一發火，蘇昊遠就蔫了，他懨懨地停下了撕信的動作。

管家這時候才找到機會將沈修瑾方才說的話完整地說了出來。「老爺，瑾少爺說雖然他的心意是真的，但咱們家小姐值得更大的排場，他想了想，覺得自個兒如今一事無成，怕會委屈小姐，於是決定等考上功名，再三聘六禮來求娶小姐，絕對不會再重複今兒的尷尬。」

蘇昊遠沒好氣地道：「我看他就是來了沒見著人，便後悔了，否則怎麼連曈曈的面都沒看見就走了？」

沈曈也覺得奇怪，沈修瑾不是這麼沒分寸的人，從前他不管做什麼都會想辦法告訴自己，讓自己不必為他擔憂，怎麼今兒連個招呼都沒打就走了？

管家想了想，說道：「好像來了個護衛打扮的人，跟瑾少爺說了幾句話，瑾少爺才臨時決定要走的，當時瑾少爺的臉色很難看，約莫是出了什麼事。小的湊巧聽了一、兩句，不甚清楚，但好像是和瑾少爺的生母有關。」

第五十章

聞言，沈曈大致明白了，難怪哥哥這麼緊張，原來是他的生母那邊出事了。

忽然，她心中一緊，她沒記錯的話，好像他曾經提過，他家在盛京城，這麼說來，他此刻已經出發前往盛京城了？

蘇昊遠瞥了一眼沈曈忽晴忽雨的臉色，嘆了口氣，不情不願地拆開手裡那封信，嘀咕道：「不撕掉難不成還要看他是如何羞辱我閨女的嗎？哼，老子倒要瞧瞧，他還有什麼話說！」

蘇昊遠也不管在場那麼多人看著，抖了抖信便讀了起來。

才讀了開頭幾句話，他鐵青的臉色就變得更加難看，簡直如鍋底一般黑，堪稱暴跳如雷。

「好啊，你也知道今兒不請自來來得太魯莽，現在道歉有什麼用，我閨女的臉面往哪裡擱？我蘇家的臉面不值錢？還曈曈、曈曈地叫，誰讓你這麼叫曈曈的，跟你很熟？就這臭小子，曈曈妳當年就不該救他，竟還將他當成親哥哥養了這麼長時間，養出個白眼狼！」

他數落幾句，接著往下看，一邊看，嘴裡一邊不停地往外蹦出一句又一句吐槽。

不過看到最後，他的怒火倒是莫名其妙地消了，將信摺起來，遞給沈曈，語氣沒有方才那麼憤怒。「妳看看吧！」

想到信中最後的幾句話，蘇昊遠冷哼一聲。算他小子知道輕重，等考上功名再風風光光地求娶曈曈，否則，等回了盛京城，我蘇昊遠的閨女、蘇閣老的嫡孫女，身價可不是尋常世家貴女可比的，到時候他拿什麼來娶我家曈曈？

只怕老爺子第一個就不答應！

沈曈看過沈修瑾留的信後，立馬就往外走。

蘇昊遠連忙拉住她。「等等，乖女兒，妳往下看，急什麼？他是今夜才出發，不是現在立刻就走，如今還是大早上呢，還有大半天的時間讓你們倆好好告別，不用那麼心急！」

唉，真是女大不中留！

蘇昊遠心裡酸溜溜的。

閨女才認回來幾天啊，就要被人拐走了，往後自己的小姑娘就成了別人家的小媳婦。

沈修瑾信中的確說到今夜才出發去盛京城，沈曈一目十行地將信看完，悶聲不響，轉身往廚房的方向走去。

其他人都愣住了。

「她這時候去廚房做什麼？早膳不是已經做了嗎？還沒吃完呢！」

蘇昊遠幽幽地道：「不用猜了，應該是擔心那臭小子在路上沒好東西吃，她這會兒跑去給人家做乾糧了。臭小子，究竟是幾世修來的福分，竟能遇上我閨女這樣的好姑娘，真是讓人不爽！」
蘇藍氏淡淡地瞥了他一眼。
蘇昊遠連忙噤口，訕訕地狗腿道：「不過為夫的福分更好，大約是千百世吃齋唸佛積德才修來的福分吧！能娶到我夫人這樣好的娘子。」
「油嘴滑舌。」蘇藍氏丟下一句話，也往廚房的方向走了。
曈曈心裡肯定不舒坦，她不放心她一個人待著。

廚房中，沈曈揉著麵團，心裡一直想著沈修瑾在信裡說的話。
他說讓自己等他，一個月後，他會讓她看見一個完全不同的他。
沈曈猜了許久，覺得他的意思應該是要回他家認祖歸宗，恢復身分了。
那麼問題來了，他當初失憶前，究竟是什麼身分？
想起裴銳和郭興言對他隱隱約約的恭敬態度，以及沈落等人的身手顯然不是普通人能養得起的暗衛，又想起先前那些從千里迢迢的關外運來的鮮牛奶，沈曈心裡總覺得沈修瑾的身分應該比她想像中的還要高。
能比裴銳的小侯爺身分還要高的，在大盛朝還真沒有幾個，沈曈心頭一跳。
不敢再往下想了。
一隻溫暖的手掌輕輕按在沈曈的手背上，沈曈抬頭，看見蘇藍氏不知何時走了進來，眼中帶著一絲不易察覺的擔憂。

「娘，您怎麼來了？我沒事，您不用擔心，我給哥哥做一些路上吃的乾糧。」沈曈深吸口氣，笑著說道。

蘇藍氏笑道：「下人都跑哪裡去了，妳一個人忙得過來？娘來給妳打下手，需要做什麼，妳儘管吩咐，娘一定不給妳扯後腿。」

說著，蘇藍氏將她的手拉開，乾淨白皙的手按在麵團上，學著沈曈方才的動作試著揉麵。

蘇藍氏雖然一手將一品香經營到如今這樣紅火，可是她本人其實是不太喜歡下廚的，她注重保養，不怎麼愛碰油煙，怕對皮膚不好，現在竟然說要給沈曈打下手，沈曈怎麼可能不知道她這是在哄自己？

沈曈看著她笨拙的動作，心頭熱熱的，不自覺地露出一抹笑，心情一下子變得晴朗起來。

這時，蘇藍氏的面色突然變了。

沈曈連忙問：「怎麼了，是傷到手了嗎？」

「不是，是……這、這麵團，怎麼這樣難揉？娘的手被黏得緊緊的，壓根兒就揉不了。」蘇藍氏皺著眉頭，有些無措。

往日一向端莊溫柔的貴婦人，驟然做出這樣手足無措的苦惱神情，簡直是犯規得可愛。

沈曈忍不住笑出聲。

「別笑，快來幫幫娘。」蘇藍氏拚命地將手從「叛逆的」麵團中救出來，卻甩不掉那些黏在手上的麵。

原來揉麵這麼難，她平日裡見大廚們做得輕鬆，曈曈做得也絲毫不吃力，她還以為很簡單呢！如今這一做，方才知道是自己太天真了。

沈曈從一旁的小盆裡抓了一把乾麵粉，灑在黏糊糊的麵團上，也灑了一些在蘇藍氏的手上，然後示意她學著自己的動作，將麵團混合著剛灑下來的乾麵粉開始搓揉。

不一會兒，蘇藍氏便發現自己手上的麵團沒那麼黏糊了，也容易脫落下來了。

而沈曈則將麵團揉得軟乎乎的，光滑漂亮，看起來不像她方才揉的時候那麼多疙瘩。

蘇藍氏嘖嘖稱奇。

她其實是懂得做一些小菜的，不過極少做，所以已經生疏了；而麵粉，她更是從來沒碰過，今兒一碰，沒想到竟然在閨女面前鬧出笑料來。

蘇藍氏見沈曈經過方才那一笑，眉宇間的鬱悶散去，唇角帶著暖暖的笑意，不由得也跟著笑了起來。

不管如何，她進來的目的是達成了。

母女倆忙活了一陣，廚房裡就飄出了陣陣香味。

沈曈烙了幾十張醬香餅，薄薄的餅皮刷上濃香撲鼻的醬料，色澤鮮豔，讓人垂涎欲滴，再灑上一小把蔥花，香得讓人食指大動。

蘇藍氏在一旁看著沈曈將這一大張、一大張的醬香餅切成小片，裝入油紙包中，忍不住在一旁拿了一塊來嚐。

輕輕一咬，彷彿聽見了酥脆的聲音，醬香餅表皮酥脆香辣，裡層鹹香鬆軟，又帶著一點回甘，口感豐富，層次分明，蘇藍氏吃了一塊，又忍不住再吃一塊。

明明看著十分簡單的薄餅，竟然有這樣強大的吸引力，蘇藍氏不得不佩服自己閨女的廚藝，真是絕了。

沈曈做了幾十張醬香餅，其中有十張是刷上她特製的醬料，撒上蔥花的，剩下的那些，只是乾乾淨淨的餅皮，並沒有刷醬。

刷了醬的可以讓沈修瑾和他的手下們今夜趕路時餓了吃，餅皮則是與她裝好的醬料分開放，才不容易壞掉，他們到時候在路上若是餓了，便可以自行刷醬，用火烤來吃，十分方便。

雖然沈修瑾他們未必用得上，但回京的路上，難免會遇上不著村、不著店的地方，帶著有備無患。

沈曈想了想，又塞了一些點心和自己炒的零嘴，反正能塞的，能長時間保存的，她都打包了一些，收拾出來好幾大袋，拎著便要出門去找沈修瑾。

只是，她剛走出蘇家大門沒幾步，就看見了等在外面的沈修瑾。

也不知沈修瑾等了多久，站在蘇家大門幾步遠的一棵榕樹下，修長的身形如同松竹一般挺拔，整個人越發俊朗。

他直直地望著沈曈，眼中的深情幾乎化不開。

沈曈臉一熱，微微不自在地移開目光。「你、你不是回去了嗎？」

沈修瑾是特地在這裡等著她的。

京中的事情雖然重要，但在他心中，沈曈也同樣重要。

宮中局勢緊張，否則皇后不可能這麼急著讓他回去，打亂了之前所有的籌謀。

一旦他回去，便會被捲入朝堂詭譎情勢中，很長一段時間都很難脫身，也不知何時才能和她再見面，若是臨走前不見上一面，他始終不甘。

沈修瑾低頭，看到沈曈手裡提著的東西，因即將暫時離別而陰鬱了許久的心情忽然如雲開見日，一下子晴朗了。

「是給我的？」

沈曈這才從方才的愣怔中回過神來，她先是摸了摸發熱的臉頰，然後似是想到了什麼，飛快抬頭看了沈修瑾一眼，見他的目光落在自己手上，似乎沒注意到自己的動作，暗暗鬆了口氣。

「這是我剛做的醬香餅，回京的路上免不了遇到無法投宿、打尖的情況，到時候你們可以吃這個果腹。」沈曈把包得嚴嚴實實的油紙包遞給他。

「很香。」沈修瑾不急著接，就著她的手聞了一下油紙包內飄出的香味，唇角的笑意壓都壓不住。

「曈曈做出來的美食總是最好的，我原還擔心不知還要多久才能再吃到妳做的美食，如今正好，這一路上，我是不必餓肚子了。」

醬香餅的香味，哪怕是隔著密封的油紙包，依然香噴噴的，充滿誘惑。

沈修瑾這一低頭，聞到的不只有醬香餅的香味，微風吹來，隨著醬香餅的香味飄入鼻腔的，還有少女手上塗抹的香膏的淡淡幽香，不濃不烈，清雅沁人。

他頓了一下。

沈曈立即察覺到他的異樣。「怎麼了？」

「沒什麼，只是想起了一些事。」沈修瑾面色不變，問道：「妳與伯父、伯母相認已有一個多月了，還沒決定何時回京認祖歸宗嗎？」

若是她要回京，這一趟和自己一同回京是最好的，彼此又可以多相處一段時日；可惜，他也知道這是不可能的，畢竟曈曈在景溪鎮這邊的生意還沒處理好，而蘇昊遠那邊，皇帝下的密旨只怕他也還沒完成，否則，也不會拖到現在還沒提回京的計劃。

果然，沈曈說道：「爹爹的事情還沒辦完，我這邊也要等糕點鋪的經營情況穩定下來才能脫身，只怕沒那麼快回京。哥哥不用心急，等你忙完你家族中的事情，那時候可能我們也已經回到盛京，到時候我們不就又能見面了？」

沈修瑾看著眼中沒有離情別緒的少女，瓷白滑膩的肌膚在樹影斑駁的照耀下，顯得更加迷人，黑白分明的雙眼一如既往地清冷澄澈，他暗嘆一口氣。

不知何時才能等到他的小姑娘開竅。

如此想著，臉頰突然傳來一個柔軟的觸感，少女吐氣如蘭的呼吸讓他一下子僵住身子，不敢動彈。

沈曈鼓起勇氣，踮起腳尖飛快地在他的臉頰上親了一下，一觸即分，瓷白的臉頰瞬間染紅了，目光飄來飄去，低著頭就是不看他。

她無意識地絞著手指，輕聲道：「信，我看過了，等你搞定族中的事情，我在蘇家等你。」

說完，她也不管沈修瑾的回應，轉身飛快地回了蘇家，如落荒而逃。

沈修瑾站在原地愣了好久，才回過神來，伸手摸在方才被少女親過的臉頰處，彷彿那柔軟的觸感依然存在。

他唇角勾了勾，眼底的笑意漸漸漾開，及至最後，再不克制，發出愉悅的笑聲。

他在信中並未提及自己的身世，只說族中瑣事繁雜，父母病榻纏身，他需要做的事情極多，且十分危險，但無論如何都會保證自己的安全，儘量在三個月內將一切都處理好，屆時，再正式向蘇家求親。

先前好幾次關於求娶的試探，都被沈曈有意無意地避開了，這一回，沈曈竟然沒有拒絕，也沒有躲避，而是直接給出了回應。

本來還以為她沒開竅，如今，她說，她等他。

沈修瑾望向盛京城的方向，心頭那一抹離情別緒淡了下去，取而代之的，是凜然的戰意、以及期待。

午後，蘇阮得知了沈修瑾即將回京的消息，目光微閃，也立即向蘇藍氏辭別。

「閣老爺爺派人將阮兒接來景溪鎮，一是擔心大伯娘您為了曈曈的事情傷心，讓我來安撫您，轉移一下您的注意力，讓您的心情可以好一些；二是為了我與裴二公子之間的婚約，如今您已找到了曈曈，一家三口相認，應當不用多久便會回盛京，而裴二公子今夜又要回京，那阮兒便沒有再留在景溪鎮的必要了。」

蘇阮輕聲說道：「因此，我想，今夜我便與裴二公子一同回京，如此也可以在路上有個照應。」

蘇藍氏蹙眉，蘇阮在自己的面前毫不避諱地提起她與沈修瑾的婚約，可是她明知道，沈修瑾心裡只有沈曈，而沈曈……

之前她曾找機會問過沈修瑾有關婚約的事，沈修瑾並沒承認，只說是個誤會，他絕不可能與除了沈曈以外的人訂親，等回盛京以後，定會給她一個交代。

正是因為蘇阮和沈修瑾之間的「婚約」，這幾日她才不願意讓沈曈和沈修瑾過於親近，否則，於沈曈的名聲不利，對蘇阮也不好交代。

看來，她也是時候回盛京，問一下家裡的老頭子，這婚約究竟是怎麼回事了。趁著如今蘇阮對沈修瑾還沒有什麼感情，只有朦朧的好感，得趕緊將事情弄明白，否則，到時候對三個人都是傷害。

感情的事，誰又能說得準？

蘇藍氏有心說點什麼，但見蘇阮心意已決，只能無奈地點頭。「妳大伯父還有事情沒完成，曈曈的糕點鋪也沒穩定下來，我們一家暫時還無法回京，不能提前陪妳一同回去，妳和瑾哥兒一同回去也好。」

蘇阮沒想到蘇藍氏這麼輕易便同意了，心裡準備的許多話都來不及說，她微微鬆了口氣，笑道：「大伯娘放心，我一路上會照顧好自己，回京後，也會跟閣老爺爺說你們的情況，相信閣老爺爺聽說您找到曈曈以後，一定會十分歡喜的。」

從蘇藍氏的院子回來，蘇阮便迫不及待地回到自己的院子收拾行李。

貼身丫鬟見她心情好，大著膽子道：「小姐，雖然老爺和夫人已經找到了大小姐，但是您也未必就沒有機會了，若是就這麼回去，您恐怕不好交代。」

蘇阮正在收拾東西，聞言手停頓了一下。

家裡一手將她培養到如今這樣，原本就是衝著蘇閣老的嫡孫女這個身分去的，可惜她運氣不好，不等過繼，蘇昊遠夫婦倆就找到了親女兒，這麼多年的籌謀就這麼落空了，她空手回去，絕討不了好。

她握緊了手指，掃了丫鬟一眼，淡淡地道：「這話以後妳不要再說了，瞳瞳才是蘇家名正言順的大小姐，我這回過來，不過是聽從閣老爺爺的吩咐，陪大伯娘散散心罷了，如今大伯娘用不著我了，我自然是要回京的。」

她低下頭，眼中閃過一絲不易察覺的冷意。

就這麼放棄了？呵，怎麼可能，那她十幾年的努力不就成了笑話嗎？

蘇阮收拾好行李以後，派丫鬟去郭氏族學說了一聲，讓沈修瑾定下回京的時辰和出發的地點，到時候自己直接過去與他會合。

接待丫鬟的是沈落，沈落蹙著眉頭問道：「妳家小姐也要一同回京？」

他家殿下可不願意和那位蘇小姐多接觸。

沈落想起之前一位僕從為了討好蘇阮，為她說話，結果被殿下發落的事情，不敢私自做主，連忙將此事稟報給沈修瑾。

「殿下，蘇小姐畢竟是蘇家人，您看……」

沈修瑾瞥了沈落一眼，目光涼涼的。

這意思已經很明顯了，為了保命，沈落連忙噤口，直接出門回絕了丫鬟。

——未完，待續，請看文創風798《犀利小廚娘》3（完）

2019年10月出版

棄女翻身記

文創風 788~790

記得小時候，司徒昊會注意到柳葉，就是看中她的直率不做作，
她不像端方賢淑的大家閨秀，她潑辣調皮，卻待人真誠，
最難能可貴的是，她總能想到各種新奇點子，為彼此的人生增添多采多姿。
所以，就算他肩負重任、兩人未來荊棘滿布，他也不想錯過她，
因為這世上最浪漫的事，就是兩人攜手慢慢變老……

最浪漫的事　就是和你一起慢慢變老／慕伊

前世的柳葉身體欠佳，美好歲月都在醫院度過，
最大願望就是能像所有芳華少女一樣恣意揮灑青春，
這不，老天似是聽見她的心聲，讓她穿越到古代的小女娃身上，
她不會辜負老天餽贈，會努力活出嶄新的人生！
誰知大戶人家是非多，她老爹是頗有聲望的富商，卻瀟灑風流，拋棄糟糠妻，
又上演古代版家暴，小妾吹幾句枕頭風，就把她們母女倆趕到鄉下，
母親已懷了弟弟，從此一家三口相依為命，她得想著如何謀生才是長久之計！
好在現代生活給了她靈感，獨門蛋糕鋪經營得有聲有色，
但人一紅，麻煩也跟著來，好端端走在路上還會被人販子拐走，
要不是一個貴公子拔刀相助，還不知會淪落到哪裡！
豈知這恩情一欠，根本沒完沒了，
這貴公子閒著沒事就到她身邊晃，還說他們曾有過幾面之緣，
不怪她沒認出，是因為男大十八變啊！
誰想得到以前曾纏著她的高傲小胖子，如今會長成美男子，
但是……他說他姓「司徒」，這、這不是皇姓嗎？難道她惹到不該惹的人了 ?!

淚濕羅衣脂粉滿　惜別傷離方寸亂／桐心

2019年10月出版

夫人拈花惹草

自個兒男人的性子她是知道的，
雖然他去了封地後行事十分低調，京裡少有他的消息，
但她曉得，他其實不像表面上那般簡單，
若當今聖上是個明君，他自是願當一世忠臣，
可偏偏，這天下內憂外患不斷，實在不甚太平啊……

文創風 791 1

滿京城誰不知道她雲五娘是個愛拈花惹草的？
她把這個愛好宣揚得到處都是，每到送禮時，就拿這些果菜走禮，
時間一長，府裡眾人也都習慣了，且沒人覺得她不出銀子是小氣，
拿最愛的寶貝送人，大家只會說她有赤子之心，誰還會用銀子衡量？
何況誰還能白吃了她的菜？大夥兒都是十分有禮的，講究個禮尚往來，
這就相當於高價把菜賣給人了，根本就是自產自銷一條龍，
所以說，她也就安心地攢著銀子，做一個只進不出的貔貅啦！

文創風 792 2

在肅國公府裡，雲五娘這個世子庶女絕對是六姊妹中最有錢的，
而她住的院子在府裡的位置算不上最好，占地卻最大，只因她極得寵，
平日裡她風吹不動、雨打不退，處事再圓滑不過，臉上總帶著笑，
跟她接觸過的人，就沒有不喜歡她的，因為她總是知道怎麼討大家喜歡，
然而，只有極少數人曉得，這些全都是裝出來的，她的個性其實稜角分明，
且與其說長輩們寵著她，倒不如說是忌憚她，可她一個小姑娘有啥好怕？
那麼，他們怕的就只能是她從小到大不曾謀面過的親娘和兄長了！

文創風 793 3

據說，當年世子夫婦在上香回來的路上遇到了山匪，
她那個官宦人家出身的親娘替懷著身孕的嫡母擋了數刀，差點沒命，
而她爹不顧男女大防，親自為她娘上藥，她娘才不得不委身成了妾，
自從知道這故事後，雲五娘只覺得……滿頭都是狗血！
別的不說，誰會為了一個陌生人不要命地挺身擋刀啊？
再者，世子夫婦出門不帶丫頭、婆子嗎？上藥這事輪不到他吧？
這整個故事實在破綻百出、極不合理，她定要查出真相來！

文創風 794 4

世人都道「金家一諾，萬世不改」，
金家先祖東海王是和太祖皇帝一起打江山的，有當世范蠡之稱，
傳聞金家財富驚人，先帝為奪其財，幾乎殺光金家人卻未搜得一文，
而雲五娘的生母金夫人便是當初僥倖逃生的活口之一。
和母兄相見後，她得知了娘親為妾的真相，也知曉金家的事，
金家確實富可敵國、勢力龐大，想取代龍椅上那位亦是輕而易舉，
為了不成為威脅親娘的軟肋，她得努力鍛鍊自己，變得更強大才行……

文創風 795 5 完

在各方勢力當中，遼王看著是最弱的，但他卻擁有動員金家人的海王令，
然而，求娶她或是讓金氏一族相幫，他只能二擇一。
說真的，這問題連想都不用想吧？三歲娃兒都曉得當然要選她啊！
她雲五娘有勇有謀有臉蛋，又有娘親及哥哥罩著，娶了她可不虧，
這不，敵國來犯，她不費一兵一卒就拿下了對方三千匹戰馬，
緊接著，她又在天寒地凍的遼東種出稻米，解了糧食之困，
有了她這個幫夫運強的賢內助，他想做啥可不是輕而易舉、手到擒來？

文創風
797

犀利小廚娘 2

國家圖書館出版品預行編目資料

犀利小廚娘 / 遲小容著. --
初版. -- 臺北市 : 狗屋, 2019.11
冊 ; 公分. --（文創風）
ISBN 978-986-509-049-4（第2冊：平裝）. --

857.7　　　　108015638

著作者	遲小容
編輯	林俐君
校對	沈毓萍
發行所	狗屋出版社有限公司
地址	台北市104中山區龍江路71巷15號1樓
電話	02-2776-5889～0
發行字號	局版台業字845號
法律顧問	蕭雄淋律師
總經銷	知遠文化事業有限公司
電話	02-2664-8800
初版	2019年11月
國際書碼	ISBN-13　978-986-509-049-4

本著作物由廣州阿里巴巴文學信息技術有限公司授權出版

定價250元

狗屋劃撥帳號：19001626

網址：love.doghouse.com.tw　E-mail：love@doghouse.com.tw